老戏骨

——從候場到謝幕

王晨睿題

王曉華 / 著

河南文藝出版社

·鄭州·

图书在版编目（CIP）数据

老戏骨:从候场到谢幕/王晓华著. --郑州:河南
文艺出版社,2022.7
ISBN 978-7-5559-1256-9

Ⅰ.①老…　　Ⅱ.①王…　　Ⅲ.①散文集-中国-当代
Ⅳ.①I267

中国版本图书馆 CIP 数据核字（2022）第 037221 号

选题策划　党　华
责任编辑　党　华
书籍设计　刘婉君
责任校对　梁　晓

出版发行　河南文艺出版社
本社地址　郑州市郑东新区祥盛街 27 号 C 座 5 楼
承印单位　河南瑞之光印刷股份有限公司
经销单位　新华书店
纸张规格　700 毫米×1000 毫米　1/16
印　　张　27.5
字　　数　284 000
版　　次　2022 年 7 月第 1 版
印　　次　2022 年 7 月第 1 次印刷
定　　价　68.00 元

印厂地址　河南省武陟县产业集聚区东区(詹店镇)泰安路
邮政编码　454950　　电话　0371-63956290

自序

小时候，唱过一首歌，《听妈妈讲那过去的故事》——

月亮在白莲花般的云朵里穿行，晚风吹来一阵阵快乐的歌声，我们坐在高高的谷堆旁边，听妈妈讲那过去的事情，我们坐在高高的谷堆旁边，听妈妈讲那过去的事情……

我爹也讲他过去的故事：1938 年，他曾在西安七贤庄八路军办事处接洽好，将行李撂上了去延安的卡车，被戴涯截住，留在了西安……

后来，我爹靠边站了，成天蹲在墙角背"延安还是西安，首先要划清这种界限……"

我一听见父母讲过去的事情，就头疼，堵着耳朵，逃出二里地，脑中幻想着他们的故事不是这样的，而应该是：

话剧王者

夕阳辉耀着山头的塔影，月色映照着河边的流萤，春风吹遍了平坦的原野，群山结成了坚固的围屏……

一段很长时间的阴影。

1937年，隆隆的炮声打破了宛平城的沉寂，卢沟桥事变爆发，中国进入了全民族抗战。这年12月，我爹参加了中国戏剧学会抗日救亡演剧队，从那时起就端上职业话剧的饭碗，吃了三十多年话剧饭。1968年的大年三十，天上飘着纷纷扬扬的白雪，晚上，我们全家在南京市大方巷56号家中吃年夜饭，一张红纸包裹着一块方砖，上面点着两支红蜡烛，父亲喝着闷酒，没人敢出声。父亲一仰脖子喝完了酒，对弟弟说："二小子，给我盛饭！"

二弟哆哆嗦嗦去盛饭，"啪"的一声，碗打得粉碎，父亲老泪下来了，说："二小子，你把我的饭碗砸了……"二弟吓哭了，全家都哭了。

一语成谶，果然，父亲从此就再没登上话剧舞台。

那些年头，我最怕父母亲唠叨过去的陈芝麻烂谷子。青少年时代，眼瞅着当兵、招工、工农兵上大学、当农村小学代课老师，一次又一次的机会在眼前失去，不是我没有早做准备，都因为父母亲的问题，无奈和压抑的情绪使我产生了逆反，根本不愿也不想听他们过去的故事。

1990年2月的一天，开封雨雪交加，我爹在公费医疗医院病房的走廊上去世了。父亲躺在冰冷的墓地中再不作声。后来的二十多年中，母亲的记忆越来越差，最后就只能认识家里的几个人了，去世时什么话也没留下，灰飞烟灭。等到我意识过来，一切都晚了。

2016年，我有幸给中央电视台一套做专题片《客从何处来》，做了三位台湾著名艺人曾宝仪、钮承泽、金士杰的寻根节目。编导们把大量时间、精力花在前期的工作中，费去一年或更多的时间，从各个档案馆档案资料、各大图书馆馆藏的老报纸中，就像野外考古，挖掘、打捞、清理出几千年的文物宝贝一样，梳理出三位艺人的阿公、父辈的线索，通过访亲寻故，寻求蛛丝马迹，找出他们的爷爷和父亲、母亲的鲜为人知的故事，以达到寻根的目的。节目播出后，获得极高的收视率和极大的影响力。同时我后悔、自省不已。我也是学历史专业的，在旧书中盘桓多年，又在汗牛充栋的档案故纸堆熏陶了二十多年，也算是专业人士，比起做寻根电视节目的编导自愧不如。于是也想寻找父亲的档案。

一个偶然的机会，听说有个规定：副师级以上干部的档案存放在当地市民政局。恰巧，我弟有个朋友在市民政局工作，于是我弟借口要写东西，把我爹的档案借了出来。民政局再要时，借口丢了，也就不了了之。

老爹的档案就一直存放在我手里。里面全是自传、交代材料、反省材料、调查材料、检举材料、社会关系材料、社会关系列表，等等。

可以说，我爹的后半生，困扰他最多的就是他的档案。他不知道档案中有什么"黑材料"，一有风吹草动便像龚琳娜的《忐忑》，终日惶恐不安。我真不知道当年他为啥给自己取艺名"王者"，被政审吓怕的老爹，丝毫没有王者的风范，战战兢兢，如履薄冰。1978年，组织上给他落实政策时，他唯一的要求是把过去十年档案中外调的"黑材料"清除干净、一把火烧掉。于是南京军区落实政策的有关人员将他的档案取出，将运动中所有的外调材料当着他的面，全都付丙。一块石头终于落地，他老人家的脸上露出开心的笑容。

其实，一个离休多年的人员，烧不烧档案中的外调材料又有何妨？又不扣养老金，也不怕再有人跳出来检举揭发，增加新"罪名"。殊不知那些化成灰烬的纸张中还有多少珍贵的资料。目睹所谓的"黑材料"被烧掉，对一个半辈子被修理的对象来说，那是多大的心理安慰。而对档案馆工作者来说，又将是多大的损失！

尽管如此，我在仔细阅读老爹的社会关系材料和列表时，惊喜地发现，里面的名人还真不少，如北京人艺的著名话剧演员戴涯，前线话剧团的丁尼，台湾话剧界教父级人物崔小萍，中国话剧、电影界泰斗级著名人物陈鲤庭，著名电影演员赵慧琛，北影的张平，上影的项堃、白穆、张燕，女作家谢冰莹，韩国国父级大音乐家韩悠韩，豫剧开山人物樊粹庭，豫剧大师常香玉、陈宪章伉俪等，还有军阀石友三，蒋介石的爱将张治中，黄埔名将胡宗南、葛武棨，马家军先锋马步芳等。按如今的说法，他们都在老爹的朋友圈。

这里需要画重点的是韩悠韩这位韩国国父级的音乐家，抗战期间一直在中国参加抗日运动，他创作的大型歌剧《阿里郎》，在2000年悉尼奥运会期间被用作大韩民国与朝鲜民主主义人民共和国代表团的进场音乐。

韩国要成立一个韩中抗日纪念馆，征集韩悠韩在中国的抗日事迹，可惜资料有限。他们曾向中国呼吁，寻找韩悠韩抗战期间在中国的历史资料，但收获不多。

在我爹的交代材料中居然多次出现了韩悠韩的情况。2021年6月，在上海举行的第十四届黄埔论坛上，我遇见台湾黄埔军校同学会后代联谊会的青年才俊邱智贤，他告诉我：韩悠韩的后人也在找你们……

根据我爹的朋友圈，我就像掂起厨房大师傅的漏勺，在历史的锅里，开始打捞他从抗战到参加解放军之前的历史细微，点点滴滴，好在有交代材料等档案为证。不过，我故事中人物的出场先后顺序，并非按照档案中的列表顺序。这点请读者谅解。

于是，我开始酝酿"父亲的朋友圈"，打捞那些不被后人所知的故事……

先从哪儿说起呢？思来想去，从根上说吧，也算不忘初心。

目录

Contents

第一部
我爹的朋友圈

　　人在江湖，就有朋友圈、名利场。社会关系表显示一个人特定时期的人生轨迹，雪泥鸿爪，是擦不掉抹不去的印记，档案材料是自述和外调材料的证据。

　　从 1949 年，我爹参加中国人民解放军第三野战军的那天起，填履历、写自传、写检查，肃反运动前交代的主要材料，履历中之重大事件、审查结论、外调材料以及别人揭发的材料，还不包括史无前例的"文化大革命"期间的揭发、检举材料，就有几寸厚。

　　其中，关于我爹在参军前的历史，自传写了十几次，坦白得最多，"文化大革命"时是交代得最彻底的一次。我去农村时，我妈特意把我爹的一份自传底稿让我带到乡下去。她怕再

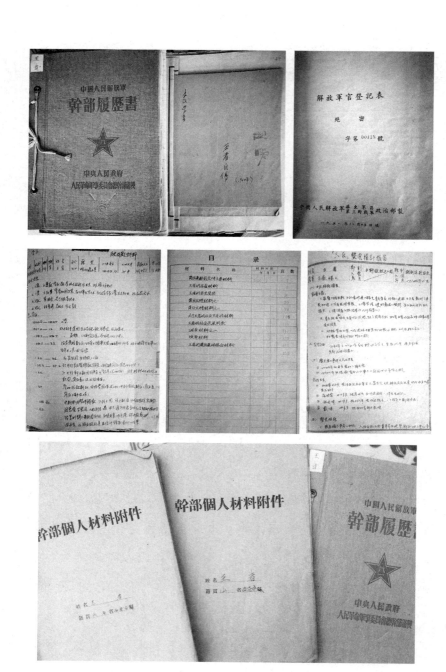

我爹的部分档案材料

有运动，我爹岁数大了，记性不好，万一哪次交代的与前次写的不一样，那就是"不老实"，会带来很大的麻烦。

我爹的自传

重点是历史问题。我爹是在旧社会的污泥浊水中打过滚的，少年失学，卖过报，打过工，当过兵，参加过青帮，剧场里当过茶房，演过文明戏，最终走上职业话剧演员这条路，有深深的那个时代的烙印。他的社会关系就像是一本教科书。最初的话剧界，山头不少，好比宋江与方腊，戴涯就是水泊梁山的"及时雨"宋江。

在与我爹有关的林林总总的人物中，抽丝剥茧，只有一个总纲，纲举目张，这些人都与戴涯与话剧有关联，戴涯就是纲，社会关系就是目。

于是，我把我爹的朋友圈看成是水泊梁山，而戴涯就是聚义厅第一把交椅上的宋江。一切人物都是他手下的弟兄，都是围绕他转的。

帮会中有句话，在家靠父母，出门靠朋友，有钱的捧个钱场，没钱的捧个人场。其实，各行各业都一样，人靠人捧，也靠戏捧。我爹的故事就从这里开始。

至于我爹怎样走上"水泊梁山"的，就得在他的档案交代材料中寻找，从根上刨起。

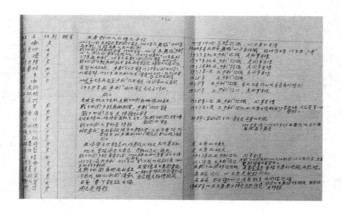

在家靠父母

河南老人有这样一句话：问我祖先来何处？山西洪洞大槐树。

我小时候，长江沿岸的三大火炉之南京，夏天酷热无比。我和爹躺在竹凉床上，望着满天的繁星。他告诉我，天下王姓出太原。从明洪武年间，官府将山西人都集中在洪洞县的大槐树下，然后迁移到湖广、江西、江苏、河南各地。从山西出来的人，小脚指甲上都有一个沟……

我认真地扳着脚指头观察过，真有一道沟。等到后来，很多人都说自己先祖是从洪洞县大槐树下出来的，小脚指甲上都有沟，学名"瓣状甲"，才觉得我爹说的不一定靠谱，因为没有家谱。

我爹 1949 年参加解放军后的自传中记载：祖籍是砀山县。砀山这个地方明清时期属于徐州府，中华民国元年（1912 年）时属江苏省徐海道；民国二十二年（1933 年）砀山归江苏行政督察铜山区，属江苏省行政督察第九区；民国二十七年（1938 年）被日伪占领，隶属淮海省；1952 年，砀山县划归江苏省，1953 年改属江苏省徐州专区（驻徐州市）；1955 年 2 月 21 日，砀山县划入安徽省宿县专区。

曾祖母的丈夫去世早，为了生活，曾祖母给大户人家做女佣。清光绪三年（1877 年），各地闹灾荒，就是历史上著名的"丁戊奇荒"。据《清史稿》记载，这场史无前例的大饥荒从光绪元年（1875 年）开始，一直持续到光绪四年（1878 年），1877 年为丁丑年，1878 年为戊寅年，因此史称"丁戊奇荒"。灾情蔓延到安徽、四川和江苏北部地区，受灾人口约占大清总人口的一半以上。曾祖母在老家砀山没法生活，就带着我爷爷王运庭，逃难到开封。根据三槐堂家谱记载，三槐堂原称太原堂，洪武年间从山西洪洞移民到萧、砀一带，种下三棵槐树，称为三槐堂。按家谱辈分排序（武威光建国，文运曜长春），运字辈的上面是文字辈，下面是曜字辈。

曾祖母到开封后，仍然靠着帮人，供爷爷读书。后来爷爷长大，先在安徽某县做书吏，也就是"绍兴师爷"，后来又到了祥符县衙中做书吏。书吏是清朝官署吏员的总称，秉承主管意旨，承办公事，营私舞弊，成为有清一代的一大弊政。书吏的收入不高，通过承办文书、档案与讼状，上下其手，不少挣银子。

光绪年间的进士陈恒庆，做过京官，致仕家园，将京中杂记见闻写成《归里清谭》一书，其中记载了户部书吏史恩溥以索贿得银两数十万，"房屋连亘，院落数层，皆四面廊厢，雨雪不须张盖"。由此可见"绍兴师爷"的收入不低。当然，县衙门的书吏与户部的书吏难以相比。我爷爷多年的"积蓄"也置下了二十几间房产。大清灭亡后，爷爷继续在民国的开封县知事那里做职员，生活还是比较富裕的。

爷爷王运庭共有两房太太，大太太生大伯镇华、小姑毓华；我奶奶名字叫许存义，是二房，生大姑葆华（后改名葆兰）、老二国华（即我爹）、三叔伯华和四叔舒华。

1913年阴历十一月二十六，我爹生于开封翟家胡同1号。翟家胡同离石桥口不远。清代翟家胡同是两条街，分别称火神庙后街和翟家胡同。1912年易名维新东街。1937年改称维新街。上世纪50年代分为两条街，称火神庙后街和翟家胡同。1965年，二街合并称朝阳胡同。

1920年，北洋军阀之间的直皖战争爆发，执政的以段祺瑞为首的皖系势力战败垮台，从上到下，中央、省、道、县各级衙门大换班。从1921年起，年迈的爷爷失业，小姑才4岁，家中失去生活来源，人口又多，只能靠吃瓦片、卖房过日子。我爹7岁时起，读过两年私塾，后插班省垣四小读三年级，只读一年，就因拿不起学费，中途失学。

投奔石友三

13 岁时，我爹便在开封街头卖报，贴补家用。直到 1928 年夏，经同院一个朋友顾培奎的介绍，到南关西北军孙良诚开的"老永昌"修械所当学徒，学钳工（后来，我进工厂学徒，也是钳工，和我爹一聊，锉刀怎么拿，锯弓怎么使，錾子怎么打，门儿清）。是年冬天，孙良诚任山东省主席，修械所迁往山东济宁。我爹才 15 岁，外出谋生，孤苦伶仃，可想而知。

1929 年春，我爹生了重病，奄奄一息，"老永昌"老板怕担责任，遣人将他送回开封。

1966 年，我戴上红卫兵袖章大串联去了老家开封，大伯的儿子长海大哥神秘兮兮地对我说：民国十八年，俺叔当上国军，是我去车站送他走的。后来，我问父亲有无此事，父亲说：他知道啥？不是国军，是石友三的部队。石友三的老底是冯玉祥的西北军。

石友三

链接：西北军是1924年冯玉祥发动北京政变，从北洋直系军队中分化出来的一支部队，称为国民军。1925年冯玉祥出任西北边防督办，因此该部被称为西北军。1926年，该军参加北伐战争。1928年，蒋介石平定了北洋军阀，与冯玉祥、阎锡山、李宗仁等地方军阀矛盾加剧，导致新军阀混战。1929年，在蒋冯战争中，韩复榘、石友三背叛冯玉祥，投降蒋介石；在1930年蒋冯阎中原大战时，冯玉祥的西北军土崩瓦解，余部改编为二十九军，由宋哲元任军长。

我爹投的是石友三的第十三路军。石友三原是冯玉祥手下"十三太保"之一，吉林人，是个小个子，但心狠手辣，是能打仗的狠角色。

1929年5月，蒋冯战争爆发。战役刚拉开架势，西北军这边就内讧了，韩复榘、石友三先后被蒋介石收买，背叛老长官冯玉祥，反出山门，声称"效命中央"。

6月上旬，石友三就任"讨逆军"第十三路总指挥，奉命移防皖北亳州。石友三扩充人马，途经开封时，在市中心鼓楼上竖起丈二白旗，上书"招学兵"三个墨笔大字，鼓楼下面摆了张方桌，有穿"二尺半"的招兵人员。

开封鼓楼

当时有句俗话：好铁不打钉，好男不当兵。甭管好人坏人，能吃上饭就中。我爹正满大街吆喝着卖报纸，看到招兵的，寻思到军队混混，将来说不定能搏出个功名啥的，便挤过去说："我要报名。"一个军官问："会写字吗？"

"会，念过小学。"

"给，这是报名表，写上姓名、年龄和家庭情况。"

我爹写完后，军官问："有手戳吗？"

"没有。"

"按上手印，明天上午去开封火车站集中。"军官说完，给了我爹十块"袁大头"。回家跟爹娘一说，都光剩下哭了。行前，只有大哥镇华的儿子长海去开封车站送我爹，见他穿上新军装，小屁孩儿羡慕得不得了。这样，我爹坐上铁罐车，随学兵团开往山东德县受训，当了"丘八"。

啥是丘八？丘下加八，就是兵字。丘八隐语就是兵的意思。

学兵的生活单调枯燥，"每日三操，两次讲堂"，学的是步兵操典、野外、勤务等，以及服从长官。那时部队对士兵就是打骂训练、愚兵教育，当兵的只知道服从长官的命令，长官说天黑了，当兵的就得闭上眼睛，没有啥理由或大道理好讲。

我爹在学兵团见天被骂、挨揍，接受的是打骂教育，但他训练刻苦，表现突出，加上相貌英俊，个子又高，三个月训练完就直接当了班长。

这年10月，石友三被蒋介石任命为安徽省政府主席。下旬的一天上午，蒋介石乘"永绥"舰从汉口抵达安庆，主持了石友三就任安徽省主席的宣誓典礼。

满面红光的石友三，当上省主席不到一个月，就被撸了。蒋介石命令石友三从安庆赶赴南京，接受新任务，就是让他挪挪窝，率部去广东打陈济棠。上命难违，石友三带着部队赶往南京对面的浦口，准备坐大木船先到上海，再乘海船南下广东。这时，我爹从学兵团调到石友三身边，在卫士连做班长。

第十三军在浦口等船的时候，汪精卫在广州组织"护党救国军"，来人策反石友三说：老蒋就是等你的部队上船后，将你部一一缴械。

石友三没啥脑子，属炮仗的，一点就爆。那几天，他的指挥部人来人往，各方反蒋人士川流不息。石友三显得异常紧张，昼夜开会。石友三吩咐卫队长："明日老蒋过江来慰问，到时候看我眼色，活捉他娘的！"

12月1日上午，石友三带着手下高官和卫队，亲自去浦口码头迎接从南京过江的蒋介石。下船的是一个魁梧的大个子，挂着上将军衔。我爹以为是蒋介石，原来是陈调元，就是他顶了石友三的省主席的宝座。

陈调元有个外号叫"陈大傻子"，属于看傻不傻、看精不精的那种。他先来替蒋介石打前站。两人心怀鬼胎，手拉手，皮笑肉不笑地去了戒备森严的司令部。进了门，陈调元一看见我爹带着卫士们个个握枪在手，大机头张开，神色非常紧张。陈是老江湖，暗暗叫苦，这边张网以待，老蒋岂不要自投罗网？这时，桌上的电话铃突然响了，石友三抓过电话，一听是蒋介石的声音，立即毕恭毕敬地回话："报告蒋总司令！一切都准备好了，就等您来了。"蒋介石问："雪暄到了吗？"雪暄是陈调元的字。

石友三没反应过来："雪暄？"

陈调元一把抓过电话："报告蒋主席，我是雪暄……什么？您不来了？哦，有紧急事……"

生性多疑的蒋介石一听陈调元这些没头没脑的话，就知道有猫腻，只说了一句："我就不去了，你替我和汉章说一下。"

"好好……"陈调元说着，两个脚后跟一并，"啪嗒"一声放下电话。

"啥情况？"石友三愣愣地瞅着陈大傻子。

陈调元往椅子上一坐，打着哈哈："老蒋不来了，让咱们兄弟喝几杯！"

石友三怀里揣着二十五只小耗子，百爪挠心。命令卫士上菜，陈调元又能喝又能白话，一顿饭吃了俩小时，酒足饭饱，醉醺醺拉着石友三到了码头，一步跨上船，双手抱拳："汉章兄，后会有期。"

陈调元

石友三从他的眼神中看出这老小子没醉，全是装的，心说"坏菜"。

此时，汽笛一声，小火轮突突突，推波逐浪，渐行渐远。船到下关码头，陈调元就命令司机直奔三元巷国民革命军总司令部，向蒋介石报告石部有异动。

蒋介石强作镇静，说："少安毋躁，静观待变。"其实，南京城内并没有部队。

当晚，石友三一不做二不休，哗变，宣布起兵反蒋。

第二天一早，石友三的炮兵在江干一字排开，咚咚咚，对着对岸便一通乱轰。眼见下关一带，浓烟滚滚，火光冲天，石友三命令便衣队过江，在挹江门一带开枪、放火，制造混乱，一时间枪声响成一片。

蒋介石真慌了神，一想到石友三过江，来个瓮中捉鳖，不由后脊背发凉，急命备车，准备逃跑。幸亏中央军校教育长张治中唱了一出"空城计"，令军校新生操枪列队，从军校后门出地堡城，顺城墙进朝阳门，排着整齐的队伍，在闹市区转一圈，每半小时发出一队，造成有很多队伍在城内布防的假象，整整一天没消停，把军校生累得如同傻狗一般。

这就叫狗掐狼——两怕，石友三得知南京城内源源不断地来了勤王兵马，头上的汗就流下来了，这可不是闹着玩的，弄不好再被老蒋包了饺子，那才叫偷鸡不成蚀把米。于是立即传令撤退，顺带掳走了浦口车站的客货车皮四五百节、机车二十余台，一口气撤到蚌埠。部队在滁县、临淮关一带遭遇中央军五十六师的阻击，在战斗中，对方一颗子弹打来，从我爹头皮上擦过，鲜血直流，如果往下一点，这个故事就没了。还好离阎王爷还远，伤愈后头上留下一道沟。石友三一直退到河南新乡、彰德，派人与东北军张学良联系，表示输诚，归入帐下。张学良也是出家人不爱财——多多益善，便代石友三向蒋介石请罪、要粮饷、请名义。蒋介石答应了张学良的要求，这样石友三才坐稳了马鞍桥。

我问过我爹，石友三是像大将军一样，骑在马上指挥作战吗？我爹笑了，都是我们卫士班用担架抬着他，八个人轮流抬。

乖乖隆滴咚，韭菜炒大葱，还带这样的啊。

我爹在石友三的帐下，鞍前马后，又是石部的军校出身，很快升为排长，去基层带兵。他太想出人头地了，总是把自己的一排人弄齐整，披星戴月，摸爬滚打，无论出操、刺枪、打野外、挖战壕，总想争第一超过别的排。带兵训练，又用自己受过的方法对待士兵，只苦了他的弟兄们，凑合事儿的，绝捞不着好。我爹在操场上只要发现士兵不卖力，张口就骂："你个鳖孙，皮又痒了不是！"抬手就是一巴掌，接着踢几脚，遇上刺儿头，按翻了直接扁担招呼，被罚者当着全排的面，被人

摁住，扁担上下翻飞，哭爹喊娘，一个劲儿求饶。但这套绝对
不是我爹发明的。

说起军中打屁股，延续的是冯玉祥西北军的老传统。

冯玉祥要提拔哪个人，就先揍一顿军棍，被打者哭爹喊娘
莫名其妙，袍泽们则来道喜，原来是提拔之前的杀威棒，几天
后，屁股上的伤还没好利落，果然官升一级。说明那时旧军阀
的队伍中这种惩罚极为普遍。

我爹除了会使扁担责罚外，兜里也经常装着一把落花生仁，
表现好的发几粒犒赏一下。这样一来，将手下几十号人管得服
服帖帖，被称为教兵有方。在全营比赛时，小王排长训练有
素，无论射击、劈刺、投弹、会操、打野外都是第一名。王排

新兵操练，立正稍息枪上肩

就是王牌，不是吹的。当时，我爹才 17 岁。

1930 年春，新军阀混战演化成中原大战。石友三又倒戈了，再次与冯玉祥、阎锡山联手，被讨蒋军总司令阎锡山任命为第四方面军总指挥。我爹不管敌人是谁，当官的叫打谁就打谁。

第四方面军从兰封东坝头渡口过黄河参加作战，当面驻防的正是蒋军陈调元部，仇人相见，分外眼红，一下子把陈大傻子的总预备队打了个七零八落。8 月上旬，阎、冯部队在陇海线发动总攻，得知蒋介石在柳河督战，石友三乐坏了，命我爹等组成突击队，斜刺里打开一缺口，乘势深入到曹庄寨。曹庄寨距离柳河车站只 30 里，一口气就能活捉蒋介石。

不料，老蒋命不该绝，一声霹雳闪电，天降暴雨，水深尺许，当兵的都淋成落汤鸡，加上友军又未协同进攻，陈大傻子再次拍马赶到，挡住去路，石友三的几万人就垮了，残部窜往河北邯郸。这时，蒋介石派张群去关外沈阳收买了张学良，东北军进关，战胜阎冯反蒋军。石友三再次跪倒在张学良门下。

1931 年 7 月，听说张学良得了伤寒病，在北平住了协和医院。时机又来了，石友三在河北顺德倒戈，发出"讨张"通电，进占石家庄。所部在保定、望都之线与东北军于学忠部激战，互有胜败。没想到蒋介石中央军一、二、三师从河南奔袭石友三后路，两下夹攻，石部土崩瓦解。我爹在河北辛集举着枪成为俘虏，被迫参加中央军顾祝同第二师，当传令兵。该部开往郑州、许昌、鄢陵待命，又开往湖南醴陵一带，准备去围剿江西的"朱毛"红军。因徐向前在鄂豫皖很厉害，第二师调到潢川、信阳等地，准备去大别山打红四方面军。

在中央军里我爹完全吃瘪，他那套练兵法施展不开，加上又是俘虏身份，被吴语系的军官骂成"小兵辣子"。中央军不揍屁股，惩罚以骑马蹲裆式为主，双手举枪，一蹲就是半天，搞得闪腰岔气，这还罢了，更要命的是中央军与石友三部队不一样，在石部只要能拼命打仗就能够当官，中央军讲究穿"黄马褂"戴"绿帽子"，排长以上，都是黄埔军校分来的，这叫穿"黄马褂"，如果再能戴上一顶"绿帽子"，即陆军大学出来的，才能升官发财、飞黄腾达。我爹知道升职是寡妇生儿子没指望了，再说光脚的不怕穿鞋的，跟红军打仗更是不要命了，

父亲重回李家寨。右为豫剧名角任宏恩

把自己的小命搭上，冤不冤啊？开小差吧。但开小差被抓住搞不好要吃枪子的，要等时机。终于在一个风雨交加的黑夜，轮到我爹站岗时他便扔枪撒丫子了，顺着铁轨爬进李家寨车站，扒上往北的火车。车轮滚滚，在凄风冷雨中，差点没冻死，和难民挤在一起，终于挨到了郑州，折回开封。

上世纪 80 年代初，我爹在河南电视台第一部单本电视剧《红军洞》里演一个老中医，剧组就在李家寨部队营房里住了个把月。也算巧合吧。

加入青帮"江淮泗"

　　三年的丘八生涯，一刀一枪博取功名的梦想破灭，我爹除了头上的一道疤痕外，俩手提着十个胡萝卜回到家。乡里人说话：傻妞拾柴火，煞（啥）也不煞（啥）。什么意思呢？农村人把捡来的柴枝聚拢成堆，用麻绳捆结实，叫"煞一煞"，煞（啥）也不煞（啥）意为根本不捆，结果啥都丢光了。我奶奶一见我爹，夸了句："中，二小儿，人还囫囵！"

　　接下来一年多时光，我爹闲住家中。家里兄长无工作，弟弟要上小学，姐姐要出嫁，妹妹要上初中，家里生活很困难，混到卖马当铜的份儿上。一个十八岁的大小伙子只要能吃上饭，啥都干。上街卖报纸、卖烟卷，后经朋友介绍，去许昌一家公司当传达，不到一年，经理跑了，只能回家。后来，朋友开了家糖果厂,我爹就去当店员站柜、跑街销货。

常言说人倒霉,喝口凉水都塞牙。有次,我爹在街头卖报,几个"蛋罩"(开封话,"小混混"的意思)过来,硬抢他手里的报纸。这些社会混混并不识字,他们掀了鼓楼城洞里一个卖栗子小贩的摊儿,栗子滚得哪儿都是,抢报纸是为了包栗子用。看着小贩在地上哭着打滚,加上自己的报纸被扔了一地,我爹怒火中烧,就和那一帮打起来了。双拳难敌四腿,我爹身上头上被打得流血,布衫也撕破了。突然,路人中闪出一个大汉,肩上扛着测量用的标杆,对着几个混混骂道:"一群小蛋罩,打人家一个,算啥家势?"其中一个当老大的顿时恼了,回骂道:"咦!乖乖儿咪,你算哪棵葱,支八啥呀!不服连你个老扁壶一齐打!"大个子听后把肩上的标杆竖在地上:"小鳖孙,毛还冇扎齐哩,就敢欺负人?"只见他两手攥着标杆,往大腿上使劲一磕,"咔吧"一声断成两截,接着抡起手中的标杆,上去就打,几个小混混头上身上挨了几下,嗷嗷叫着转身就窜。我爹还要撵,大个儿说:"兄弟,别追了,拉倒吧!咱弟儿俩找个地儿喝茶!"

两人来到不远的王大昌茶庄,沏上一壶上好的茉莉花茶,我爹双手抱拳:"谢谢大哥,今儿多亏你了!"

"不外气,兄弟。"大个子自报家门,"我叫王凤岭,在黄河水利委员会工务处做事,探测河道。弟弟,你叫啥?""王国华,翟家胡同口路北……"王凤岭问:"镇华认识不?"

我爹说:"是俺家老大!"

王凤岭呵呵大笑，"原来是老王家的人，太巧了。难怪见你挂面熟，我和镇华换帖！"

"咋恁巧啊，缘分缘分。"

王凤岭说："正好，你回去和镇华言一声，下月初六，我结婚，恁弟儿俩都来，我家在西门里大兴街，恁哥去过。"

王凤岭结婚的那天，王家兄弟俩都去祝贺了。开封规矩：老弟可以随便闹洞房。我爹和新嫂子瞎闹，像个活猴一般，欢实得很。

几十年以后，我爹从南京回到开封，老弟兄又见面了，说起闹洞房的那一板，老头儿老太太还眉飞色舞，开心得不得了，仿佛时光又回到了从前。

一天，王凤岭对我爹说："出门在外，难免遭人欺负，谁给你出头？加入青帮，到哪儿都有人帮你。我就在帮。"

在他的介绍下，我爹花了一块大洋，交拜师费，写好拜师帖，又称"海底"，把姓名、出生日期、性别、祖父母姓名书写清楚，要求加入青帮。

说起青帮，最初是清初漕运水手中的秘密结社，盛时有一百二十多个帮派、七十二码头。都是以转运漕粮的河道沿岸各大码头为基地，不同的水旱码头帮派不同。民国初年演变成六大帮派，即"江淮泗""兴武四""兴武六""嘉白""嘉海卫"及"三杭"。我爹加入的帮名叫"江淮泗"，长江、淮河到泗水，即北汴河、古汴渠，属于江淮泗的码头，有一百多条大船，沿途各码头共有兄弟千把人，属于大帮。

拜师仪式

　　拜师仪式是在徐府街山陕甘会馆对面的一个大宅院中举行的，堂屋山墙下摆上一张大方桌，墙上贴张大红纸，上贴三个神位，供着三位祖师爷即潘清、钱坚、翁岩，方桌上摆着五香炉，几个弟子上大香，师傅坐在太师椅上。有"引进师"念请香词：

　　一炉香烟往上升，三老四少在堂中，

　　弟子上香把祖请，迎来祖师潘钱翁。

　　二炉香烟举在空，三老四少喜盈盈，

　　祖师迎来上边坐，弟子上香把礼行。

　　…………

　　等香词念完，我爹在"引进师"引导下进屋，向"本命师"行叩首礼，念"进山"词：

　　小爷本是门外客，门里门外都团结，

保护堂口多平安，看好山门不受劫。

接着我爹右腿上前，左腿在后，双手按膝，低头弓腰，磕第一个头，说："祖师爷灵光！"

磕第二个头又说："家理义气！"

磕第三个头再说："弟老的请起。"

师傅做手势还礼。

之后，我爹把拜师帖交给师傅，仪式毕，师傅宣布散堂。其实真正的师傅叫杨庆明，人在徐州，开封主事的是他的一个大徒弟张炳炎，是代师收徒。

青帮辈分二十四字：清净道德文成佛法能仁智慧本来自性圆明行理大通悟学。我爹进的是青帮第二十三辈，即悟字辈，和杜月笙同辈。参加青帮的想法也简单，单打独斗难免吃亏，在帮天下皆兄弟，多少有个照应。结帮入伙，排忧解难，不但没人惹，还能帮朋友出气，打打群架。

两个黄鹂鸣翠柳

　　1933 年的中秋，皓月当空，长江下游江苏省会镇江城一条大西路，到处是熙熙攘攘赏月的市民。大西路尽头有座老西门桥，桥下流过的就是古老的大运河，桥东有一座宅院。进了头门，左边是围墙，右边是厨房，旁边有口深井。二门里是个小院，有花坛和大荷花缸，粉红色的睡莲开得很鲜艳，东墙下是清末时期的老房。再往后是第三进院，别有洞天，西式的二层小楼，有一间书房和一间卧室。所有的窗户大开，如水的清光泻了进来如霜如银。书房里除了书架，还有一张书桌，被临时当作餐桌，放着陈醋、老酒、大闸蟹、小黄鱼、河虾和当地特产水晶肴肉，一桌狼藉。

　　一位青年人和一位中年人对面而坐，酒兴正浓，谈兴更浓。

年长者是中国话剧事业的扛把子——绰号"老头子"的唐槐秋；年轻人就是戴涯。两人在畅谈对中国话剧未来的理想，神采飞扬，滔滔不绝。

戴涯出生于江苏镇江。中学时代是在教会办的润州中学度过，在中学的最后一年多，戴涯的理想是从政。1927年秋，考取位于杭州六和塔西侧的之江大学。在校很活跃，喜欢出风头，参加学生会和学联的活动，也参加社会上的反帝运动，被校方怀疑是共产党，经教务长告发，杭州军警来校搜查，结果没有查到戴涯的违禁品，而同宿舍两个同学枕头下有《新青年》，就被抓走了。戴涯吃了这一下，从此不问政治，转而变成文艺青年。

1928年6月，戴涯在杭州参加省垣"公民教育演讲竞赛"，获第一锦标，显露出他的表演天赋和朗诵口才。他自认更适合于搞文艺。

1929年戴涯转入南京的金陵大学，参加了学校的"金陵剧社"，演戏每有好评，就更加忘乎所以。为了排戏，挂科也无所谓；为了编剧，考试也不顾及。与同学周涯夫、杨君侠都是金陵剧社骨干。

戴涯后来在《自传》中谈到当时的理想：

> 我们三个人都是搞金陵剧社的，志同道合，一脑门子幻想。约定在毕业后，就终生从事文艺工作，并且自己组织一个文艺团体，定名古怪可笑，叫"我们的家"。这个

戴涯在之江大学夺得
演讲竞赛第一锦标

文艺组织，包括文学、戏剧、音乐、舞蹈，先从办剧团开始，逐渐发展为艺术学校，进而选择一个地区，发展成为艺术新村。在我们这个文艺团体即"我们的家"里的成员，是终生合作，成为一个共同事业。不仅是我们自己，还包括一切成员的家属，都生活在这个团体内，那就是艺术新村。我们从事各种艺术工作，家属就从事各种副业生产，有的养鸡养蜂，有的做手工艺品，有的做剧团、剧校、剧场内的一切事务工作。在这个组织里的一切财产都属于集体的，每一个人也没有薪金，每一个人、每一个家庭的生活所需，都是平均主义地按照团体的经济情况，统一地安排和分配。……总之，这是一个极其幼稚也极其古怪的思想，可是这种荒唐的思想却支配了我近二十年，从1930年在学校到1949年解放，我从事文艺工作的一切活动，都是直接间接地受这个思想的支配，怀着一个渺茫的、空洞的理想，向着这个目标而努力。

1932年，戴涯为了"我们的家"，从金大辍学，回到镇江，由奶奶做主，与一位叫杨月秋的姑娘结婚成亲。婚后在家埋头写新诗、写话剧剧本，还专门到南京、上海，找到戏剧大师田汉，朗读他的剧本。不久，他遇见了改变自己一生命运的戏剧家唐槐秋。

链接：唐槐秋，湖南湘乡人，被田汉
称为"甘掷衣冠称戏子"的人物。早年赴
日本留学。1919年留学法国，在华尔曼
航空专科学校攻读，参加了航空队。1925
年11月回到上海，和旧友欧阳予倩邂逅，
并与在大学教书的田汉相识，拒绝了谭延
闿邀他去广东航空队的聘请，没有飞上蓝
天，却开始了筚路蓝缕的粉墨生涯。

唐槐秋

南国电影剧社是1926年唐槐秋与江湖人称"田老大"的
田汉、唐琳、顾梦鹤等在上海创办的，从事电影的制作，摄制
了影片《到民间去》；是年，田汉进入上海艺术大学文学系执
教，拉唐槐秋去帮忙教书；又排演了《苏州夜话》。由于学校
经费困难，欧阳予倩、唐槐秋、高百岁等举办"艺术鱼龙会"，
演出了田汉编写的《生之意志》《名优之死》《咖啡店之一夜》
等7部话剧和欧阳予倩编写的京剧《潘金莲》，获得成功，但
还是没有解决经费问题。1927年冬，南国电影剧社改组为南国
社，成立文学、话剧、电影、音乐、戏剧、美术、出版等部
门，在演出话剧《名优之死》时，戏剧家洪深加入。南国社又
在南京、广州等地演出，为中国戏剧、电影、音乐、美术等方
面培养了不少艺术人才，如塞克（陈凝秋）、陈白尘、赵铭彝、
金焰、郑君里、张曙、吴作人等。

唐槐秋，中国旅行剧团的创办人，南国社的主要发起者，又

是著名演员。参加了影片《到民间去》的拍摄，演出了《苏州夜话》《名优之死》等话剧。戴涯在金大读书时，在南国社的后台认识了满脸粉墨的唐槐秋，因为志同道合，二人结为好友。

一个令人难忘的中秋之夜，戴涯与唐槐秋对月饮酒，滔滔不绝地畅谈话剧的开拓发展和光明前途，越谈越投机，他们致力于中国话剧运动的愿景，憧憬着一个美好的舞台。他们在美好月华下，决定成立一个职业话剧团，在全国各地旅行演出，向广大观众介绍话剧这门新兴艺术。他们将"未出世的婴儿"取名为中国旅行剧团。在雄鸡高亢的啼叫声中，迎来了东方既白。一轮皎洁的明月落了下去，而他们心中的明月冉冉升起。

凭着唐、戴的家境和所受的教育，二人原本都可以过上衣食无虞的生活，他们却甘愿吃苦受难，抛家别业，去做一个伐木者，去戴"犯人枷锁"，甘愿一生过苦行僧的生活，是什么力量和信念支撑着他们非要干话剧呢？正如唐槐秋在报上撰文中描述的：

> 我们的希望，在某一方面可以说是很大，因为我们不敢自暴自弃，想以我们一群人的热情和力量，来负起中国戏剧运动的使命，至少说是整个运动的一部分。我们的希望，在某一方面又可以说是很小，因为我们一群人都抱有比什么都要坚强的决心——牺牲自己的决心，为这个运动来建立我们所应建立的事业，所以我们在个人方面，并没有稍微过分一点的欲望和虚荣。

我们有一种认识，就是我们觉得倘若想要达到我们的目的，空谈是没有用的，我们只有埋头苦干，不畏艰难，不惧打击，不为一切所动摇，不为一切所诱惑。

　　我们知道话剧的信用，在当今中国的社会上，是没有树立起来，所以我们目前的第一步工作，是要使它达到这个阶段。换句话说，就是我们先要使它有，而不得不干。

　　说干就干。唐槐秋、戴涯便紧张地"干"了起来，没条件创造条件也要上，几个月后，中国旅行剧团（简称"中旅"）终于成立。这是中国话剧史上第一个打着职业化旗号的剧团。唐槐秋任团长，戴涯任副团长。

　　唐槐秋的太太吴静和他们年仅16岁的女儿唐若青，就占了剧团人员的三分之一，加上舒绣文、张慧灵、赵曼娜等也只有十来个人，演员都是大锅饭，没有薪水，吃喝拉撒全凭吴静操持着，像一家人。其实就是一个走江湖的唐家班。

　　由于口袋里不暖和，开台戏挑选了一个演员很少的四幕剧《梅萝香》，该戏是由复旦大学英文教授顾仲彝翻译的。可是"中旅"穷得连买剧本的钱都没有，戴涯当了自己的丝绸棉袍，才拿到剧本。这个戏请著名的电影导演应云卫担任导演，剧中只有6个演员。唐槐秋女儿唐若青担纲，唐槐秋饰白森卿，舒绣文饰小春兰，张慧灵饰马子英，赵曼娜饰桂妈，戴涯饰秦叫天。该剧描写了一个唱旧戏的女戏子，受了有钱人的迫害玩弄，离开了一个较纯洁进步的爱人而走上堕落的道路，最终自杀。

戏排好后已近年关，靠老乡帮忙，唐槐秋和南京大世界老板顾无为说好，让他免费为剧团做一堂布景，借点路费让他们来南京打第一炮。于是，连同搞宣发的一共7个人，从上海来到了南京。1934年春节前，首次在南京二郎庙的陶陶大戏院公演。顺便说一声，中华民国使用的都是阳历，此处春节指的是1月1日元旦节，不是传统意义上的农历春节。

南京是民国首都，这个城市包容万象，不排外，也能接受新兴的话剧艺术。"中旅"连演七天，场场满座，加上南京大小报捧场，评论极佳。第一炮打响了，陆续有赵慧琛、章曼萍、冷波、陈樾山、洪正伦等好汉入伙。接着，"中旅"又去北平、天津等地巡演，影响逐渐扩大。白杨、蓝马、陶金、李静波、姜明、谭汶、曹藻等陆续加盟。他们还在清华、北大、燕京大学等高校演出，都非常受欢迎。在天津演出的情况更是不错。那里有钱人多，观众除了一般市民和学生外，有钱人也来看话剧、赶时髦，因此票价还高于北平，剧团略有盈余，给大家发个零花钱。

曹禺

在天津时，戴涯和戏剧大师曹禺相识。那时，曹禺在天津女子师范学校当教师，"中旅"上演了他的剧本《雷雨》。

链接：曹禺，原名万家宝，祖籍湖北潜江，出身于天津一个没落的封建官僚家庭，中国杰出的现代话剧剧作家。

其父曾任总统黎元洪的秘书，后赋闲在家，抑郁不得志。1922年，曹禺入读南开中学，并参加了南开新剧团，开始演话剧。1929年9月，曹禺由南开大学转入清华大学西洋文学系二年级，在清华园潜心钻研戏剧，广泛阅读从古希腊悲剧到莎士比亚戏剧及契诃夫、易卜生、奥尼尔的剧作，这给他后来的创作带来巨大影响。1933年夏秋之间创作《雷雨》，秋入读清华研究院。后在天津女子师范学校当教师。

曹禺对"中旅"和戴涯的表演十分欣赏，常常等到戴涯演完戏卸装后请他去消夜，鼓励他，只要"专走单纯艺术的道路"，会成为一个大演员。一天晚上，散戏后，曹禺请戴涯去"大福来"吃锅巴菜，在雅间里，已经有一位长者在座，经曹禺介绍，原来是南开校长张伯苓的弟弟、南开大学教授张彭春，他是在法国学习戏剧的。他专门来看"中旅"的《雷雨》，认为戴涯的表演不错，是个可造之材。于是，经由曹禺的引见，戴涯去张彭春家里，张为他单独导演《雷雨》中周朴园一个人的独场戏，指导演员的内心独白和形体动作，让戴涯受益匪浅。

曹禺还谆谆教导戴涯：演员的得失心不要太重，报纸上的褒贬是不可靠的，不一定正确，做演员的不要一捧就迷糊、说不好就丧气。

戴涯一一铭记在心，希望有一天能与大师曹禺合作。同一时期，戴涯还认识了天津《益世报》的马彦祥——他曾在上海主编过《时代与戏剧》月刊，又写过一本《戏剧讲座》。此人社交能力极强，戴涯与他相约，找个机会搭个帮。

马道街的广告牌

　　一个炎热的下午，开封马道街突然响起"当当当"的锣声，只见两个"打执事"的敲着大铜锣走在前，我爹举着一个牌子跟在后面，引得路人脖子伸得像鹅脖子。牌子上写着"摩登人演摩登戏，赶时髦快去广智院"，他还一个劲儿地吆喝："时髦人名叫白杨，都去看吧！"

　　这是弄啥哩？原来给话剧做广告呢。我爹在广智院做茶房，临时在街面做"自媒体广告人"，这是省立第一师范教师叶鼎洛专门派给他的活儿。嗓子都吆喝冒烟了。

　　俗话说：行有行头，班有班主。这是江湖规矩。1933年夏天，经师傅张炳炎介绍，我爹到开封广智院剧场卖票。该剧场始建于1928年，初名国民大戏院，房顶为长方木质结构，分

马道街

上下三层，四面设八门。1928 年到 1930 年韩复榘主豫后，开封西大街文化书社经理梁子恪将国民大戏院租下，并更名为广智院剧场。

老板梁子恪得知"中旅"在北平、天津非常叫座，特派人到天津接洽，邀请剧团来开封演出。"中旅"的道具、布景的运费超过全团旅费的一倍以上，剧团只好忍痛割爱，把一些大的道具留在天津。团员们买不起二等车，只能坐三等车。二等车装饰设备略逊于头等车，也是软垫椅，座位较为宽敞。三等车设备最简单，车座是硬板。尤其是到了晚上，灯暗、人多，没法看书报，也没法睡觉。此外，三等车离火车头越近，火车煤灰飘得越多，弄得灰头土脸。当时人说：晚上坐三等车简直就是地狱旅行。

"中旅"同仁在天津登上津浦线火车。演员一上车，八仙过海各显神通，陶金带头爬上行李架，紧接着姜明、谭汶、曹藻纷纷效仿，最后连大教授陈绵和大个子唐槐秋也爬了上去，行李架上很快就鼾声大起；女演员则在椅子下面铺上报纸，钻进去休息；戴涯则毫不犹豫地在过道中铺了一张草席，洪正伦也学样子，两人睡在上面。车到徐州后，换转陇海线，这群人又坐上闷罐子车。当火车头吐着白烟、拉着长长的货车吭吭哧哧进入开封车站时，演员们个个灰头土脸，不用化妆就直接可以唱包公戏了。

就在他们抵达开封的下午，省立第一师范校长兼私立豫光中学校长田恩霈、省立第一师范教师兼新声剧社的主事叶鼎洛出面，办茶点招待"中旅"演员和当地的新闻界。

他们在喝茶聊天，苦了我爹，汗马流水地到闹市区去打广告。支的这个差，啥法儿？开封还是闭塞，去买票看话剧的人不多，兜里有俩糟钱，宁可去破席棚里听陈素真的豫东调，谁看话剧啊。

在"中旅"人的眼里，开封观众既没有北平观众对话剧的了解，又没有天津观众掏钱买票的豪迈。北平的票价起步就是4角，好一点位置6角，前排当中的8角。开封的票价是3角、4角、6角。在我爹的吆喝下，还是有人赶时髦去看白杨的演出。

在售票处，观众购买一张票，还要问这问那，起码要问上十几句；茶房给他戏单（说明书），不中，非得白杨或者唐若青给说剧情；还有人对话剧感到新鲜，不知是啥玩意儿，是来瞧稀罕的。

7月21日晚8时，铃声响起，中国旅行剧团在广智院剧场正式亮相。在十个掏钱买票的人中，最少有七位要让茶房领着去认座位。大热天，茶房忙得满头大汗，还不够折腾钱呢。

头三天的戏码是《梅萝香》（晚场）、《梅萝香》（早场）、《女店主》（晚场）、《少奶奶的扇子》（晚场），以后又陆续演出了《茶花女》以及《第五号病室》《白茶》《父归》的独幕剧。

我爹在台口敲锣三遍，大幕正式拉开。台上演员很卖劲，台下观众一片惊异声：

"咦，乖乖他儿哩，这算啥呀，等一大晌光说不唱……"

"乱糟糟的，听不见台上说啥，急人！"

"我看不孬，比梆子戏强，恁看表演的就和真事一样……"

"差不多，还中！"

…………

对"中旅"的演出，《河南民报》发表评论："使开封人士比其他剧团的演出，更觉得兴奋、注意，原因它是以纯话剧为职业的剧团，并非玩票性质，当然演剧的修养训练时认真一些，尤其演员在中国剧坛中，又是有着地位，有着成绩，有着历史地位的人物。"

我爹敲罢锣后，就在台下过道上一边拉"人来风"，一边看演出。

啥是"人来风"？就是天热，又没有电风扇，为了让看戏的能坐得住，就在剧场的房梁上吊个长方形的马粪纸的硬纸板，下端的两头戳俩窟窿，拴上绳，找人在剧场过道里不停地拉动扇风,达到来风的作用。

我爹是最早一代追星族,为了看戏,主动要求去干"人来风"这个苦差事,一边拉,一边全神贯注地盯着演员的表演,浑身臭汗,却场场不落;几天下来,胳膊又红又肿。正是在看中国旅行剧团演出过程中,他熟悉了舞台、认识了话剧,特别崇拜唐槐秋和戴涯,激活了他身上的文艺细胞,从此痴迷上话剧,也喜欢上演戏。

秋天我爹去华光电影院工作,演文明戏。到 1935 年夏天,这段时间,电影院有营业就卖票,无营业就在家闲着。不久,同张炳炎、买丹辰、程小钧在开封筹备良友药社,秋季开张,卖新生药糖。因为不善经营,欠债倒闭,端起的饭碗一次次被打碎。不久,经朋友顾培奎介绍,我爹入开封新声剧团跑龙套,认识了旗人关菊隐。此人是文明戏的演员,最早吸收京剧演员上台开打,真刀真枪,但台词比较接近话剧,他不采用京白和戏曲语言,而是采用普通生活语言。唱段不多,甚至将唱词全部改为道白或贯口。当时被称为文明戏的南派,意即受南方新剧的影响。关菊隐眼见在开封玩老戏不中了,想搞一个新班底演出新戏,演文明戏,掏腰包成立新声剧团。当时所有剧团都要得到教育厅批准,才能演出。我爹通过关系,找到负责这一块的省政府秘书范凡塞。经过范凡塞的"拆洗",新声剧团得以演出。我爹在剧团里装台画景,串个底包演员,也帮着化装、打鼓敲锣撂地摊,啥都干。后来文明戏不卖座,剧团又改演京剧,我爹也是京剧票友。

"呼保义" 戴涯登场

王者档案：戴涯，男，中国戏剧学会团长，战干四团艺术班主任，上校军衔。

戴涯是第一个话剧界职业剧团的开创者之一。他的"中旅"就如同举义梁山，他就是山大王宋江。他第一次在南京舞台上亮相，是在《梅萝香》中扮演一位穷困潦倒的京剧须生秦叫天，很是出彩。当时梨园行称京剧名角为老板，因而他得了个绰号"戴老板"。

戴涯

"中旅"在开封演完，又去郑州，为

看戏，我爹跟着去了郑州。

那年头，所有的戏班每到一地都要先"拜码头"，提着点心水果，找到当地黑社会的大佬说些客气话或在饭店摆一桌。

郑州是旱码头，共有四个船帮名，势力最大的是"嘉白帮"，帮主姓尚，是青帮二十二代通字辈，俗称念二。其次是"兴武六帮"，帮主姓陈，老鸦陈人，他师傅邱某是二十一代大字辈的，俗称念一。势力最小的是"三杭帮"，帮主姓戴，开封人，也是通字辈，念二。还有"兴武四"等。各帮各有地盘，在火车站、剧场和市面上的混混都是"嘉白帮"的。

中国旅行剧团却不懂江湖潜规则，在郑州演出，没拜码头，于是出来不少"光棍"就是不给面儿，去砸场子，胡闹台，扔茶碗，摔条凳，骂大会，搞得几乎演不成戏。

我爹看得着急，灵机一动，到后台找戴涯说："戴老板，你们不是有一面刘主席送的锦旗吗？"

原来"中旅"在开封为赈济河南水灾募捐演出，省政府主席刘峙，也就是蒋介石的五虎上将之一，特意让省政府主管文化的科长范凡塞给"中旅"送了一面锦旗，上有"赈灾演出，造福河南"八个大字，上款：赠中国旅行剧团同仁；下款：河南省政府主席刘峙。

戴涯想想："塞哪儿呢？哦，在道具箱里。它有什么用？"

我爹说："您把它竖到剧场门口去，吓吓那些孬孙！"

戴涯恍然大悟，于是把锦旗翻出来交给我爹，在剧场外将锦旗挂起来。

我爹又领着戴涯，去了剧场外的茶馆，敞着怀，把礼帽口朝上，往桌上一扔，这表示在礼。即刻有茶房过来，我爹把袖子卷上，左手露三个手指，右手露四个手指。

　　茶房将我爹和戴涯引到一张八仙桌前，去见端坐在上座的老大，老大慢腾腾地开始"盘道"。

　　"贵姓？"

　　"姓王！"

　　"在家王，出门王？"

　　"出门王！"

　　"贵帮在哪一帮？"

　　"鄙帮江淮泗。"

　　"老大在哪儿进的家？"

　　"在开封进的家。"

　　"贵前人哪一位？"

　　"他老人家姓杨，上庆下明。"

　　"哪炉香进的家？"

　　"俺是念三炉香。"

　　我爹拿出"哈德门"，一一把烟递上："请各位老大高抬贵手。"

　　"好说好说！"

　　接下来送上见面礼。老大发话："请回吧，放心开锣吧！"

　　戴涯在一旁看傻了，出来后对我爹说："眼界大开，有演帮会戏，找你讨教！"

我爹也得意地拱手："好说好说！"

剧场前挂着刘主席的锦旗，再加上帮会人员帮着维持秩序，"中旅"的戏才得以顺利演了下去。

来买金陵春色

1936 年，戴涯离开中国旅行剧团，回到南京，与曹禺、马彦祥、冷波、洪正伦、周涯夫等大咖，重打鼓另开张，组织了一个话剧职业团体。这个团体与"中旅"不同之处，是个有理想有目标的话剧团体。戴涯经过长期酝酿，邀请时在南京剧专的教授曹禺、教务长马彦祥及唐槐秋、冷波、洪正伦、周涯夫等一批话剧界精英，合作创立了中国戏剧学会。

链接：国立戏剧专科学校于 1935 年秋创建于南京，校长余上沅。是中国有史以来的第一所戏剧专科学校，直属国民党中央宣传部，是中国当时的戏剧最高学府。

校址设在南京市鼓楼东南角的双龙巷，有一座纪念屈原的"屈子祠"，即古妙相庵的所在地内的曾国荃祠堂。该地原为陆

余上沅   马彦祥

军大学所在地，陆大迁走后，就给了国立剧专。余上沅在戏剧
界声望很高，被教育部聘为剧专校长。教务长马彦祥，曹禺任
教授。

当时马彦祥因要出国公干，请戴涯代了三个月的课，欠一
份人情，于是答应参加了中国戏剧学会。

中国戏剧学会其实是职业剧团。不叫剧团而称学会，还是
因为戴涯的野心，他提出要办中国的戏剧实体，办剧团，建剧
场，创刊物，成立戏剧出版社和戏剧学校，形成一个体系，目
的是对话剧艺术有所研究，有所开拓，有所建树，推动中国话
剧事业继续发展，成为一种巨大的综合性产业。将中国戏剧学
会会长头衔让给马彦祥，借他的名气扬名立万。

马彦祥主外，与社会各方打交道，进行公关。副会长戴涯
主内，负责剧团管理、艺术质量、导演排戏。创立中国戏剧学
会之初，马、戴等人就制定了三条戒律：一、超政治，不带党
派色彩；二、学术性，不流于商业化；三、是民营的、自力更
生的职业话剧团体，即超越政治、艺术至上、保持独立。

1937 年元旦，为给中华民国二十六年庆生，中国戏剧学会在南京世界大剧院公演《雷雨》。这是一场真正意义上的话剧盛宴。当时有不少剧团演出了《雷雨》，都是叫好连连。唯独"中剧"的《雷雨》，是原汁原味的《雷雨》。正宗在此，剧作家曹禺亲自登台，出演周朴园，戴涯出演周萍，马彦祥任导演，并出演鲁贵一角儿。演员阵容，号称第一。

广告词中有"三大剧人首次通力合作"吸引眼球，吊足了南京观众的胃口，引起多少粉丝热烈的期待啊！

元旦那天晚上，新街口、管家桥路口的世界大剧院门口，车水马龙，人头攒动，熙熙攘攘。这是中国戏剧学会第一次亮相，演出曹禺的话剧《雷雨》。

演员阵容：曹禺出演周朴园、戴涯饰演周萍、王英豪饰周冲、马彦祥饰鲁贵、郑逸梅饰繁漪、于真茹饰鲁妈、李红饰四凤、仇良燧饰鲁大海，真是阵容豪华。演员们个个表演出彩，加上剧本又是经典，代表了中国话剧界最高水平。这是中国唯一的一次完全按照曹禺的《雷雨》出版本排演，有序幕和尾声，全部演出时长 4 个小时。

此曲只应天上有，人间能得几回闻。余音袅袅，绕梁三日。

"中剧"一炮冲天，水平超过了"中旅"。连演十天，引起极大轰动。第二个戏上演了冷波改编和导演的《未婚的母亲》，由赵曼娜主演。赵曼娜原名赵尚英，现在的年轻人基本都不知道了，她和著名导演袁牧之，演员陈波儿、周伯勋、唐槐秋等，合拍了进步电影《桃李劫》。她有个亲哥哥，却家喻户晓，

中旅成员：后排左二洪正伦、左三戴涯、左四王瑕文、右三唐槐秋

前排左二吴静、左三赵曼娜、左四唐若青、左五叶露茜、右三舒绣文

谁呢？东北抗联的民族英雄赵尚志！

1937年4月，"中剧"离开南京，巡演到了戴涯的家乡——江苏省省会镇江，在中山桥畔的国民大戏院，演出了曹禺的《日出》，导演马彦祥，演员威莉饰演陈白露。威莉原名朱莉，早年毕业于北平师范学院，是中国老牌影星。威莉是其艺名，曾主演《出卖影子的人》《新闻怨》等片。1949年后移居台湾，在台湾曾与"小咪姐"李丽华合作演出电影《盲恋》。仇良燧饰方达生，杨思霁饰潘月亭，戴涯饰李石清，范大块饰黄省三，马彦祥饰胡四，王廷树饰王福升，朱恶紫饰黑三，方华饰顾八奶奶，郑逸梅饰翠喜，于真茹饰小东西。

尤其戴涯、马彦祥塑造的李石清和胡四，加上杨思霁饰演的潘月亭、威莉饰演的陈白露等典型角色，评价甚高，连续三天，场场爆满，被当地的报纸评论为话剧的春风，吹绿了江南，温暖了人心。

"中剧"掀动的一股话剧热风，越来越热，影响到了浙江，应杭州《东南日报》邀请，剧团移师浙江省会杭州，又是连演十天，从导演到演员，都沉浸在荣誉和自豪的情感之中。喜爱话剧的铁粉们期待着：这股由"中剧"带来的话剧热潮，还将刮往何地呢？

1937 年 6 月，中国戏剧学会在南京举行第二次公演，演出阿英的四幕话剧《群莺乱飞》，仍由马彦祥导演，连演十二场，场场爆满。接着戴涯着手排演曹禺的《原野》。

盛夏南京，热浪袭人。戴涯带人正汗马流水地排曹禺的《原野》，谁也没有想到战争很快光顾首都。勉强演了几场，开始人心惶惶，看戏的观众已经寥寥无几。8 月 15 日，日本飞机两次轰炸南京，城中一片大乱，中国戏剧学会会址后面也遭到敌机轰炸。这时，马彦祥正在上海，参加上海剧协所号召的由电影界组成的抗敌演剧队；曹禺也随南京国立剧专撤退。"中剧"的扛鼎人物都走了。

刚刚兴起的中国戏剧学会和话剧热潮很快就在国运动荡的岁月中偃旗息鼓，冷场下来。

第二部
"金眼彪" 凡塞识荆

王者档案：范凡塞，男，1937 年前从国民党中央政治学校就业训练班毕业，在河南省政府秘书处当秘书。

1937 年 7 月 7 日卢沟桥事变发生，不几天，蒋委员长在清凉的庐山上挥起了拳头，声嘶力竭发表抗日谈话：

"如果战端一开，地无分南北，人无分老幼，皆有守土抗战之责任……我们只有牺牲到底，抗战到底，唯有牺牲的决心，才能博得最后的胜利！"

古城开封 7 月下旬的一天，一个二十四五岁的青年，像没头苍蝇一样，由东往西走近四面钟跟儿，被岗亭下的交通警察一把抓住。

"站住!"

"干啥?过马路犯法啊?"

"过马路招呼车!不知儿啊?"

"冇看着,只顾去对面弄点吃食。"

"招呼点儿!"

那个青年就是我爹。过了马路,专拣树荫下走,以避开火辣辣的日头,走到省府前街的省政府大门外,迎面碰上了范凡塞。他的亚麻制服的右襟上,挂着一枚青天白日圆徽,那是河南省政府职员的证章。

"国华,弄啥哩?"

"不弄啥,冇事瞎转悠!"

"出恁大的事你咋不知?还瞎转悠……"

"大事?啥大事?"

"抗日。跟我走!"

"上哪儿?"

"省政府,今儿上午要成立河南省抗敌后援会……"

"后援会?我能干啥?"

"走吧,一个蛤蟆四两力,有钱出钱,有力出力!你可以在后援会剧团演演街头戏,宣传抗日爱国。"

范凡塞是北京人,中国大学法律系的,上学时就喜爱文艺,参加演戏,后从国民党中央政治学校就业训练班毕业,分配到河南省政府负责文艺宣传。

河南省戏剧繁多，国民党北伐成功后，就开始提倡戏剧改良。此处插一段史料。1928 年河南省就公布了《河南改良戏剧暂行规程》。

第一条　为改良旧戏，刷新民众思想起见，应由省政府督同教育厅，特设戏剧改良委员会，专司戏曲酌进之责。

第二条　戏剧改良委员会之职务，分列下列各项。

一、审查旧剧及其修改；

二、编纂最新剧本，以供采用；

三、特开旧剧训练班，训练一切演员；

四、关于指导布景、表演，以及戏园卫生等事宜。

第三条　会内职员，暂定下列各种。

一、主任一人，管理会中一切事宜；

二、编纂委员三人，司剧本之修改与编纂等事宜；

三、旧剧指导员二人，司训练演员及指导旧剧之责；

…………

第四条　会内经费，应由省政府明令规定之，开办费暂定一百元，经常费每月暂定二百元。

第五条　会内重要职员，应由省政府或教育厅委任……

第六条　剧本经审定后，或新编剧本应由省政府鉴核，发给各剧园，遵照排演，其未经本会内审定者，不得私自排演……

范凡塞就管这一块儿。他是河南省政府戏剧改良委员会的成员，负责剧本审查工作，又是票友，也演文明戏，爱交际，好朋友，与我爹相识，他一眼就看好我爹，推荐我爹到新声剧场，两人很对脾气。

正是在范凡塞的开导下，我爹才懂得国难当头、匹夫有责的道理，和他一起去省府前街的河南省抗敌后援会，参加了抗敌演剧社当演员；他还给我爹取了个艺名——王者，从此"王者"这个名字一直伴随我爹一生。范凡塞自己也取了个艺名，把"范"字去掉，就叫凡塞。在河南抗敌剧社里我爹担任置景等工作，偶尔也参加独幕剧的演出。该剧社是群众团体，经费困难，生活问题还是没法解决。范凡塞就给在徐州的"中剧"洪正伦写信，让我爹先赴徐州，通过韩悠韩、姜瑢、姜瑞的关系，与"中剧"负责人洪正伦接上头，要求加入。洪正伦说团长戴涯去西安了，我们也准备去西安。你先回去等信，他那边联系妥当，你们就在开封上车参加"中剧"救亡演剧队。

我爹和凡塞两人有烟一替一口吸，有馍掰开两半，你一口我一口吃，白天一起演戏，晚上打老通。真是好得穿一条裤子。常言说：夫妻本是同林鸟，大难来了各自飞。就别说亲弟儿们了。

1938 年，范凡塞趁我爹去汉中之时，留了一封信，洒泪而别。信中说，他去了绥远傅作义那里，先去蹚路，等混好了就让我爹去，铺给你留下……

我爹回来后，见凡塞的留字，气得跺脚，把被子都拉到地

董其武

傅作义

上，愤愤地骂出开封话："活孬孙，恁不人物，连个招呼都不打就窜了！"

这是咋回事呢？原来，傅作义手下第一〇一师师长董其武，上世纪 20 年代在河南军务督办胡景翼将军的国民二军当团长，胡景翼病逝后，闲住开封南门大街 204 号，房东姚梅梁先生是开封高级中学的英文教师，在河南教育界有名望。董其武与姚公的二妞结婚。凡塞与姚公关系很熟。抗战时期，傅作义总部从归绥（呼和浩特）迁到陕坝，董其武的家属也经西安要去陕坝，在街上正好碰上凡塞。

有这层老乡关系，凡塞就去了绥远投奔董其武，在傅作义第三十五军政治部效力，组织了"奋斗剧社"，改为绥远抗日运动委员会"流动宣传队"，后又易名"青年剧社"，有团员三十多人，都是从西安去的爱国青年男女。由于条件很艰苦，待遇也不行，每月关饷只有十二三元，凡塞就来信让我爹别折腾了。

奋斗剧社在河套一带进行抗日宣传，教歌咏、演话剧，经常在各种纪念晚会上演出话剧，受到抗日军民的热烈欢迎。

1939 年严冬，傅作义将军制定了进击包头的军事计划。在行动前，特命董其武的一○一师大举构筑防御工事，日夜镐锹并举，日军误以为我军只图加强防守，绝无进攻之意。董其武还命凡塞带领话剧队、京剧队等前往接近前方的五原等城镇，以慰劳军民、庆祝新年名义大张旗鼓地演出，从白天热闹到深夜，造成歌舞升平的景象。日军认为中国军队不会发动进攻，麻痹大意；结果第三十五军突袭包头城，获得胜利。是役，达到了傅作义牵制华北日军的目的，受到傅作义嘉奖；董其武拍着凡塞的肩膀说：你们剧团也有不小的功劳。

从 1939 年 12 月到 1940 年 4 月，傅作义的晋绥军历经包头、绥西、五原三大战役，连续苦战一百多天，使日军伤亡四千六百多人，并击毙了继名将之花阿部规秀之后的日军第二个中将、日本皇族的水川一夫。战后，傅作义在陕坝举行了隆重的慰劳军民庆功大会，国民政府授予傅作义将军"青天白日勋章"。会后，凡塞的奋斗剧社演出了抗日剧目。

1940 年的一天，凡塞突然回西安了，还带着夫人史洁，在陕西教育所社会教育演剧队演出。我爹高兴得不得了，三人到钟鼓楼后面的回民街吃烤肉。原来，嫂子是大革命时期的共产党员，后来去了绥远，难怪凡塞哭着喊着去了绥远。我爹骂他重色轻友。没几天，凡塞夫妇就被抓了，送进劳动营。

西北劳动营成立于 1939 年，位于西安西关外飞机场北边，占地六七百亩，周围有 3 米多高的围墙，墙头上罩着铁丝网，墙外有又宽又深的壕沟，依围墙建有许多碉堡，昼夜有卫兵站岗巡逻，严密监视墙内寝室、课堂。主要是监禁投奔延安被截留的青年以及审查从延安出来的人员。顶头上司是省党部主任谷正鼎，他是皮以书的丈夫。我爹找韩悠韩去捞人，当时他正在给保育院排儿童歌剧和《阿里郎》。韩悠韩请皮以书吹吹枕头风，谷正鼎这才下令放人。

凡塞夫妇出来以后，说大恩不言谢，就和丁尼、赵秀荣、崔超、崔小萍等人又回绥远搞"青年剧社"去了。

以后，凡塞夫妇就留在傅作义部队工作。北平和平解放后，凡塞就在北京电影制片厂工作，负责制片管理。他在电影《民主青年进行曲》《儿女亲事》中当剧务，后来在发行科搞发行工作。我爹则留在南京军区文工团。一北一南，春树暮云。

1954 年，我爹跟着华东军区政治部解放军剧院带着话剧《东海最前线》进京参加汇演，和范凡塞在北京剧场后台见面，正在化装的我爹见到是老兄弟来了，上去就拥抱，弄得范凡塞一脸都是油彩。

接下来的三十一年，两人天南海北，历次运动中，都是"老运动员"。1985 年，我爹从北京电影制片厂的老友张平那里，得到了范凡塞的消息，知道他的地址和正在为全国政协文史委员会编写老长官傅作义先生年谱的研核修订工作。我爹立即给他去了信。他在回信中写道："看到你的信，就好像天上掉下了一个大元宝一样高兴……"次年，他又参加了董其武将军回忆录《戎马春秋》的校审工作。

…………

"玉麒麟"洪正伦行侠

王者档案：洪正伦，男，1937年底在"中剧"救亡演剧队，1938年到中央军校七分校做总务科长，1942年到战干剧团任上校副主任。

洪正伦绰号"洪秃子"，戴涯早年出道时就与搞舞台美术的洪正伦结为好友，在"中旅""中剧"和战干团，都是最佳搭档。

1937年9月下旬的一个夜晚，南京城内一派凄清的景色，由于实行灯火管制，万家灯火成了一片黑暗，最热闹的新街口、管家桥一带的世界大戏院，行人稀少，关门歇业，张贴在海报栏的话剧《汉奸的子孙》的广告，早被无情的秋风撕去了一角，其余的部分尚在秋风中瑟瑟发抖。后台的化妆间内窗子上贴着黑纸，有些微昏黄的亮光透出。

戴涯与洪正伦、冷波正在商议中国戏剧学会何去何从。最后决定将"中剧"编成一个小型的救亡演剧队，自发地从事抗日宣传工作。演员愿走愿留自愿，结果剩下十几个人，将必要的布景和道具装车。洪正伦有个朋友叫赵光涛，在徐州民众教育馆任馆长，洪正伦打算等候冷波回上海接孩子，再一同去徐州；戴涯则回镇江料理家务，完后北上。

在一个大雾弥漫的清晨，洪正伦、冷波带着"中剧"剩下的赵曼娜、张燕、童凤人、范大块等人在下关中山码头候轮渡，等雾散去，才上船渡过漫漫长江，在浦口候车北上徐州。行前他们还在码头上演活报剧，进行抗日宣传，还专门去了由"中国化工之父"范旭东先生创建的中国最早的化工厂，被称为"远东第一大厂"的永利铔厂，给工人们演出专场。

"中剧"救亡演剧队于 9 月 27 日在徐州成立，制作了队旗，一面长三角形小旗，豆绿色，靠旗杆的一侧为炮弹形的图案，横写着"中剧救亡演剧队"。

此示意图根据丁尼先生所画草图（如下），由好友原伟华所绘。

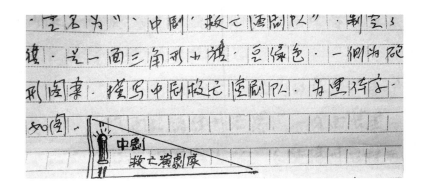

就像水泊梁山好汉们"替天行道"的大旗一样，"中剧"打出了"救亡演剧队"的旗号，就可以行走江湖。洪正伦是大总管，事无巨细，从生活需要到宣传演出、联系各方，全是他一人。

当时有街头耍猴的，吆喝着：猴啊猴啊好好玩，挣了大钱回河南。

洪正伦指着那被链子拴着耍把戏的猴说：那就是我。

"中剧"救亡演剧队到徐州以后，洪正伦与徐州民众教育馆馆长赵光涛进行接洽。中国旅行剧团第一次到南京演出时，赵光涛与洪正伦认识，给了他们很多的帮助。此时赵光涛任职徐州民众教育馆，熟人见面，义不容辞。

链接：赵光涛，江苏徐州人。1931 年 8 月，江苏省教育厅决定筹办徐州民众教育馆。赵光涛被委任为筹备处主任。赵光涛聘请郭影秋、薛暮桥、李可染等文化名人担任各部主任、总干事，民教馆于 1932 年 5 月正式开放。赵光涛提出民教馆以"公民训练、语文教学、生计指导"为三大任务。抗战爆发，赵光涛立即指导民教馆一切工作以抗日宣传为中心，亲自谱写抗日歌曲，把民教馆的刊物《教育新路》改为《火线周刊》，组织抗日宣传队，教唱抗日歌曲，举办抗日图片展览。

赵光涛将救亡演剧队安置在徐州北关环城路的徐州民众教育馆的民众草堂内。在赵光涛的关照下，"中剧"人员增加了不少，共有三拨人：有济南来的、徐州本地的、南京来的，三路精英合成一股力量。一个纯民间的文艺团体，没有任何官方的背景与资助，完全要靠演出来养活自己，如果不是兵荒马乱的年代，靠卖票还是可以维持的。抗日救亡队的演出主要是在广大的农村，对农民演出，有人管吃就不赖了，是无法卖票的，这样下去该怎么办？

李宗仁将军

10月12日，第五战区司令长官李宗仁驻节徐州旧道台衙门，成立第五战区民众动员委员会，这是一个半官方半民间、具有统战性质的动员组织。李宗仁亲自任主任委员，赵光涛担任组织部副部长，并推荐共产党人郭影秋担任组织部总干事。各县县政府也都成立民众动员委员会分会。

"中剧"救亡演剧队便制定了"城市公演，农村宣传"的方针。所有人员薪金一概没有。

洪正伦只借到了八块钱，捅在手里都出了水，好在每人出来流亡，都从家里"搜刮"仨核桃俩枣的，各人的零花便自掏腰包了。

救亡演剧队分成两个小分队，洪正伦领一组，冷波领一组，他们排演了《三江好》《汉奸的子孙》《最后一计》和《放下你的鞭子》《打鬼子去》《咆哮的河北》等一些进步的话剧和抗日街头剧，在徐州街头和附近铜山县进行演出。

在农村的接待问题，铜山县动委会主任委员、县长曹寅甫对各乡村做出安排，由村里负责接待，吃大锅饭；住当然也不花钱，队员们打地铺，睡在城隍庙、祠堂和小学校里。小分队每到一村，演员和群众打成一片，口号声、议论声不断，群众的抗日情绪激发了演员的感情，演员的真情表演又激发了观众，演员在台上流泪，观众在台下流泪，形成互动，浑然一体，演出效果极为明显，抗日情绪非常热烈。在农村的宣传过程中，演剧队队员们也受到极大的教育。

这时，"中剧"的布景从南京运来，"中剧"救亡演剧队在徐州草堂演出了章泯的三幕抗战剧《我们的故乡》和《警号》。一方面招待徐州各界，一方面售票，想筹集一些资金，但徐州太穷了，不但卖不出票，反而欠了债，就只能等戴涯的消息了。

"假孔明"骗"宋公明"

当"中剧"救亡演剧队在徐州进行宣传时，戴涯在镇江自己家里，上演了一出《假如我是真的》。

某天，一个大学同学介绍了一个叫聂德昭的人登门求见。此人吹嘘自己原本在山西阎锡山手下干过团长，后因为反阎失败，在南京一所"野鸡大学"读书。如今抗战，准备回山西召集旧部，和小日本干一场，也不枉做中国人。戴涯被他强烈的爱国精神所鼓舞，认为此人是有大志、有才干的人，便推心置腹，把自己的计划告诉聂德昭："我要组织职业剧团。"

"你的计划兄弟我十分赞成，也很支持，你们有一个致命的缺点……"他故意卖了个关子。

"什么？快说呀！"

"你们没有后台，没有经济支持！"

这一下还真被他敲在麻骨上，戴涯没了脾气，"嗨，没办法呀。"

"我给你支一招，最好你们去大后方，在那里发展，找门路，做长久打算！这个仗，打个猴年马月也是有可能的，眼前东线吃紧，危巢之下，垓下被围，中剧救亡演剧队就留不下根了。"

"去哪里？还要一笔钱搬家，费用从哪儿来？再者说，一旦离开曹禺、马彦祥，离开了熟地方南京，独立支撑困难重重。"

"你跟我走，兄弟有路子啊！"他拍着胸，啪啪响，"西安有我的几个老乡，都是好兄弟，都在党政军界做大官，有省党部书记长、有财政厅长，继续办民营剧团没问题，我和我好兄弟的关系，不会不帮忙的。"

戴涯想西安较远，有潼关之固，西岳之险，估计日本人不可能打到西安。在一旁的老祖母哭哭啼啼："拜托拜托，别管家里，你们先走吧。"

戴涯当即买了两张头等车的票，与聂德昭远赴西安。就这样，碰上卖拐的，把自己忽悠瘸了。

其实，这货是个"捏不着"。到了西安，戴涯住在聂的一位山西老乡家里，姓聂的就没影了。这下好，镇江香醋遇上山西老陈醋，整个牙倒了。

戴涯知道上当了，焦虑万分。但人生地不熟，一筹莫展，

蓝马

愁闷中戴涯摸到省党部各界抗敌后援会，见有同行忙着排戏，于是和人家搭讪，掏出自己的名片。当时，戴涯大名在话剧界如雷贯耳，戴涯在西安的消息很快传开，西安有个大风剧社，"中旅"的蓝马在那里，戴涯于是上门求助。

蓝马是个好演员，在电影《一江春水向东流》《万水千山》中都有上佳表演。他也积极为"中剧"想办法。省党部还有个干戏的叫易水寒，湖南长沙人，后来在王曲剧社任导演，都答应帮忙，也邀请戴涯参加抗敌后援会主办的联合演出。

"小旋风"李次玉纳贤

西安正声剧社的演员李次玉，是个"票友"，他的职业是税务局职员，有些家底，住大宅门，人头又熟，就是好演戏这口儿，小有名气，在西安演艺界结交不少朋友。大有"小旋风"柴大官人之风范。

古道热肠的李次玉知道了戴涯的难处，摆下一桌宴席，请第二十八师的政训处长吴树勋吃饭，介绍他与戴涯认识。因为吴树勋还有一个身份：西安正声剧社的社长。

李次玉

链接：吴树勋，四川叙永人，早年毕业于黄埔军校第三期；在胡宗南手下第二十八师任政训处长，后为胡宗南政治部主任；1942年，军事委员会政治部委吴树勋担任中国电影制片厂厂长；抗战胜利后任国防部第二十八军官总队少将总队长、大华影业公司总裁。1947年摄影师薛伯青（中共党员）加盟大华公司，同时负责中共争取吴树勋的工作。1948年12月29日，中共党员、报务员李白被捕。几天后薛伯青被捕。吴树勋动用关系将薛伯青保出。上海解放前夕，国民党准备成立潜伏小组，薛伯青去策反，做吴树勋的工作。最终吴树勋交出30多支卡宾枪，在薛伯青帮助下离沪飞赴香港，从此不问政治。后成为台湾著名导演。

饭桌上，戴涯请吴树勋设法帮助"中剧"救亡演剧队来西安落脚。吴拍胸脯：包在兄弟我身上，我请董钊师长出面，向西安铁路局要车皮，把"中剧"的人从徐州接到西安。

黄埔军校一期的董钊

"董钊是长安县人，黄埔军校和陆军大学毕业，属于天子门生。驻军西安，向铁路局要节车皮还费劲吗？"吴树勋说，"这个忙不是白帮的，你是话剧界前辈，也得给我帮个忙，要给我的正声剧社排戏。在排演和演出期间，你住旅馆、吃饭馆，食宿都算我的！演出后，我就把'中剧'从徐州接到西安来。"

三人干杯，戴涯欣然接受了吴树勋的邀请，帮正声剧社排戏，执导了于伶的抗日剧《夜光杯》。《夜光杯》是五幕话剧，写上海舞女郁丽丽刺杀大汉奸应尔康的故事。名舞女郁丽丽不甘自己屈辱卖笑的地位，在革命者汤跃华的影响下，"懂得了不少做人的道理"，认识到自己受苦的根源，决心深入虎穴，谋杀应尔康。后被人告密而失败，最后壮烈牺牲。剧本歌颂了社会地位低微的舞女舍身杀敌的爱国行为，具有悲壮感人的艺术力量。

行家出手就有，正声剧社参加了陕西省党部组织的抗敌后援会，主办了文艺界联合演出；公演话剧《夜光杯》，轰动了西安的戏剧界，观者如潮，西安当地的报纸好评如潮。不仅为吴树勋争了面子，还挣了票子。吴树勋取名，戴涯取实。

吴树勋也是说到做到，兑现了诺言，从铁路局要到车皮，并派人去徐州接"中剧"救亡演剧队。戴涯松了口气，望穿秋水，就等"中剧"人马早日到来，再撸起袖子大干一场。

"豹子头"王者落草

"豹子头"就是我爹,他是雪夜上梁山入伙的。后来在兰州天山剧团演《林冲夜奔》时,被"薛霸"李士宽一失手,一刀砍在前额上,当时鲜血流下,眯住了眼,擦了血继续演出,人称"豹子头"。

1937年11月底,洪正伦带"中剧"救亡演剧队收拾行囊,前往西安。第五战区政治部听说此事,节外生枝:要求"中剧"救亡演剧队留在五战区,继续进行宣传工作,并保证演剧队参加到部队里来。洪正伦、冷波召集大伙开会商议,这时,二十八师给"中剧"要的十五吨的免费车皮也到徐州,不能得罪朋友。于是洪正伦、冷波带领演剧队,在12月中旬一个雨雪交加的日子,离开了徐州。当时,南京已经沦陷了,徐州方面也很紧张，兵荒马乱，火车站上乱糟糟的，全是逃难的人。一节铁篷车挂在客货车的最后，里面全是演剧队的人，除了坐人，已经没有地方，装不上车的布景也都割爱，扔在徐州的月台上。他们只将《日出》第三幕的一片布景搬上车，将车厢间隔开来，男女分开，把行李铺上，已经够挤了。加上还有友人李可染要跟着去西安，这一来就更挤了，好在大冷天挤挤暖和，大家也都将就了。赵光涛赶去车站送他们，分手前大喊："山不转水转，我们还会见面的。"

大雪纷飞，西去的火车像一头不堪重负的老牛，喘着气，走走停停，终于到开封站。月台上挤满了人，都从车窗爬进去，里面的往外推，乱成一团。我爹踮着脚，站在西头，陈丽珠站在中间，凡塞站在车尾，开车铃催了，一节又一节的车厢都过去了，愣没看见"中剧"的人。这时，只见洪正伦扒着最后一节铁罐车的铁门，探出半个身子喊着："王者、王者……"

我爹一听，是洪正伦的声音，立马就往车尾狂跑，凡塞帮着把陈丽珠先送上车，接着往车里扔行李卷，之后自己爬上去。火车开了，我爹又顺着车头的方向跟着跑，在韩悠韩和丁尼的援手下，爬上了就要驶出站台的最后一节车厢。

洪正伦擦着汗，连说："好悬，差点就上不来了。"我爹来不及和众人寒暄，忙着想把行李卷摊开，只见挤挤挨挨，无有立足的地方，洪正伦指着他的铺说："就扔那儿，咱俩轮流睡。"

我爹拿出带来的大饼，分给大家。洪正伦夸了一句："还是你想得周到，半夜上车，没地方买吃的，大伙都还饿着呢！"

西去的列车走走停停，正好给了大伙一个拉屎撒尿的机会。天明后到了洛阳车站，还没来得及买吃食，突然，空袭警报瘆人地响起来，大家都下车躲警报，火车头脱钩，也忙于疏散。等了半天没有动静，原来飞机是去轰炸西安的。火车头司机却将这节加挂的车皮甩到八股道上，长蛇般游走了。

大伙大眼瞪小眼，都傻眼了。还是洪正伦有点子，将道具箱中的国民党军官服套在身上，让我爹穿上士兵的衣裳，挎上道具用的盒子炮，两人去了站长室。洪正伦的呢子军装皱巴巴的，第一次演国民党军官还很青涩，我爹本色出演，帽子一歪，上去一脚踹开了站长室，用枪对着站长的脑袋："马上送老子去西安，耽误了军机，就请你尝尝花生米！"

洪正伦抓起站长室的电话，给西安二十八师政治部通话，吴树勋告诫站长，无论如何要设法解决。站长也是急头怪脑，与往西的列车司机协商，好容易将车皮挂上另一列开往西安的客车，谢天谢地，出了站长室，洪正伦夸道："演技不错，像那么回事。"我爹得意地说："不外气，我干过国民党兵。"

就这样，在第二天阳光明媚的日子，火车终于到了西安车站。

戴涯一直在月台上死等，客车上下来了汹涌的旅客，等人都走完了，才看见来了一群背着被褥、提着箱子的"难民"，直到跟前才认出是自己的队伍，洪正伦带着一大群兄弟姐妹来了，一个个兴奋地握手。戴涯看见我爹，高兴地在我爹肩头打了一拳。

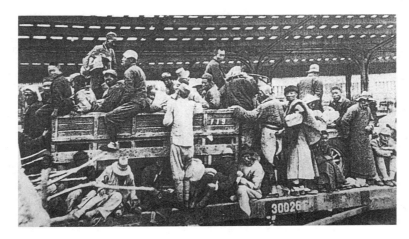

逃难的难民车

　　在西安抗敌后援会的安排下，救亡演剧队暂住在西安第一师范学校；在前院东厢房的一间教室中，面对面搭了两个长铺，中间用箱子隔断，男女分开，大家欢天喜地总算安营扎寨了。

　　戴涯决定执行过去在徐州的方针：城市商演，农村宣传。"中剧"在西安城里公演了《歼灭》和《夜光杯》等戏。

　　当时的西安，是一个饱受战乱的西北落后城市，老百姓都很穷，文化水平也低，普遍喜欢秦腔、碗碗腔和眉户戏，还有陕西道情等地方戏，以及易俗社排演的新秦腔剧目《还我山河》《山河破碎》等；前一段正声剧社公演《夜光杯》等话剧，该看的人都看了，这样一来，"中剧"救亡演剧队就没戏了，开炮戏就哑火了，剧场内观众寥寥无几，加上蹭戏的，演一场赔一场，入不敷出。

　　剧团领导人冷波和戴涯之间就闹起矛盾。演剧队发生了分裂。冷波、赵曼娜带着一部分人离开西安，到范汉杰第二十七军政治部去了。崔超、崔梦湘、崔小萍参加了"明天剧社"；朱星南去了"正声剧社"。"中剧"救亡演剧队剩下丁尼、王者、范里、凡塞、井淼、韩悠韩、李莉菲、姜瑢、姜瑛、徐舜、刘兆兴、张东江、刘鑫、陈靓、陈丽珠、赵茜、赵仲英、杨文英等人。

戴涯没料到是这样的局面，于是又求助西安抗敌后援会出面，介绍演剧队到西安附近的各个乡镇去演宣传剧，到什么地方演出，就由该地的乡公所招待食宿。戴涯还向长安县政府借了一点车马费，维持抗日宣传演出工作。

陕西的严冬，大雪飘飞，冻彻肌骨，在厚厚的皑皑积雪中，"中剧"救亡演剧队队员们，一辆大车上装满了道具、布景和队员的行李，洪正伦举着旗走在前面，我爹自告奋勇"驾辕"当牛使；丁尼、范里、韩悠韩等推着装满道具等的木轮"太平车"，踩着皑皑的白雪，"晓驾炭车辗冰辙"。如同跑江湖一般，一个个浑身出汗，只要一歇下来，一会儿就哆哆嗦嗦，浑身发抖。他们在长安县南乡各村轮流进行抗日宣传，队员们睡破庙、住祠堂，呼呼叫的北风无情地从窗棂中、门缝里钻进来，大家蜷缩在冷似铁的被窝中，冻得睡不着，只好打老通，抱团取暖。早晨起来，被子上都是一层雪花；每日两餐饭，只有杂面馍就辣子加葱花盐水汤。在极其艰苦的环境下，演剧队无一人退缩，也没有人叫苦，这是为了民族，为了国家，白天带着《我们的故乡》《放下你的鞭子》《打鬼子去》《三江好》等抗日戏，走乡串寨，为农民兄弟演出，教孩子们歌谣。一些抗日歌谣就是通过他们传开来的。多少年后我爹还能清楚地记住其中的一些。

打鬼子

月奶奶，明晃晃，开开后门洗衣裳，

洗得白，浆得光，打发哥哥上战场，

点大炮，放快枪，打得鬼子没处藏，

齐喊爸，乱叫娘，连爬带滚走慌忙，

小短腿，身子胖，跑不动，中了枪，

两眼一蒙见阎王。

捉昭和

小簸箕，簸三簸，我当弟弟你当哥，

咱俩对钱买弹药，照准日本开了火，

决胜负，鬼子弱，杀近卫，捉昭和，

土肥原，下油锅，我喝汤，你吃肉，

看看快乐不快乐！

缝战衣

老公鸡喔喔啼，

妹妹叫嫂嫂，咱们快快起，

同与哥哥缝战衣，

多么长，二尺七，

什么色，是草绿，

线要紧，针要密，

既遮风，又避雨，

打日本，赶鬼子，

中国不要这些脏东西。

去当兵

公鸡叫，天将明，

爸爸叫我去当兵，

背着枪，扛着炮，

跑到前线把日剿，

打败日本得胜仗，

得个英名万古扬。

抗战十二月

正月里来是新春，大家抗日一条心，

壮丁前方去打仗，优待的财物送家庭，

莫忘了一二八受的辱，上海抗战杀敌人，

我们决把日本强盗打，杀尽了强盗好安生。

二月里来龙抬头，抗战必胜不须愁，

我们不把强盗打，子子孙孙变马牛，

我们去把日本强盗打，收回大地得自由，

鬼子汉奸恶贯满，我们要洗去大冤仇。

三月里来三月三，丈夫当兵妻守家园，

当兵是为保国土，耕田做事妻来担，

种下了稻子收白米，种下了瓜子结瓜甜，

日本强盗种下罪恶种，把他赶尽杀绝理当然。

四月里来暖风吹，野花满地战马肥，

青山绿水处处好，处处天空任鸟飞，

自从日本强盗来，作乱杀人放火任胡为，

人人要把江山保，不杀尽强盗不回归。

…………

　　没过多久，演剧队的生存岌岌可危，没有任何经济来源，经济上发生危机，戴涯四处告贷，借钱维持二十多人的生活。戴涯还在瘦驴拉硬屎，"不能让家散了"。他交给我爹一个任务，负责管伙做饭，要精打细算，每人每天只有2元7角的伙食费，还得保证让大伙吃得满意。

　　清早，我爹去戴涯处领取了菜金，上街采买，开伙做饭，估计他的烹饪手艺就是那时学会的。此外，还要从伙食费中省出两毛钱来买一包"哈德门"香烟，一人抽一口过过瘾。都混到要饭的份儿上了，也没人抱怨，好在干戏的人都是乐天派，要饭的挂钥匙——穷开心。都是段子手，还嘻嘻哈哈的，苦中作乐。

　　戴涯在自传中写道："我们是救亡演剧队，也不便在剧场正式公演，因此就很难维持……二十多个人吃饭确是难题。"

一张中韩两国都有的老照片

　　这是一张"中剧"有关人员 1938 年春天在西安留下的合影，在我家老相册中保存了几十年，由于没留下文字说明，就一直保留下来。几经沧桑，在我爹、丁尼等手中都有这张珍贵的照片。

　　今年（2021 年）6 月，我出席全国黄埔军校同学会召开的第十四届黄埔论坛，台湾黄埔军校同学会后代联谊会会长邱智贤先生找到我，说韩国釜山的韩悠韩的儿子想联络我。

　　邱先生告诉我，韩国要搞一个抗战纪念馆，重点有韩悠韩对抗战的贡献，包括文献资料照片等进行展览。但韩悠韩在抗战中都是在中国活动的，这方面资料不多。我告诉他，在我爹的档案材料中多处提到韩悠韩的情况，需要时，我可以提供。

邱先生在手机照片中翻出韩悠韩几张当年在西安的老照片，其中赫然也有这张照片。

我在找韩悠韩先生的后人，韩悠韩的后人也在找我们。这张照片韩悠韩也是珍藏在身边，他也没忘这段抗战中的感情。

在这张老照片中还有大画家李可染的身影，问题是李可染怎么会出现在这张照片中呢？他与这些人是什么关系？李可染，江苏徐州人。早年毕业于上海美专，后回家乡教书。

1931年8月，江苏省教育厅决定筹办徐州民众教育馆。赵光涛被委任为筹备处主任。赵光涛聘请郭影秋、薛暮桥、李可染等文化名人担任各部主任、总干事，民教馆于1932年5月正式开放。抗战爆发，赵光涛立即指导民教馆一切工作以抗日宣传为中心，亲自谱写抗日歌曲，把民教馆的刊物《教育新路》改为《火线周刊》，组织抗日宣传队，教唱抗日歌曲，举办抗日图片展览。

"中剧"救亡演剧队到了徐州后，与赵光涛联系，就住在民教馆里，自然与李可染认识，李可染当时负责创作大型抗日宣传画。"中剧"也需要这些宣传画做街头小戏的背景，李可染也需要他的抗日作品走出民教馆，让更多的老百姓看见，于是他们就结合在一起。随着淞沪战役的结束、首都南京的沦陷，徐州开始吃紧，于是在1937年年底，李可染和他的妹妹随"中剧"一起抵达西安。1938年春天的一天，他们一起留下了这张合影。之后，李可染就去了武汉。照片中的李可染潇洒阳光，头戴牛仔帽，一副艺术家的气质。

李可染先生从西安去了武汉，在那里又创作了一系列的抗战宣传画，极大地控诉了侵略者的残暴，鼓动和振奋了军民抗战到底的决心和意志。

岁月无情，但这张老照片是含有温情的，在我爹、丁尼、韩悠韩等手中保留下来了。

上世纪60年代的一天，我爹从外面兴冲冲地回来，手里握着一个卷起来的纸筒，我妈连忙问："什么东西？"

我爹小心翼翼地打开，原来是一幅青绿山水画，已经托裱过了。我妈找了四颗图钉，钉在堂屋的墙上，我爹歪着脑袋左看右看，一个劲地欣赏，说："这是李可染专门送我的画，他在江苏美术馆办画展。"

我当时还小，对于国画没什么了解，于是问道："李可染是什么人？"

"人家可是大画家了，在中国顶级的大画家中也排在前面。"

"人家为什么送给你呢？"

"当年我们曾一起进行抗战宣传活动，在一个锅里摸过马勺呢。"

"马勺是什么勺？"

"就是喂马用的大铁勺。"

"那多不卫生啊！"

我爹却呵呵笑了起来。

这张钉在白墙上的李可染的青绿山水画，引得团里不少叔叔和阿姨来观看，特别是科班出身的赵衡阿姨也专门来看过，说李可染应该是她的大师兄呢。

这张珍贵的李可染的山水画于 1967 年年初的大抄家中遗失。

"武将军"到西安

1938年3月4日黄昏，西安火车站的月台上下来了一支队伍，他们就是被毛泽东赞为"昨日文小姐，今日武将军"的丁玲和塞克率领的"西北战地服务团"。

西北战地服务团是八路军的文工团。从山西抗日前线过黄河抵达潼关，乘火车来到西安。丁玲、塞克分头晋谒党政长官，接洽"西战团"在西安工作事宜。陕西省政府将"西战团"安排在梁府街"女子中学"住宿。

链接：丁玲，湖南临澧人，毕业于上海大学中国文学系，中共党员，著名作家、社会活动家。1936年11月，丁玲到达陕北宝安，是第一个到延安的文人。丁玲的到来，给陕甘宁抗日根据地原本力量薄弱的文艺运动增添了新鲜的血液。

丁玲　　　　　　　　　　　塞克

塞克，原名陈凝秋。1906年出生于河北霸县（今霸州市）后卜庄，是我国重要的诗人、剧作家、画家、翻译家，是中国抗战文艺的领军人物。1938年，塞克到延安鲁迅艺术学院担任教授，导演了话剧《九·一八前后》《钦差大臣》。以后，他任延安青年艺术剧院院长、陕甘宁边区参议员、陕甘宁边区政府文化工作委员会委员。

第十八集团军西北战地服务团，是中共组织的半军事化的抗日综合文艺宣传团体。1937年8月13日"西战团"成立于延安，丁玲等请示中央军委，想成立一个战地记者采访团，到抗日前线工作，中共中央建议扩大为文艺宣传队，到前线动员群众，团结友军，宣传党的抗日战争十大纲领，同时进行新闻采访，对外报道。毛泽东数次找丁玲谈话，说这个工作很重要，宣传工作要做到群众喜闻乐见，要大众化。9月22日，"西战团"离开延安奔赴山西抗战前线。在晋期间，辗转三千余里，进行抗战演出113场，发通讯稿70多篇，创作抗战剧本24部、歌曲30余首、杂耍节目30多个，是抗战时期最负盛名的战地服务团。

西北战地服务团一到西安就召开了记者招待会，举办了茶话会招待西安各界人士，出席了西安各界妇女团体欢迎大会，参加了西安"三八妇女节"纪念大会并进行了歌咏演出。延安来的文艺宣传团体像一股春风，在国统区的大城市进行舞台公演，前所未有。"西战团"带来了抗战三幕剧《突击》。剧本是在西战团来西安的火车上，丁玲要求团员塞克和作家萧红、端木蕻良、聂绀弩集体创作的。到西安后，"西战团"立即开始了紧张的排演。

《突击》由塞克执导。塞克是在南国社工作过的著名戏剧家，被人称作"老王爷"。布景是塞克和李劫夫精心设计制作的。舞美、灯光和演出则由西安正声剧社朱星南负责。

3月16日，《突击》在易俗社拉开大幕。演出前，团员集体唱救亡歌曲，演出中间休息，女作家丁玲登台演讲，宣传了共产党的抗战纲领，加上贴近现实的抗战剧的演出，确实激励了西安军民的抗战情绪，扩大了共产党八路军的影响。

当时计划演三天，每天两场。演出时间日场为下午3时，夜场为晚上7时30分，票价六角。但戏票售出甚多，担心演出时剧场拥挤，又改为公演五天，演到3月20日。《突击》的公演在古城西安引起了轰动，媒体争相报道：西安《西北文化日报》3月17日发表消息，题目为《〈突击〉胜利了》，消息称："昨晚首次公演成绩极佳，观众抗战情绪浓厚，团员们就是一支突击队。"西安《新秦晚报》3月17日报道："全剧自始至终均充满紧张空气，故博得观众之热烈欢迎，该剧在此时演出，尤其在敌人认为将要沦为战区的西安演出，实具有绝大意义云。"西安发行量最大的报纸《工商日报》、国民党中央宣传部在西安出版发行的机关报《西京日报》等均进行了报道。最后一日还加演了早场，时间为上午 10 时，免费招待军人。这样，《突击》在西安共演了五天 11 场。但还有不少军民要求加演。

"西战团"决定在南院门正声剧社举行第二次公演，形式不断变化，改演民众喜闻乐见的、接地气的节目。西安《民意报》4 月 2 日发消息《战地服务团二次公演》，称"主要节目为该团自作之各项大鼓、快板、相声、打倒日本升平舞及话剧

战地服务团的演员准备出发

等，形式复杂新颖，内容悲壮激昂，尤以打倒日本升平舞，系采用东北秧歌舞形式，亦庄亦谐，寓意深长，发扬通俗艺术，旧瓶装新酒，贴近大众，宣传抗日，是西战团二次公演的指导方针"。这些小节目都是"西战团"在山西前线编写演出的，当时就博得了军民们的极大欢迎。在西安舞台上公演这样的节目也是前所未有，观众蜂拥而至，反响极为强烈。媒体评论道："全体演员因具有抗敌热情与对艺术的深刻了解，颇能鼓动观众情感，博得极大荣誉云。"

西北战地服务团公演获得了极大成功，轰动了西安，街头巷尾，交口称赞，西安的不少戏剧团体也开始学习西战团的模式，演出抗战戏剧。西战团的演出成功，同样给"中剧"救亡演剧队的同行们以刺激和启迪。

"入云龙"朱星南行正道

王者档案：朱星南，男，中国戏剧学会演剧队演员，后去延安。

朱星南是济南业余剧团的社长。该剧社于1937年年初成立于济南，由济南的话剧爱好者组成，演出进步戏剧。其成员有徐舜、齐衡、井淼、丁尼、崔超、崔梦湘、崔小萍、

朱星南

刘兆兴，以及韩悠韩、姜瑔、姜瑢、张东江、刘鑫等。曾公演果戈里的《钦差大臣》等剧目。全国掀起抗日高潮后，该社即排演宣传抗日的戏剧在济南"进德会"演出。朱星南在上海和赵曼娜一起演过戏，关系很熟。同年9月，该剧社与中国戏剧学会建立联系，朱星南带该社部分人员去徐州，在云龙山下，入伙"中剧"救亡演剧队。在西安，由于"中剧"上不着天下不着地，眼看风雨飘摇，朱星南等就加入了陕西省党部的大风剧社，陆陆续续走了不少人。

1938年4月，春暖花开。一天，大风剧社的朱星南来找戴涯："老戴，你看'西战团'的演出从中没悟到啥吗？有让你们借鉴的地方吗？"

戴涯用一种开玩笑的口气说："你们？你才离开几天，就成为你们'中剧'了？"

朱星南："老戴，不开玩笑，西北战地服务团在西安的演出票价四角、六角，都赚了钱，说明西安的市场大有可为。再看看咱们，两角、四角还卖不出去，为啥？导演、演员不如人家吗？我认为都不是，'西战团'从演出剧目和内容形式上都有值得我们学习的地方。"

戴涯点点头："对，不能老是《夜光杯》那几出戏，要有新玩意儿，也要有新形式。他山之石，可以攻玉。"

朱星南说："只要有好东西，依托城市，坚持巡演，职业剧团是可以办下去的！"

当时，为了淡化西北战地服务团在西安的影响，陕西省党部下属的大风剧社筹备排演了凌鹤的《黑地狱》。

链接：《黑地狱》的故事背景是天津海河浮尸的真实事件，但作者没有正面展示这一事件的血腥惨烈，而是虚构了日租界洋行一个暗无天日的烟窟地下室和一群苟活的虫豸似的奴隶，这里不仅有洪二爷、石富财那样的最底层烟民，还有一个特殊群体——托庇于租界并受日本特务调遣的青帮分子马国材、萧汉江，显然他们全都是殖民地民族特有的畸形物。

虽然朱星南也参加了演出，但对于国民党宣传对共产党八路军的抵制，种种行为，都看在眼里，他身在曹营心在汉，已经打算投奔西北战地服务团了。

7月12日，西北战地服务团在易俗社第三次举行公演，也是告别演出。在节目形式上又进行了改进，更贴近当地人的看戏喜好。演出两部戏曲，一部是京剧《忠烈图》，导演请当地的京剧票友裴东黎，角儿是"西战团"的副团长张可。另一部是秦腔《烈妇殉国》，导演是易俗社社长高培支，角儿是"西

张可

战团"女演员夏革非。夏革非，女，陕西西安人。1935年入西安女子中学，1936年参加抗日民族解放先锋队，1937年2月赴延安，在抗日军政大学二期学习时投入陕北苏区时期的戏剧运动。因主演过廖承志导演的话剧《回春之曲》《平步登天》而闻名延安。卢沟桥事变后，首批加入西北战地服务团，在丁玲创作的话剧《重逢》中饰女主角白兰。随团去西安国统区做抗日宣传，主演过话剧《突击》。

"西战团"的演出还是大小结合，其间，还穿插演出小戏《双拾金》、大鼓、快板和歌咏。并且在《西北文化日报》《西京平报》和《西京日报》上做了广告，影响很大。

"西战团"的第三次公演获得了成功，轰动了西安，民众交口称赞。他们的演出也给当地的文艺团体做出了榜样。

"西战团"在7月22日离开西安，前往延安。良禽择木而栖，朱星南就跟着"西战团"走了。

1938年7月至1944年5月，朱星南在八路军西北战地服务团（西安、延安、晋察冀边区）任演出委员会主任。1954年以后，调任中央戏剧学院苏联专家表演训练班班主任，后为导演系主任。

偷艺——转益多师

我也借着朱星南，再说说裴东黎，这个人也是我爹朋友圈的。裴东黎这个人在西安京剧界很有名，档案中记载我爹是1938年在西安通过夏声剧社负责人刘仲秋认识了裴东黎。

先说刘仲秋（1905—1972），徐州市人，京剧表演艺术家、戏曲教育家。自幼爱京剧。先师从苏少卿学艺，1931年在南京考入了梅兰芳、余叔岩创办的国剧传习所，拜李洪春为师，专攻老生，擅长唱功。他主演《范仲禹》，运用蒙眬、痴呆的眼神，把人物刻画得入木三分。

1937年，他与同学刘英等赴西安抗战，组建了夏声剧社。招纳京剧爱好者为会员，演出京剧，宣传抗日。1938年又主持创办了夏声剧校，负责内外事务，还担任了繁重的教学工作。

他改革旧的教学方式，使学员初步达到了能演、会编的水平，为京剧培养了一批人才。

我爹也是京剧票友，先认识了刘仲秋，通过刘仲秋，又认识了裴东黎。

裴东黎是"中剧"演员裴冲的弟弟，京剧名票，曾帮助西北战地服务团排演京剧，也被八路军团队的敬业和爱国精神所感染。1938年7月下旬，也去了延安，参加了抗日军政大学文工团（团长苗正心，副团长孔敏）。该团设六个组，文学组长张如松，戏剧组长吕班，曲艺京剧组长裴东黎，音乐组长郑律成，舞美组长欧阳山尊。个个都不是瓢苴。

在西北战地服务团的刺激与激励下，戴涯重新外出借钱，老天饿不死瞎眼家雀儿，终于筹借到一笔钱。痴心不改的他眼中又燃起了希望的光芒，打起精神，联合其他团体，以"旅陕剧人"的名义，在西安市举行了第一次公演，演出了《我们的故乡》和宗由创作的独幕剧《军号》，宗由参加演出。大部分群众由"中剧"班底担任。

宗由

链接：宗由是天津人。早年在天津创办鹦鹉剧团，并在新华、上海联华影业公司担任演员。代表作品有《情窦初开》《壮志凌云》《春到人间》等片。抗战时期在西安，与戴涯合作，演出了《我们的故乡》，1938年参加拍摄《气壮山河》。还曾担任过空军神鹰剧团演剧队队长、上海救亡演剧队第五队导演，在重庆的话剧界拥有很高的地位。抗战胜利后回到上海转任电影导演，到台湾之后拍摄了《恶梦初醒》等片。

《我们的故乡》由戴涯任导演并饰演大儿子锦文，宗由饰演二儿子仲文，童凤人饰葆珍，丁尼饰父亲王祖章，井森饰汉奸殷家耕，范大块饰周士树，刘鑫饰警长，刘兆兴饰游击队员。

《军号》只有两个角色，宗由和戴涯自导自演。

这次的演出也还可以，起码能包住大伙的饭钱了。

戴涯认为只要戏好，还是有观众的，于是和塞克、周伯勋、丁伯骝合写了三幕话剧《歼灭》。

链接：周伯勋，原籍陕西临潼，生于西安。中学时期参与创办红芽社剧团，演出一些铲除军阀、打倒列强的短剧。1928年到上海，考入上海艺术大学文学系，不久加入南国社，1930年转入上海持志大学，并参加左翼作家联盟和左翼戏剧家联盟。1931年，在大道剧社参加《火的跳

周伯勋

舞》《街头人》《SOS》《乱钟》等进步戏剧的演出，并参加了影片《玉堂春》的拍摄。其后，相继在联华影业公司拍摄的《续故都春梦》和电通影片公司拍摄的《桃李劫》《自由神》《都市风光》等影片中饰演主要角色。同时，他还负责电通影业公司的总务、剧务、发行、宣传等部门的工作。1936年，他返回西安，担任"西北各界救国会"宣传部副部长。1938年，进重庆中国电影制片厂任剧务科长、演员。

《东望集》

丁伯骝，话剧演员、剧作家。有代表作《乱世忠良》《东望集》《戏剧欣赏法》等。

我爹没登过大舞台、演过大戏，一切从头学起，在团里做道具、装台、搬布景、拉大幕、抬桌子、扛椅子，演个不说话的群众，总之啥都得干，凹着腰撅着腔，鸡蛋番茄赌怼了！接着，戴涯又联合在西安的一些老演员，以"中剧"人员为班底，以"旅陕剧人"的名义排演了曹禺的《日出》。

演员阵容：凡塞演方达生，李亚男演陈白露，李次玉演王福升，周伯勋演潘月亭，井淼演李石清，范大块演黄省三，宗由演黑三，丁伯骝演张乔治，孙德芳演顾八奶奶，姜瑢演小东西，童凤人演翠喜，陈丽珠演李太太……

正巧，太原西北影业公司的秦威、欧阳红缨来到西安。

链接：西北影业公司是1935年5月由阎锡山出资在太原创办的，以拍摄新闻片、教育短片为主。完成第一部故事片《千秋万岁》后，上海一部分电影戏剧工作者宋之的、田方、蓝马、王斌、王苹等参加该公司，拍摄反映山西煤矿工人斗争生活的影片《无限生涯》。秦威与欧阳红缨都是电影公司演员。抗战爆发后，随着太原的失守，1938年该影业公司经西安迁到成都，后被阎锡山下令停办。

陕西省党部的大风剧社排演了《黑地狱》，邀请欧阳红缨饰演剧中的金姑娘；"中剧"也参加了这次演出，由井淼演马国材，张东江演青年男主角，李次玉演鸦片烟馆朝鲜老板，宗由演肖汉江，蓝马演小偷，群众角色多是"中剧"的演员。

演完《黑地狱》之后，戴涯又协助正声剧社再次演出了《夜光杯》。

虽然"中剧"救亡演剧队参加了西安这么多的演出，但都是联合或协助性的。而自己的队伍受到西安来来往往其他团体的影响和挖墙脚，一些人离开了"中剧"。

这一年7月，戴涯联合了周伯勋、丁伯骝、李次玉、叶鼎洛等人，以"中剧"救亡演剧队留下来的人为基础，打出了"中国戏剧协会"的大旗，与过去的"中国戏剧学会"仅仅差一个字。在西安夏家什字租了演员李最家一所两进的大院为会址。果然，旗号响亮，号召力就强。延安抗日军政大学和鲁迅艺术学院毕业的张平、安琳、王凤翔、王证、王放明等十人来到西安进行交流，参加了中国戏剧协会。顿时兵强马壮，中国戏剧协会呈现一派兴旺发达的景象。

不久，齐衡也从延安回来；崔超、崔梦湘、崔小萍也离开明天剧社，回到"中剧"。还有不少业余朋友聚拢，一时间"英灵尽来归"，好一派兴旺气象。

戴涯决定大干一场，首次演出的剧目很重要，在陕西省党部的推荐下，开炮戏选中了胡绍轩编剧的《黄花岗》。

"中剧"部分演员合影，前排左一为戴涯，中为王者，右一为韩悠韩。

链接：胡绍轩先生是我国现代文坛著名作家，剧作家。1911年生于湖北大冶县，青少年时代即酷爱戏剧艺术。抗战军兴，即展纸挥毫写抗日戏剧参加斗争。后在武汉与友人合作创办"武汉文艺社"；主编《文艺》月刊和《文艺战线》旬刊；同时以其出色的戏剧创作蜚声文坛，《黄花岗》便是其代表作。

《黄花岗》是宣扬辛亥革命广州起义的七十二烈士英勇事迹的戏。既不靠共产党，又离国民党很远，符合戴涯的原则，即所谓超政治，不与任何党派发生关系。陕西省党部在审查剧本时认为"辛亥革命是由孙中山和国民党前身领导的"，是部好戏，表示愿意支持与帮助。这个戏讲清末革命党在广州发动"三二九"起义，牺牲了许多烈士，后由党人收拾七十二具遗骸，都葬在黄花岗。由于这个戏是新戏，没有服装道具可以使用，演员的头套、服装、道具、布景都需要重新制作，戏中角色多，不但用自己剧团的演员，还请了不少业余的演员客串。

《黄花岗》是大型话剧，周伯勋饰演黄兴，张平饰演林觉民，丁伯骝饰演方觉生，叶鼎洛饰演陈镜波，戴涯饰演两广总督张鸣岐，李亚男饰演总督夫人，范大块饰演李準，丁尼饰演应伯爵，还有一批"中剧"演员。戴涯任导演，舞美设计为洪正伦。王者任置景和演一个只有两句台词的"烈士"。说白了，就是搬换布景和做群众演员。

在这个时期，我爹不断地"偷艺"。化装用的假胡子，是用黑毛线，用酒精泡松香，就可以粘在脸上；用猪油熬制卸妆油，凡是上台的演员，都要发几张草纸，不是让拉屎撒尿用的，是卸妆时的擦脸纸，这一手都是戴涯教的，他在"中旅"用过的招儿，都传授给我爹了；从装置布景、布景设计、画布景到各种道具，从把旧报纸放在大缸里沤烂做头饰到各种盆盆罐罐，用纸扎花、用泥做小玩意儿，都是跟着洪正伦学的；做各种服装尤其是古装各种袍袖，是买来白布染各种颜色，自己缝制，这是跟赵曼娜学的；清朝官员的各种补子，文官的鹤、锦鸡、孔雀、鹌鹑、麒麟，武官的狮、豹、虎、熊，是学范里和叶鼎洛蘸着颜色一笔笔画上。演员在台上，加上灯光一打，熠熠生辉。还有化妆，是和主要演员学的，打粉底、搽胭脂，描眉画眼，涂口红；样样得会，画得还要漂亮，后来主要演员都要等我爹来化妆。因为《黄花岗》一剧全是新布景、新道具和新服装，都要一一落实到位，制作费少，我爹要精打细算，能不花钱绝不乱花一角钱，该做的做，该借的借，该买的买，都在他小本上记着；自己还要当群众演员，把吃奶的劲都使上了。负责装置就是换布景道具，时间千万不能长，我爹指挥人在几十秒内就能把一幕大戏的景换好，这是他的绝活，因此，戴涯也离不了他。

此外，还要负责去找群众演员、联系场地、讨价还价，再串个角，演个大群众，即一句词几句话什么的，全活儿。开封话"学精喜"的意思是学本事。总之，真学了不少精喜。

瞎子放鹞不见起

开封人管放风筝叫"放鹞",瞎子放鹞,看不见飞起来,意思说事情没有什么起色。

《黄花岗》宣传得很厉害,大张旗鼓,不是举牌子串闹市区,而是在大街小巷贴满花花绿绿的各种海报和标语。但票价并不高,适合当地消费水平。一般的卖四角,好的六角,为了保证票房收入,还推销了十元一张的"荣誉券"。什么是荣誉券呢?就是比正常卖票价钱要多十几倍,是专门卖给有钱人的,带有募捐性质。

《黄花岗》锣声终于响起,大幕徐徐拉开,台上演员们个个卖劲,台下观众反应平平,嗑瓜子的嗑瓜子,说话的说话,根本不关心剧情发展和革命党的命运。这下惨了,本来上座率不到五六成，还有不少人中途退场。——砸锅了。

究其原因是这个戏的故事不吸引人。剧本创作上平铺直叙，人物众多，来来回回，脸生得很；缺乏感人的形象，又没有跌宕起伏的剧情，费了老鼻子劲，起个大早，赶了个晚集。结果赔了钱，还落下亏空。井淼、宗由和童凤人眼看没盼头，一个个离开了西安，去了重庆。

戴涯心里凉了半截，只得赶快重新排演了保留剧目《日出》，以图挽回损失。在演员阵容上，必须重新找人，行话叫"贴锅"。啥意思，就是补漏呗。好在那时的演员都不是终身制，主次不分，上午主角，晚上龙套，笤帚疙瘩顶个帽，都算个人，谁在谁上。

交际花陈白露由李亚男扮演，凡塞演其男友方达生，银行秘书李石清一角儿由张平担任，银行小录事由范里顶其兄范大塊，老妓女翠喜由姜瑢饰演，黑三改由丁尼饰演，王福升由李次玉和我爹饰演。王福升在剧中是某某旅馆的茶房，善于应对各种人物。值得一提的是我爹演的 B 角王福升，因他混过江湖，有各种各样小人物的经历，熟悉茶房的生活，从扮相、做派到语言，举手投足还真像那么回事，引得阵阵掌声。演技不比李次玉差。

老话说：话剧演员都不是学校里学出来的。俗话说：多年的媳妇熬成婆，三年的龙套都能成主角儿。我爹凭借着自己的努力，摸爬滚打，真端上了职业演员这碗饭。

《日出》的上座率应该比《黄花岗》高一些，票房价值也会好得多。尽管《日出》卖了钱，《黄花岗》寅吃卯粮，中国戏剧协会的经济困境还是难以解脱，已经到了勉强维持的地步。

戴涯将支撑中国戏剧协会的最后希望，寄托在阳翰笙的身上。

阳翰笙与周恩来合影

链接：阳翰笙是著名的作家、剧作家，进步文艺的扛旗人物。1924 年加入中国社会主义青年团，次年加入中国共产党。1926 年任黄埔军校政治部秘书、中共党总支书记。1929 年任中国左翼作家联盟党团书记、中共中央文化工作委员会书记和中国左翼文化总同盟党团书记。1933 年进入艺华影业公司，和田汉主持编剧委员会工作。抗日战争期间创作了《八百壮士》

《李秀成之死》《青年中国》《日本间谍》《塞上风云》等爱国影剧。

1937年，国共第二次合作。阳翰笙创作了五幕话剧《李秀成之死》，以太平天国失败的教训来警示今天的抗日阵营要团结，不要自相残杀。有了好剧本，演员就是决定因素。谁来演忠王李秀成呢？这年10月，中国旅行剧团就抵达了武汉。阳翰笙喜不自胜，在第一时间想到了心仪的演员戴涯。无论是表演功力还是人物气质，戴涯都是不二人选。他向"中旅"同人一打听，知道戴涯带领中国戏剧协会救亡演剧队在西安。于是便从汉口给戴涯打电报，要其去汉口，回"中旅"主演李秀成一角儿。

戴涯的心思开始活动了，给阳翰笙回信，表示愿意带着"中剧"去汉口。很快，阳翰笙的信又到了，告诉戴涯不必去汉口了。

为什么会这样呢？原来，1938年年初，国民政府军事委员会政治部在武汉成立。政治部是总管全国军队和军事学校政治工作的机构。第三厅负责文化宣传，厅长是郭沫若，阳翰笙任主任秘书。三厅下设第五、第六、第七处。其中第六处掌管艺术宣传，由田汉任处长，下设三科：第一科科长洪深，主管戏剧音乐；第二科科长郑用之，主管电影；第三科科长徐悲鸿，主管绘画木刻。

根据中共中央关于加强抗日宣传工作的指示，第三厅准备成立10个抗敌演剧队、4个抗敌宣传队和1个孩子剧团。8月

8 日，10 个抗敌演剧队成立，阳翰笙考虑到戴涯领着一个救亡演剧队正在西安，第三厅就不必再派演剧队去西安了，因此，写信给戴涯要他留在西安好好工作。

幻想破灭了。东墙拆了，还没顾上补西墙，戴涯的祖母、爱人杨月秋带着女儿淑君也从镇江逃难到了西安，之后，又去宝鸡投奔亲戚。杨月秋挺着个大肚子，就要生了。不久，戴涯妹妹与妻姐全家也来投奔他。戴涯肩上压下双重重担，除了"中剧"救亡演剧队的二十多人外，平添了十口之家，压力山大。为了养活大家和小家，戴涯鼓足勇气，11 月中旬，又带领中国戏剧协会勉强组织了一次赴宝鸡的公演，演出丁玲等创作的《突击》和"好一记鞭子"即《三江好》《最后一计》《放下你的鞭子》等，虽然达到了宣传抗日救亡等效果，也只能解决一时的口腹之累。

延安来的那些人

王者档案中记载：

张平，男，从延安鲁艺出来，1938年在"中剧"做演员，离开"中剧"后做过国民党军队的军医、酒泉花纱布办事处职员。

安琳，女，从延安出来，在西安"中剧"做过演员，1938年以后离开。

王凤翔，男，1938年在"中剧"做过演员，是从延安出来的。

王放明，男，从延安出来，在"中剧"做过演员。

王证，男，1938年出延安，做过国民党部队军医、运输队长、酒泉花纱布办事处主任。

田野，男，从延安鲁艺出来，后在西安被捕，入西北劳动营。

朱家训，男，是延安抗大出来的，战干四团艺术队的学生。

杨玉钧，到过鲁艺，在西安被捕，关在劳动营，后由王者、丁尼、范里保出到王曲剧社（国民党军七分校做演员）。

这些人对我爹影响很大，首先是张平。张平在我爹、丁尼的口中说他姓仉，这个字念 zhang，是第三声，和"掌"一个音。

这个姓出自回族，源出唐宋时期西域穆斯林，为元代诗人"仉仉沙之后裔"。据《回教民族说》载，"仉仉沙，字大用，祖籍大食国"，《西域文化名人志》载，仉姓回族主要分布在京津地区。

仉平祖籍山东曲阜，1917 年出生于江苏昆山。他的青少年时代和我爹有相似之处，早年丧母，父亲有病，15 岁时就挑起家庭重担，在码头上扛大包，做苦力，也在电影院做过售票员。1936 年秋，仉平与几位志趣相投的伙伴自行组织了一个业余剧社——雷电剧社，去一

张平

些学校演出，也为电台播演广播剧。这引起左翼"剧联"的关注，介绍"南国社"的著名演员左明加入剧社担任导演。左明把他引上了艺术的道路并改名张平。

抗战爆发，左明将"雷电"改为"先锋"剧社，并以它为基础编为上海戏剧界救亡协会领导下的"救亡演剧第五队"，在奔向延安、途经西安时，大风剧社的负责人看中了张平，要他留在当地的大风剧社当演员。张平表示："我坚决要到延安去。"他于1937年9月底到达延安后，10月中旬即进入抗日军政大学第三期学习。1938年年初成为鲁艺戏剧系的第一期学员。但当时要演话剧，延安还没有像样的剧场，因此这一年7月，他又回到西安，进入没有政治色彩的中国戏剧协会。他在《黄花岗》中饰演林觉民，在《日出》中扮演李石清，都是重要角色，他在高手云集的舞台上，演技得到很大的提高。离开"中剧"后，他在国民党军队中服务，后来又回到鲁艺实验剧团，做演员兼剧务科长，参加了剧团赴山西前线八路军总部的慰问演出。张平不止一次说："这一年是我演员生涯中重要的一年，我真正体验了工农兵的生活，体验了他们的思想感情。"

他告诉我爹，一个好演员要不断提高个人的文化素养，他介绍我爹读一些进步书籍，如艾思奇的《大众哲学》，还有《政治经济学》等，使我爹受益匪浅。

安琳，1938年在西安认识，在"中剧"做过演员，曾向王者谈到延安鲁艺的情况。

她参加了大型话剧《黄花岗》的演出，之后，又参加了《日出》的排演，饰演了李石清夫人李太太。

从延安来的其他人，王者档案都记载是同事关系，唯独她和我爹明明是同事，却没注明同事关系。但需要划重点的是，她曾多次向我爹谈到延安鲁艺的情况。

我爹最初向往着革命圣地延安，就是从这个 20 岁的活泼大方的女青年口中知道的。当时，他俩走得很近，互有好感。张平、王证等人和我爹交流最多的是演员心得和演戏的技巧。安琳告诉他的是宝塔山下延河水，是一片抗日的热土，是全中国最进步的地方。听着安琳的介绍，我爹不禁浮想联翩：延安是个好地方，有机会我一定要投奔中国革命的摇篮去。

花前月下，安琳还教我爹唱陕北民歌《赶牲灵》：

走头头的那个骡子呦哦，
三盏盏的那个灯，
哎呀带上的那个铃子呦，
噢哇哇得的那个声。

白脖子的那个哈巴呦哦，
朝南那个那个咬，
哎呀赶牲灵的那人儿呦，
噢过呀过来了。
你若是我的哥哥/妹妹儿呦，
招一招你的那个手，
你不是我那哥哥/妹妹呦，
走你的那个路，
…………

我爹会唱的歌不多，除了《赶牲灵》，就是"骑白马，挎洋枪，三哥哥吃了八路军的粮，有心回家看姑娘，呼儿嗨哟打鬼子就顾不上"之类几首陕北民歌。

　　我由此想到，追根溯源，原来他们唱的都是陕北民歌和新疆小调，经过后人的记谱和填词，就成为某某人创作的歌曲了。

　　当安琳唱"白脖子的那个哈巴哟哦"，啥叫白脖子？就是一种脖子上有白色羽毛的乌鸦。因只有脖子上有白色羽毛，故称为"白脖儿"。开封人管生瓜蛋叫"白脖儿"。我爹当时就是个"白脖儿"，愣没听懂啥意思，等安琳也走了，光剩下甩手了。也幸亏他老人家是"白脖儿"，否则就是另外一个故事了。

　　由于中国戏剧协会摆脱不了债务危机，难以为继大家的伙食，安琳最终还是选择回延安鲁艺。条件虽然艰苦，还真是锻炼人。

　　解放区和国统区的文化艺术相互交流，互相影响，取长补短，促进了大西北话剧事业的繁荣与发展。

　　1939 年，为庆祝共产党的生日"七一"，延安鲁艺特地排演了戏剧系王震之编导的独幕剧《大丹河》。由韩塞和安琳担任男女一号，在中央大礼堂为毛泽东等领导人进行汇报演出。毛泽东看后指示：延安鲁艺的演出水平不能永远停留在一些活报剧的水平上，不要总是在延安水平，也不妨演出些优秀剧目。

　　毛泽东还把张庚叫到自己住的窑洞中说：延安也应该上演一点国统区名作家的作品，《日出》就可以演嘛。

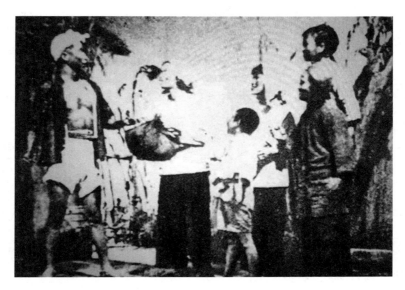

1938年，鲁艺演出了歌剧《农村曲》，从左至右为丁里、李丽莲、张颖、安琳、邸力。

安琳根据在西安"中剧"所演曹禺《日出》的亲身体验，与田方等排演了《日出》，1939年搬上了延安的舞台。这也说明延安和西安戏剧交流产生的火花和成果。还有《雷雨》《北京人》《蜕变》《李秀成之死》等在延安都上演过。

刘铁华是河北省蓟县人，著名版画家，1932年参加反帝大同盟，1933年4月毕业于北京美术学院西洋画系。1938年到延安学习，后在西安八路军办事处组织中华全国抗敌漫画木刻协会西北分会，主办抗敌漫画木刻训练班。他与我爹一见如故。他告诉我爹，延安确实很艰苦，住窑洞，虱子多得吓人。他是个话剧迷，听说我爹是搞话剧的，两人交上好朋友，他主动请我爹喝酒聊天。他说的都是大实话，我爹一想到黄土高

田方饰演"黑三"，安琳饰演"翠喜"

坡，风沙弥漫步行八百里，还要住窑洞，舞台条件太差，终于没去延安。

1938年6月，刘铁华在西安中华全国抗敌漫画木刻协会西北分会，主办抗敌漫画木刻训练班，主编西安西北抗敌协会出版的《抗敌画报》。同年去延安参加青代会，并学习八个月，返回西安后在七贤庄八路军办事处工作。1939年，中华全国抗敌漫画木刻协会西北分会和《抗敌画报》社被国民党陕西省党部查封，刘铁华化名逃到四川，经漫画家张谔介绍到军委会文化三厅，后在綦江战干一团任教官，后被发现其真实身份，逃往重庆。1940年创作的木刻作品参加莫斯科举办的中国艺术展览。1941年在重庆陶行知办的育才学校担任绘画组主任。1942年在重庆中苏文化协会任秘书兼艺术干事，12月参加全国第三届美展，木刻作品《抗日胜利女神》获得一等奖。1944年刘铁华在重庆举办了个人木刻展。

抗战胜利后刘铁华去了北平，在徐悲鸿任校长的国立北平艺术专科学校任教授。

抗日胜利女神

40年后，我爹在开封又与刘铁华相遇，当时他在河大艺术系任教授，独自住在东六斋的三楼上，夫人和儿子、女儿都不在身边，房间里除了书和画册就是酒瓶。他最开心的是与我爹、马季光教授喝酒聊天。1977年，张瑞芳来开封拍摄《大河奔流》，一天晚上，他骑自行车，后座上带着张瑞芳，和我爹几个老友一起聚会的情景还历历在目。

我在他的斋房中，听他给我讲朱仙镇年画的起源与发展，讲《清明上河图》，我还跟他借过美术书和画册，他把珍藏多年的结婚时徐悲鸿为他夫妇证婚的照片和赠给他的国画《虎》都拿出来让我看……

徐悲鸿给刘铁华的聘书

西安还是延安？

俗话说"铁打的营盘流水的兵"，更别说临时凑成的草台班子，抗日宣传只是一个旗号，一个口号，归根到底不能饿肚皮吧。戴涯只晓得借钱演戏，演戏卖票再换钱，职业剧团的命运是掌握在观众手上，剧团投入得越多，但观众不买账，亏空落得更大，没钱的时候，人员逐渐散去，小戏不挣钱，大戏无法排，恶性循环，就更留不住人了。不久，戴涯宣告中国戏剧协会解散，演员有的去了部队，有的去了重庆，还有的去了延安。凡塞也走了，去了绥远，带走了崔超、崔梦湘、崔小萍；连"中剧"起家时的冷波和赵曼娜等也走了。在要不要解散中国戏剧学会的问题上产生矛盾，洪正伦和戴涯也掰了，洪正伦去了陕西省党部旗下的大风剧社。原来拥挤的宿舍顿时空空荡荡。戴涯的理念还在坚持"我们的家",演出和生活完全由戴涯负责。

何去何从?我爹说:"当时也只有依靠戴涯了。他是戏剧界的老前辈,跟着他干戏,总会有出路的。再说留下来的这几人在搞戏上都有一套,比自己水平高多了,大家在一起总会有出路的。"

一天,戴涯把我爹叫到他家,说:"王者,你积极肯干,又有灵气,是吃这碗饭的,我以后要好好提携你。你替我做一件重要的事情,我相信你能做好!"

"啥事?说呗。"

"我请你唱一出《出五关》!"

"《出五关》?秦腔我不会唱。"

《出五关》是一部秦腔戏,说的是关羽在徐州与皇叔刘备分离,保护二位皇嫂暂栖于曹营,访知刘备下落,即保二位皇嫂离去寻兄。曹操得知,至灞陵桥前以大红袍相赠。关羽千里走单骑,历尽艰险,勇闯五关,连劈六将。后转至古城,愤然斩了尾随追赶的曹营名将蔡阳,与刘备、张飞相会。

看我爹领会错了意思,戴涯说:"秦腔不会,京剧《千里送京娘》会吧?"

早年在开封,我爹跟着京剧班混过,能撑一段,于是说:"这出还凑合。"

戴涯笑了:"不是让你唱京戏。"他指着身边的妻子杨月秋怀抱的婴儿安利和四岁的女儿淑君说:"我是要把家眷托付给你，兵荒马乱的，你要保证完好地把你嫂子和侄儿侄女送到汉中我亲戚家去，别人我不放心。"

我爹大受感动："放心吧，我一定不负你的重托，把大嫂和侄儿侄女平安送到汉中。"

我爹走之后，压垮中国戏剧学会的最后一根稻草来了，戴涯说："'中剧'原只有少数积余，用完了就由我个人变卖东西来维持。直到我卖出最后一只戒指……"于是重新打起来的"中国戏剧学会"的大旗，又草草卷了起来。戴涯无计可施，天天借钱吃饭。

8月的一天，吕复为队长、赵明为副队长的抗敌演剧二队，坐着卡车从汉口来到西安，住在"中剧"的空房子里。

链接：吕复，江苏扬州人。1933年参加中国左翼戏剧家联盟南京分盟。1938年加入中国共产党。在武汉担任抗敌演剧二队队长。后为上海人民艺术剧院副院长、中央实验话剧院副院长。著有多幕剧《胜利进行曲》。

吕复

当时吕复带着抗敌演剧二队准备去山西东南一带宣传，中途要路过西安，还要去延安，再东渡黄河进入山西。

他见"中剧"萧条的样子，动员我爹到延安去。

这是件大事，难以决断，我爹没有政治的敏感度，找了三只骰子来决定去留。手腕一拧掷下，滴溜溜的骰子，都显示两点，我爹大喜，与丁尼、范里三人一商量，决定跟他们一起去，投奔延安。我爹先去七贤庄八路军办事处，通过在那里工作的刘铁华引见，与"八办"负责人伍云甫谈妥，开具了介绍信。回来以后，又担心戴涯这面不好交代，于是悄悄把行李先搬上汽车，睡了一夜的光板床。

东方微曦，我爹、丁尼、范里三人离开宿舍，爬上二队的卡车。汽车正在发动之际，戴涯和周伯勋突然挡在车头前，戴涯声情并茂地说："你们太不够意思，我是你们老板，也是你们的大哥，走了也不打个招呼？"他又对我爹说："到哪里不是干戏、不是做抗日救亡工作啊！延安演的戏和西安差不多，舞台条件又不如西安，何必非要去延安？我'中剧'就靠着你们三大台柱，你们竟然拆我的台……"

我爹的江湖义气爆棚，于是擦着泪从车上扔下行李，丁尼、范里也只好下车。

后来又有一次，我爹唱着《赶牲灵》，去八路军办事处联系去延安的事，办事处的同志诚恳地告诉我爹：延安的条件比西安艰苦多了，舞台也不如这里的条件。最重要的是这次不比上一次，没有车了，需要步行八百里，要走十天半月才能到延安，中途也可能被国民党逮回来，送进劳动营。你可要想好啊。他在"八办"还遇上了从延安来的刘铁华。

1978年，我考上河大历史系时，我爹给学生剧团排话剧《于无声处》，刘铁华天天去看排演，想当票友却没他的角色；后来又排演《假如我是真的》，刘教授终于客串了大法官一角

刘铁华教授在东六斋

儿，了却他当票友的夙愿。

1967 年年底，我爹被看管在牛棚里，想想有过几次去延安的机会都被他错过，肠子都悔青了，天天结结巴巴地背诵小红书语录：

划清两种界限。首先，是革命还是反革命？是延安还是西安？有些人不懂得要划清这种界限。例如，他们反对官僚主义，就把延安说得好似一无是处，而没有把延安的官僚主义同西安的官僚主义比较一下，区别一下。这就从根本上犯了错误。其次在革命队伍中，要划清正确和错误、成绩和缺点的界限，还要弄清什么是主要的，什么是次要的……

对号入座，"这不就是说的我嘛"，我爹更加胆战心惊，越着急越背不下来。

我爹背台词的本事很溜，打那以后落下心理阴影，背功全失，不敢再演舞台剧。1979 年在峨影厂拍摄电影《挺进中原》时，我爹演的"胡老头"就两三个镜头，其中有近一分钟的大段台词，背多少天还背不下来。那时电影是用胶片拍的，使用的是美国柯达公司的"伊士曼"胶片，错一条，就得重拍一条，几条下来，导演张一的头都大了，那可都是白花花的银子啊，好不容易拍完，我爹一身汗，导演一头汗。

当年，西安还是延安？我爹到底还是选择了西安。一念之差，影响到他的命运，还牵连到他的孩子们……

"殿前御史" 招安

我爹叨叨我奶奶常说的理：老天饿不死瞎眼的家雀儿。

正当"中剧"奄奄一息之时，一天，洪正伦领着一个穿军装扎着武装带的人来找戴涯。洪正伦说："老戴，看看这是谁？"

戴涯惊奇地"哎呀"一声："赵兄，你怎么也到西安了？"

谁呢？原来是徐州民众教育馆馆长、老熟人赵光涛。

戴涯问赵光涛："赵兄，你怎么这身行头？"

赵光涛笑了："兄弟我现在是委员长西安行营胡宗南长官的秘书。行营要办青年政治训练班，我负责筹备此事。命中注定咱兄弟有缘，又在西安见面了。走，我请你去老孙家吃羊肉泡去。"

他乡遇故知，彼此十分开心。

戴涯说："前次在徐州叨扰，还没来得及请老兄，现在囊中羞涩，实在不好意思让您破费。"

洪正伦说："还假装客气，走吧！"

戴涯叫上我爹，几个人说说笑笑，来到东关外老孙家饭庄，上了二楼，找了一个临窗的饭桌坐下。伙计端上了大空碗和死面饼。

戴涯上去抓着死面饼就啃，被赵光涛拦下："不是你这个吃法。看来日子不咋的，到西安几个月连羊肉泡馍都没吃过！"

戴涯苦笑着："羊肉泡馍？我是回民，连牛羊肉什么味都忘了。"

"来来来，我教你……要把馍一点一点掰碎，就像我这样。"只见赵光涛一点一点把馍掰成了小指甲块大小。

伙计端来烧滚的羊肉汤倒在碗里。顿时羊肉香味扑鼻，把戴涯的馋虫都勾出来了。上去就是一口，烫得龇牙咧嘴，还呼哧呼哧连说："好吃好吃！"

赵光涛被他的吃相惹得笑起来："好像饿死鬼投胎一般。"

戴涯低着头一个劲儿地猛哐："第一次吃这么好的肥羊肉，馋死我了。"

赵光涛说："我正是来让你天天吃羊肉泡馍的。"

戴涯大嚼着，头也不抬："天天吃羊肉泡馍？"

洪正伦解释："是给你找饭碗的。"

赵光涛接着说："今年三月十九日西安行营成立青年政治

训练班，我被派到该班任秘书。你如果同意，我可以报告胡长官安排一下，由我们训练班发一个聘书，聘为艺术指导，你看如何？"

链接：西安行营是国民党统筹陕西、甘肃、宁夏、青海四省国防建设，指挥各部队向西北进发，分化瓦解东北军、西北军，用军事占领、接管的手段，处理"西安事变"善后事宜，包围与进攻红军和陕甘宁革命根据地的一个军事派出指挥机构。1937年9月，蒋鼎文出任西安行营主任。西安行营下辖11军团、17军团和21军团三个军团，11军团长毛炳文，17军团长胡宗南，21军团长邓宝珊。1938年12月天水行营成立，西安行营撤销。

洪正伦在一旁敲边鼓："老赵完全是为了你好，这样可以过渡一下，以后再从长计议！"

戴涯苦笑着："赵兄，你的好意兄弟我领了，我办'中剧'的目的是超政治的，不想和任何党派发生关系。"

赵光涛说："现在是抗战时期，上海成立那么多的救亡演剧队，现在不是都归了军委会政治部第三厅了吗？你如果同意，我可以报告胡宗南将军，给你们安排一下。"

戴涯在思索。洪正伦说："老戴，何必苦撑呢。能吃上饭是第一位的，国共合作，管他什么党呢！……"

戴涯长叹一声："也只能这样了。但我有一个条件……"

"说，只要我能办到的。"

他看了看我爹："跟着我的兄弟也得安排一下！不能对不

起他们，再说我一个人去也玩不转啊。"

"好说，我这就回去和胡长官商量，等我信吧！"

胡宗南在黄埔军校一期上学时，就参加过血花剧社，对演戏情有独钟，也深知宣传鼓动工作的重要性和对鼓舞部队士气的影响，有了艺术班对战干团也大有裨益的。因此，赵光涛一说就中。

误走战干团

"小委员长"陈诚曾在一次训话中说:"北伐靠黄埔,抗战靠战干团!"

1938年,为"大量训练军事干部,以应抗战军事的需要,补充各战区员额欠缺的需要",国民政府成立了一个专门机构——"中央军事委员会战时工作干部训练团",简称"战干团"。战干团共设四个团,均由蒋介石任团长。

链接:战干一团创办于武昌,后迁四川綦江,教育长桂永清;战干二团设在山西,实际未成立,由阎锡山另办了一个集训团;战干三团设在江西雩都,教育长唐冠英;战干四团设于西安,教育长为胡宗南。

战干四团于1938年9月成立,设在陕西西安东北大学旧址，位于西安城外东南角，原来是张学良为安置东北流亡学生而创办的东北大学。"西安事变"后，张学良被囚禁于南京，东北军调防，东北大学停办。抗战爆发，这里成为西安临时大学的校址，将北平大学、北平师范大学和北洋工学院、北平研究院等合在一起，成立了西安临时大学。1938年4月，该校迁往陕西汉中，改名为国立联合西北大学；原校址就给了战干四团。团长蒋介石，胡宗南任副团长、教育长兼中央军校第七分校主任。

2016年，中央电视台一套做《客从何处来》节目时，我们去泰州采访一位徐姓老兵，他说，抗战时，南京、合肥沦陷以后，他和三个同学结伴去了陕西，准备去陕北延安的，结果在

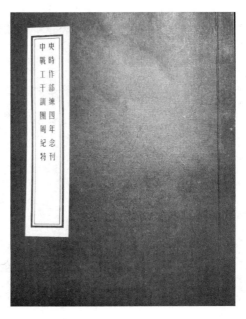

中央战时工作干部训练团四周年纪念特刊

西安被抓了。说你们不是要抗战吗？寻求报国之路，你要到延安去一样，留在西安，给你训练，我们又是国民党，于是就强行送到战干四团接受训练。

当时我想，没听说过还有劫人进战干团的事？我不愿意相信。

直到后来，我找到了《中央战时工作干部训练团四周年纪念特刊》，上附有教育长葛武棨对全团官生训话，才明白真有其事。他大言不惭地如是说：

今天有许多青年彷徨苦闷，流离失所，你不去收容他，训练他，他会自己乱闯……结果就有些人糊里糊涂地跑到陕北，一失足成千古恨，再回来已是满身污点！所以我们一定要竭尽我们的可能，尽量号召、收容一般青年，给以训练，使他成材。我们必须如此做，因为这是我们的责任，这是为今天的青年着想，这更是为我们的国家前途着想。

蒋介石办战干团的目的是打着抗日的旗号，与共产党争夺青年，延安对面的西安战干四团规模越办越大。1939 年 8 月 4 日胡宗南任第 34 集团军总司令，成为黄埔系学生的第一个集团军总司令；12 月，胡宗南受蒋介石命令，集结重兵准备向延安进攻。战干团这一大摊子事，实际上由接任胡宗南教育长的葛武棨负责。

团本部设有办公厅，负责处理全团日常行政事务和训练教育等工作。办公厅设有秘书室，下设人事、文书、机要 3 个科，还有译电室和调查室。调查室是由军统局西安站派到战干

四团的特勤组。负责行政事务和教育训练的职能机构有：教育
处，下设军事总教官室。该处还有两科，主管军事学科、术
科、野外教练和战斗学习等。总务处，下设两科，负责汽车、
公役、清洁、电话总机、修缮、食堂等事务和交际、接待等事
项，另有一个庶务室。经理处，下设三个科，分别主管军需、
被服、粮秣、武器弹药。医务处，下有两科和附属战干医院，
医院有病床50张，有X光机、手术灯，可动小手术。会计室，
下设财务、会计、稽核等股。

　　团本部还设有政治部，设教育、训育、宣传等科和资料、
编审、研究等室。还有副官室和政治总教官室。艺术队的教官
和后来的战干剧团直属于政治部。

　　我多年前在中国第二历史档案馆上班时，认识一位来查档
的老大姐方西峰，她的父亲方镇中就是战干四团的政治教官，
巴黎政治学院毕业的，后任该团政治总教官。政治总教官开始

是汪伏生，英国伦敦大学硕士，后由方镇中接任；政治教官还有连震东、黎锦熙等人。

链接：连震东（1904—1986），生于台南，1929年毕业于日本庆应义塾大学经济科，为中国国民党前主席连战的父亲。抗日战争期间出任重庆国民政府国际问题研究所组长、西京筹委会专门委员，中央战干团高级教官。1945年返台。

方镇中（1902—1968），1926年留学法国。1932年毕业于巴黎政治学院。1936年从日本回国，投笔从戎参加抗日救亡。回国后在张钫20路军做了数月上校参议。1938年投奔黄埔军校，出任第14期第1总队中校政治教官。1938年12月，任27军军长范汉杰秘书。1939年3月调任战干四团，历任上校政治主任教官、政治部上校训育科长、少将政治总教官，兼任该团国际问题研究组组长、教务科长、政治部考试委员会委员、陕西省训练团教务处长等职。

黎锦熙

黎锦熙（1890—1978），湖南湘潭人，中国语言文字学家。1937年随北京师范大学迁往西安，后又辗转汉中、兰州等地，任教授、系主任、师范学院（现更名为西北师范大学）院长等职，曾在战干团任总教官。1945年，他与许德珩等倡导成立九三学社，还兼任中国大辞典编纂处总主任。1948年回北京，任北京师范大学校委会主任。1949年，出任北京师范大学校长。

属于政治部系统的还有：国民党战干四团特别党部，三青团战干团分团部，中央各军事学校毕业生登记处战干四团通讯处，《战干》编辑室（先是月刊后为半月刊），民运办公室及附属战干小学。负责全团警卫工作的是特务营。另外还有一个三十余人的军乐队和战干剧团。

战干四团编制庞大，最多时全团官佐、士兵、学员，连同附属单位如面粉厂、织布厂、印刷厂、农业基地、供销社、小学等，加上驻外人员，将近万人。毕业的学员，包括调训、轮训学员，先后约四万人，占四个团毕业总人数的一半左右。抗战中期，战干一二三团都撤销了，战干四团就成为中央战干团。

就这样，戴涯带着6个人参加了西安行营青年政治训练班，协助办艺术队，讲好三个月的时间为限，不受政训班管制，可以不住在团里，每人每月车马费40元。

我爹惊得眼球差点没掉出来，40块大洋？想都不敢想。还有这么好的事，打着灯笼也没处找啊。

西安行营青年政训班成立不到一个月，奉令改称中央军校第七分校政治训练班。7月1日，又奉令改称军事委员会战事工作干部训练第四团。蒋介石兼任团长，胡宗南兼团副、教育长，葛武棨继任教育长，政治部主任是王大中。

战干四团虽然给戴涯等人安排了宿舍，因为怕团里一天几次吹号，戴涯与我爹他们就住在离团一里开外的一所天主堂内。

战干团大礼堂，开会、演戏都在此

　　1939年冬，战干团开办了第一期艺术队。为了迎接1940年的新年，戴涯排演了陈白尘的《魔窟》《群魔乱舞》。教官与艺术队的学生进行了紧张的排练。排演了《我们的故乡》《古城的怒吼》（马彦祥编剧）两个大型话剧和《菱姑》（冼星海编剧）、《电线杆子》《放下你的鞭子》《难民曲》等独幕剧和街头剧，还排演了相声、数来宝、拉洋片和歌咏节目。

　　元旦的清晨，响起了鞭炮，街上挂满了青天白日满地红的国旗，许多人家门前还挂起了花灯，家家户户摆起供桌祭奠祖先和逝去的亲人。是日，家中长者祭家宅六神，六神即天帝、灶君、龙王、仓库神、门神、土地神。早饭多煮水饺，取其囫囵不破的意思；也有的吃臊子面。孩子们都穿上新衣服，上街玩耍。

　　战干团艺术班大幕便拉开了。戴涯将艺术班分了八个小分队，其中，两队在剧场演出《我们的故乡》《古城的怒吼》两个大型话剧和独幕剧《菱姑》，六个队在街头演出街头剧和小节目，每个队都被大量市民围着看节目，兴奋地鼓掌和喝彩。艺术班在西安市连演三天，可谓轰轰烈烈、热热闹闹。节目演完了，效果很好，三个月的试用期也该结束了。王大中找到戴涯说："今年有了艺术队，把新年闹得很红火，胡长官和校里领导都交口称赞，我的面上也有光了。说说下一步怎么办吧。"戴涯说："王主任，我也正想听听战干团的安排呢。"

王大中说："由于艺术队这次春节宣传演出活动的成功，战干团想继续办艺术人员训练班，西北缺乏这样的文艺人才，各部队都需要这样的人。我传达教育长的意思，扩大招生，办艺术班，请你们继续干下去。你意下如何？"戴涯和大伙商议，都觉得继续干下去也可以，还是排戏、演出，和平时没什么两样，再说就是出去干，就咱几个人也没法演出，况且生活上还有保证。于是大伙都同意继续干。

第二天，王大中请戴涯和我爹等吃饭。桌上有陕西凤翔的西凤酒，还有葫芦鸡、烧三鲜、紫阳蒸盆子等西安名菜。戴涯诚惶诚恐："王主任，您是长官，我们是干戏的，哪有长官请下属的，还这样隆重，太不好意思了。"王大中说："留下来就好，战干团给你们解决编制和待遇问题。大伙安心工作吧！"

王大中给大家一一斟满酒，有意恭维："诸位别客气，虽然你们是归我管，军阶也没我高，但在我眼里，诸位都是艺术家，是值得我尊重的，只要诸位好好干，做出成绩，我脸上也有光。"

王大中这个人很江湖，在大会上说："蒋委员长说，谁要是上赌场，我就送他上法场。"私下却天天在家打牌。某次，胡宗南的机要秘书熊向晖到王大中家里做客，碰到另外几位同僚也在，有人提议不如在大中兄家里设"法场"（即赌场）。在座的不免打鼓，担心熊向晖报告给胡宗南。王大中说："不要紧，熊参谋没有问题的。"由此，可窥见其一斑。

王大中说："往后你们就是团里正式的艺术教官，必须穿军装，遵守纪律，不能像过去那样吊儿郎当的。"

我爹带头反对："王主任，我们是做艺术工作的，艺术人不关心政治，不是来当兵、受训的，部队那一套是不是就免了吧？"我爹当过兵，深知一穿上军装就身不由己、处处受约束、动辄得咎的滋味。

王大中脸就沉了下来："还没干就讲条件，这哪行啊？以后就没人能管你们啦？"

戴涯急忙解释："这些干戏的都散漫惯了，如果穿军装还不得天天让宪兵抓了，还得您出面保不是？"

王大中借坡下驴："不穿就不穿，不是重大活动可以不穿，如果团里开大会，你们穿长袍、旗袍那像什么样子？平时只要好好演戏，不要求你们，别坍台就行！"

战干团给艺术教官们正式待遇：戴涯同上校待遇，韩悠韩为中校音乐教官，叶鼎洛为中校文学教官；丁尼、王者、姜璪等是少校艺术教官，待遇由每月四十元增加到每月八十元。团内安排了宿舍，排戏晚了，就住在团里，不受纪律管制。战干团委派戴涯为上校主任教官、艺术训练班班主任。其余人享受同中校、少校待遇。艺术班的学生分成了3个分队。教官除了给学员讲课外，还让学生们进行实践。

1939年11月，戴涯和他的艺术教官们就开办了战干四团第一届艺术班。

艺术班开设了约30门课，具体的课程如下：1. 艺术概论；2. 现代艺术思潮；3. 艺术宣传与抗战建国；4. 戏剧概论；5. 编剧法；6. 导演法；7. 化妆法；8. 表演法；9. 舞台装置；10. 照明；11. 排剧；12. 音乐概论；13. 普通乐理；14. 和声学；15. 和声分析；16. 作曲学；17. 曲体学；18. 自由作曲；19. 指挥法；20. 试唱练习；21. 合唱；22. 乐器；23. 发音学；24. 音乐教学法；25. 国语；26. 透视学；27. 色彩学；28. 木刻；29. 漫画；30. 绘画练习。

乍一看，艺术班开的课程不少，其实1—3、25属于公共课，4、5、6、7、8、9、10、11属于戏剧组学习内容；12—24属于音乐组学习内容；26—30属于美术组学习内容。

戴涯、冷波、丁尼等教戏剧课理论与表演，韩悠韩、姜瑑教音乐；范里、洪正伦教美术；叶鼎洛教国语；我爹滥竽充数，讲讲舞台装置和做做示范，教学员化妆。艺术班虽说是艺术训练，但艺术专业课程只能占三分之一时间，还有三分之一是政治课，还有三分之一是军训。班主任戴涯只安排专业课程，管艺术课和教官的事；战干团派一个班副兼中队长，负责带学生并监管经济事务等，有事直接汇报给大队长，另外，管理学生政治课，考核思想；指导员主持党团活动，归大队指导

战干团艺术班副队长
马玉兰

员管。

1940年11月，第一期艺术班的学员结业，组成实习演出队到晋东南长治、沁水等山区慰问一线部队，那里是范汉杰的27军。戴涯派我爹和范里任艺术指导，带着徐行、陈萍、董润华等原艺术队的学生进行慰问演出并实习。第27军是胡宗南的嫡系，某次，教育长葛武棨在艺术班对学生训话时说：大家好好学，优秀学生毕业后我送你们去27军！

实习演出队分成两个小分队，每天要走七八十里，写标语、演小戏、教唱歌，以鼓舞前线军队的士气。在晋东南各部队慰问演出，这一趟前后工作了四个多月，锻炼很大，收获很大。当时，晋东南的活动剧团很多，如抗敌演剧二队也在那里。我爹与二队吕复在西安有过交集，也因为他的点拨，差点去了延安，此次见面非常开心，我爹参加过二队队员的追悼会，也帮助他们演过戏。此行我爹收获不小，了解了八路军在山西的浴血抗战，对谁在真抗战，谁在假借抗战之名，在西安大搞贪污腐化有了新的认识；也带回了许多新剧本、新歌词，如《黄河大合唱》《红缨枪》等。实习结束，一部分毕业生留在27军做了政工干部，徐行、陈萍、董润华等跟着我爹回到西安，后来就留在战干团当少尉演员。我爹带回了《黄河大合唱》《红缨枪》等歌曲给韩悠韩，他非常喜欢，在战干团和韩国青年训练团进行教唱，大受欢迎，不胫而走，就在西安城传唱开了。很快就被团里和省党部下令禁唱。

1940年冬，戴涯挑选了一些优秀学生，其中男生徐行、李希、陈萍，女生赵秀蓉、李白朗，加上"中剧"的老人，成立了"战干剧团"。战干剧团排戏、演戏都在战干团礼堂内进行。第一个戏是戴涯自编、自导、自演的《虎穴》，讲的是一个地下工作者潜入敌营抗日锄奸的故事。戴涯在剧中变化三个形象，一个疯疯癫癫结结巴巴的教授、一个白发苍苍的老者和一位干练的地下工作者，游刃有余；我爹担任演员和舞台装置。戴涯尽量发挥他精湛的演技，大获好评，官兵们纷纷赞扬剧团上演了一部好戏，该剧成为保留节目。接着又排演了著名剧作家夏衍的四幕话剧《一年间》，讲的是抗战初期，一个飞行员杀敌及全家的故事。鼓舞了战干团师生抗日杀敌的决心。他们还演出了剧作家陈白尘的话剧《魔窟》。

链接：陈白尘（1908—1994），中国作家、编剧。江苏淮阴人。先在田汉主持的上海艺术大学文学科学习，后追随田汉创办南国艺术学院，成为南国社的重要成员。1930年，参加左翼戏剧家联盟，从事戏剧活动，曾参加南国、摩登等剧社。后回家乡从事革命活动，1932年7月任

陈白尘

共青团淮盐特委秘书，因叛徒出卖而被捕。在狱中创作了一些短篇小说和独幕剧。1935年出狱后在上海从事文学创作。抗战

开始后，在各地坚持进步的戏剧活动，创作了大量剧本，代表作有《乱世男女》《结婚进行曲》《岁寒图》《升官图》等。陈白尘对于讽刺喜剧有着独到的贡献，被誉为"中国的果戈理"。

《魔窟》讲述了一个名叫小白菜的妓女冒死同汉奸刘殿元和凶残的女流氓孙大娘斗争，最后惨遭毒手的故事。由戴涯导演，陈萍饰小六二，赵曼娜饰孙大娘，赵秀荣饰小白菜，丁尼饰陈万兴，冷波饰老扣儿，范里饰吴从周，杨雪山、赵仪夫、董润华、徐行等都参加了演出，王者担任装置。

1941年元旦之夜，战干团喜气洋洋，张灯结彩，辞旧迎新。一群国民党军队的高官，将星闪闪，胡宗南、周士冕在葛武棨、汪震、王大中等人前呼后拥下，在剧场第一排中间的主位坐下，与身边的苏联顾问谈笑风生。锣声响起，大幕拉开，第一幕第一场开始。随着人物关系和剧情的发展，对政治有着特殊敏感性的胡宗南、周士冕等人从戏中嗅到了舆论导向的问题，由一个妓女来同汉奸斗争，这不是对国民党抗战的暗讽又是什么？通过平凡的生活场景，控诉战争带来的民不聊生，揭露了乱世社会的人间百态：有明哲保身者，有借机发财者，有卖国求荣者，有助纣为虐者，但更多的是热血沸腾的抗争者。他们与生活抗争，与恶势力抗争，与侵略家园的敌人抗争，敢于用血肉之躯去捍卫自己的尊严，捍卫家乡和祖国。

胡宗南越看脸上的肌肉绷得越紧，当场要发作，被周士冕等劝住。刚演完第一幕第一场，胡宗南阴沉着脸，对政治部副主任王大中说了一句："这都是什么乱七八糟的？这样的戏招

黄埔军校第一期同学胡宗南与周士冕

待外宾非常不好！"说完起身拂袖而去，周士冕、葛武棨和苏联顾问也纷纷离席。王大中原本以为这出话剧会出彩的，没想到胡长官如此震怒，于是，铁青着脸对台上大吼："停下来，立即停下来！"演员们全傻了，不知发生了什么事。戴涯站在台口，也一脸"懵逼"。王大中一顿臭骂："这他妈的排的什么狗屁戏，这都是什么乱七八糟的？讽刺政府腐化，讨好共党宣传，你们算哪头的？回去好好写检查，深刻认识问题的严重性，立即整改，不然剧团停办！"

原本一台戏，变成了苦涩的悲剧。戴涯也是当头一盆冷水浇下，其实这出戏的演出是经过王大中同意的，他也看过彩排，王大中将责任推给戴涯，让他来背锅，戴涯思想上压力很大。演员们一个个也腃眉耷眼，七嘴八舌，认为在部队很难搞，费了如此大的劲，排出来又不合上面的胃口，都非常泄气。

"干脆辞职算了，不受这窝囊气！"戴涯萌生离开战干团的念头。很快，王大中被撤，换成他的同学、黄埔军官学校第四期毕业的汪震担任政治部主任。

链接：汪震，浙江杭州人。黄埔军校四期政治科毕业，上过陆军大学。胡宗南提拔干部的标准是"黄陆浙一"，即黄埔、陆大、浙江、第一军，汪震四条都够，为胡宗南身边亲信与四大金刚之一。曾任国民党甘肃党部秘书长，1938年调战干四团任政治部主任。

戴涯向新政治部主任汪震提出，自己对政治不敏感，主张超政治、纯文艺的理念，留在战干团不合适，恐怕再惹出麻烦，因此决定辞职到重庆去。

"困两天觉可以的。辞职？开什么玩笑！艺术班招生是写入本团教学计划当中的，你想坍台？别忘了军法！"

见戴涯垂头丧气，汪震又开始变脸："我知道你在之江大学念过书，我家就住在六和塔下，崔颢《长干行》有'停船暂借问，或恐是同乡'，我们就是同乡啊。我有个折中方案：你只管艺术，教好书、排好戏，没选好剧本不是你的错。政治方面我推荐一个合适的人选，把组织部科长车之林给你们，负责政治上的事情。"

戴涯提了一个要求："您把中央军校七分校的洪正伦调来战干团，为我管事务性工作，我只负责排戏、演出和写剧本。"

这些条件汪震一一答应。不久，果然洪正伦"空降"战干团，批准为上校艺术教官，戴涯与老搭档联手，这才重新打起精神，准备大干一场，为战干团做出一番成绩。

春暖花开，是个充满希望的季节。在戴涯与洪正伦的策划下，战干剧团准备筹备连排十台大戏，在西安市公演，来一个轰动效应。他们把这个大计划向汪震进行汇报，当然得到了汪震的赞成。于是，戴涯又找了冷波、赵曼娜、李次玉、潘炳心等来战干团，他们都被聘为艺术教官。戴涯带着艺术班师生，排演《李秀成之死》和抗日救亡剧《虎穴》《蜕变》《塞上风云》《国家至上》，讲述捕获一个代号"黑字二十八"的日本间谍故事的《黑字二十八》，暴露社会黑暗、反封建的《狂欢之夜》，宣扬民主自由思想的《日出》《雷雨》，提倡劳动美德的《寄生草》。

《李秀成之死》引发的血案

　　戴涯提出排《李秀成之死》，殊不知其中隐藏着极大的风险。

　　原来，1938 年 10 月，武汉失守前，武汉的战干一团奉令迁往綦江。在向四川转移途中，该团组成了忠诚剧团，沿途进行抗日宣传。到达綦江后，剧团排演了阳翰笙创作的话剧《李秀成之死》。1940 年 1 月，忠诚剧团到重庆上演这出话剧，请著名戏剧家马彦祥担任导演。演出大获成功。这部话剧以太平天国失败的教训来警示当时的抗战，受到进步文艺界的高度评价和观众的热情称赞。不料，却引起了特务机关的极大不满。派驻该剧团的特务分子向教育长桂永清密报，说此剧是宣传共产主义，并说剧团里有共产党组织，还设有电台。桂永清转报军委会政治部主任陈诚，并令该剧团从重庆返回綦江，以共产党活动的罪名，将该剧团的 50 余人，分别扣押在枣子园、湾滩子和广兴场等地，并派政治部主任滕杰、总队长杨厚彩、萧劲等人负责审讯。结果李英（李秀成扮演者）被活埋，胡恩涛等 22 人被杀害，由此展开了在战干一团学生中大规模清洗共产党的运动。

在历时半年的秘密大屠杀中，战干一团被害学生在册可查的，有被杨厚彩等在兴隆场杀害的 63 名；被萧劲、杨天威、张少泉等在广兴场杀害的 124 名；被滕杰、桂清庭等在綦江桥河杀害的有 23 名。以上共计 210 名，而没有名册可查的近 60 名。此外，因受刑致残的 40 名，被认为有共产党嫌疑而被监视的有 300 余名。

忠诚剧团饰演忠王娘的女学生逃到重庆后，向阳翰笙和陶行知等进步人士控诉了这一滔天罪行。新华日报社立即派记者到綦江采访，并在报上披露这一事件，引起社会人士的极大愤慨，指称"战干团是杀人的魔窟，是野兽吃人的场所"。著名学者章士钊了解此案后，认为"案情滑稽可笑"，且悲愤难平，写下了《书綦江狱》，其中写道："自古奇冤多，大者綦江狱。"

面对来自国内各界的压力，1940 年 9 月，国民政府改组军委会政治部，由张治中出任政治部主任，战干一团桂永清受免职处分，由周振强任代理教育长。张治中召周振强到重庆询问真相，当听到桂永清屠杀了几百名学生的汇报后，甚为震惊，说："这是狼心狗肺的人干的事。"即令周振强速回綦江彻查此案，并将有关人员先行扣押具报。

张治中还下令将被关禁的学生一律释放，对残疾的学生要好好医治，将已被扣押的杨天威、张少泉、吴文义等7人连同赃物押送重庆的军法执行总监部惩办，对逃跑的萧劲、杨厚彩呈报通缉。他亲自到綦江对受害学生进行慰问。

由于战干一团杀害了数百名学生，军事委员会政治部不敢向社会全部公布，害怕引起社会的震动和共产党的责难。政治部第一厅厅长袁守谦秘密指示周振强，将被害学生人数只报20余名，其余的从1938年学生入伍起，陆续以开除、逃亡等名义上报备查。而桂永清被调任驻德武官，杨天威、张少泉、吴文义等7人名义上已被逮捕判刑。战干一团由此结束。

当戴涯提出排演《李秀成之死》，政治部主任汪震不可能不知道其中的利害。由于与戴涯有言在先，加上"中剧"的背景是职业剧团，是一群纯文艺的人办的，戴涯又一直主张超政治，因此只要加强防范就不会出事。于是汪震让洪正伦转告戴涯，戏可以排，有两件事必须做到：第一，战干团艺术教官必须集体加入国民党；第二，朱家训是共产党，他是从延安来的，在国民党军事训练机构当教官不合适，还是请他离开的好。戴涯争辩说："我是搞艺术的，这和汪主任谈好的！"洪正伦笑了："你太天真了。你说你是搞艺术的，不是搞政治的，但这个地方是政治训练机构，你如果不服从，不参加国民党，上面有理由怀疑你，那就麻烦了。朱家训好办，恶人我来做，请朱家训走人就行了。"戴涯无奈:"人家冲我来的,坐萝卜的事还是我去。"朱家训是聪明人,知道留在此没好果子吃,好在此处不留爷,自有留爷处,于是自动辞职,去了重庆。

耍猴的绳牵紧了

1941年春，刮起西北风，带来漫天黄沙。

戴涯把大家叫到他的办公室，说政治部发下十几张表格，每人一张，按表填写个人履历，班主任入党有规定，必须是上级政治部主任一级和车之林当介绍人，一般艺术教官的介绍人就写戴涯和指导员车之林。当然，不参加也行，就别处高就。

人穷志短，马瘦毛长。于是，全体教官都填了表，交了照片，一个不落地集体参加了国民党。每人都发了党证，按月扣缴党费。参加过几次总理纪念周活动，集体唱唱党歌："三民主义，我党所宗……"听听教育长葛武棨讲三民主义以及《大学》《中庸》。所幸政治部没有通知他们去区党部报到，大约汪震也知道这群吊儿郎当的人不会参加政治活动，就睁一眼闭一眼了。我爹的党证后来丢了，也没有登报申明，也未再申请补办。

陈鲤庭　　　　　　赵慧琛

这时，陈鲤庭、赵慧琛夫妇也来到西安，加入战干团，被聘为艺术教官并参加了战干剧团的工作。但此二人未参加国民党，在演出《李秀成之死》后不久，就离开了战干团。

链接：陈鲤庭，上海人，毕业于大夏大学高等师范系。著名作家、导演、编剧。1931年，创作街头剧《放下你的鞭子》；加入了中国左翼戏剧家联盟，组织并主持了"骆驼演剧队"。抗日战争期间，担任了上海救亡演剧队第四队队长。还成为山西文艺界抗敌协会话剧队队长兼导演、重庆中国电影制片厂编导委员。

战干剧团排演了阳翰笙新编历史五幕话剧《李秀成之死》，陈鲤庭导演，戴涯主演忠王李秀成，忠王妃由赵慧琛饰演，范里饰黄公俊，李最饰宋永琪，李次玉饰洪仁干，陈萍饰萧孚泗，李曦饰林福祥……洪正伦担任舞美设计，王者担任装置。

由于是战干剧团第一次演出古装戏，布景、服装都是新制作，我爹非常卖劲，总想处处表现出自己肯干能干。

接下来，戴涯又排演了曹禺的《蜕变》。这是一部曹禺为抗战服务的力作，描述抗战初期一座省立伤兵医院如何蜕旧变新，由腐败走向振兴，从而使千百个伤兵得以治愈，重返前线奋勇作战的故事。曹禺塑造了丁大夫这个伟大母亲形象。她原是上海的一位名医，在民族危亡时期，她放弃了舒适的生活，毅然决然投入伤兵医院服务，把伤痛兵员看作自己的儿子般看待。甚而让与她相依为命的只有 17 岁的独生儿子丁昌加入战地服务团。梁公仰不以权谋私，在敌机轰炸中掩护伤员，尊重、爱护丁大夫，塑造了一种新型官员形象。

《蜕变》由戴涯导演，洪正伦舞美设计，角色分配：赵曼娜饰丁大夫、戴涯饰官吏梁公仰、李次玉演院长秦仲宣、王者饰马登科、丁尼饰况西堂、凡塞饰谢宗奋、范里饰孔秋萍、李最饰范兴奎、丁文才饰陈秉忠、陈萍饰李营长、董润华饰丁昌、朗定一饰伪组织、赵秀蓉饰陆葳。

这个戏被军事委员会政治部主任张治中肯定，认为给抗战建国增加莫大效果。主管军委会战时新闻检查局副局长、中央图书杂志审查委员会主任委员潘公展给剧本颁发了优秀奖。

这两个戏均是在战干四团内部大礼堂演出的，效果非常好，得到领导层和教职员、学员们的普遍好评，连教育长葛武棨看后也满脸带笑，称赞不绝。以后作为战干剧团保留节目，专门招待外宾和领导。

我家就在剧场里

戴涯更来劲了，和洪正伦、冷波等筹划，成立一个战干剧团，在西安市公演十出大戏，来个创举。

葛武棨与汪震见这可是贴金长脸的大好事，当然赞成并大力支持。1940 年 11 月 27 日，第一期艺术班 93 名学生毕业。这一阶段第二期艺术班尚未招生，于是戴涯租下了南院门的西北剧场，从此，战干剧团有了自己的剧场。从秋季到年

我爹在"战干剧团"剧场（即西北剧场）门前，墙上张贴的是《雾重庆》的海报。

底，陆续公演十个大戏，持续了三个多月。我爹担任副导演、演员和每个戏的舞台装置。

这十出剧目中，直接宣传抗日救亡、团结前进的有《蜕变》《塞上风云》《黑字二十八》《国家至上》《虎穴》《雾重庆》；间接的有借太平天国内讧，隐喻国共要团结抗战的《李秀成之死》；暴露社会黑暗面，反封建，宣扬民主、自由思想的有《狂欢之夜》《日出》《雷雨》；提倡劳动光荣的有《寄生草》等。

话剧剧照

《雾重庆》是剧作家宋之的在1940年创作的五幕话剧，以一群流亡到重庆大后方大学生的遭遇，揭示了国统区青年人的苦闷、彷徨和沉沦，在思想深度和艺术完美程度上达到了一个新的高度，也是五四以来中国话剧优秀作品之一。

十出大戏相继推出，犹如滚滚春雷，震撼了三秦大地，对于相对落后的西北地区造成不可估量的影响。战干剧团、戴涯的名字给抗战中的西北文化事业增添了一股强劲的话剧风。

在战干剧团连续三个月的大规模公演时，胡宗南经常请国民党军政高官例如张治中、卫立煌、蒋鼎文、汤恩伯、刘峙、蒋经国以及张继等前来看戏。张继的女儿叫张琳，属于文艺青年，经常与其父一起去战干团看戏，因此，父女俩都和戴涯熟识。

张继是孙中山打江山时期的战友，国民党元老，曾任南京政府司法院院长、中央党史编撰委员会主任，连蒋介石都不惹他。张继很赏识戴涯，对陕西省教育厅长说：以戴涯的才华，

在战干团办个区区艺术班太委屈他了，西安文化落后，应该让戴先生办个艺术学院，为社会培养更多的艺术人才。教育厅长当场答应，可惜陕西财政困难，也只是说说而已。

我爹平时不去战干团，就住在剧场里，只有要排戏和领薪水时去战干团。他还接点私活儿。有一个部队里的上校军医叫王乃一，很喜欢演话剧，自己组织了一个业余剧团"骆驼剧团"，排演了一出戏《中国万岁》。他和戴涯关系很好，与战干剧团的演员也都很熟，因为西北剧场闲着，就请我爹帮着装置和进行演出，顺带捞点外快。卖的票可以分到一些钱，补贴家用。我爹在西安不是一个人吗？哪来的家用呢？

县太爷林晋琦

王者档案：林晋琦，男，在洛宁当过县长……

1938 年，开封沦陷，在蒋介石秘密扒黄河前，我爷爷、奶奶和三叔、四叔去洛宁县投奔当县太爷的小姑夫林晋琦。其实，我爹这个妹夫是清光绪十七年即1891 年生人，比我爹大 22 岁，他俩只见过一面，还是迎娶新娘子王毓华就是我小姑时。

老王家有重女轻男传统。女孩儿少，男孩儿多。大伯镇华、我爹、三叔伯华几乎都没受到像样的教育，只有小姑毓华不

王毓华

143

仅上过小学，就在家里十分困难、我爹上街卖报之际，居然上了中学，而且是在开封有名的静宜女中读到毕业。

我爷爷在民国年间在开封县做幕僚，认识一些有头有脸的人，他先把我大姑嫁给了兰封大地主崔波斋，因为在老王家最困难的时候（估计我爷爷吸老海败的家），崔波斋接济了王家，于是我爷爷王运庭将大女儿抵给了崔波斋。

小女儿是静宜女中的学生。静宜女中是一所教会中学。创办人盖夏姆姆是美国印第安纳州圣玛利森林的主顾修女会修女。1920年，初次抵华传教，并开始她的教育生涯；1921年在开封创办华美学校，设初中和小学两部；1932年创办静宜女中。我小姑是该校初中第一届学生。

1934年小姑在静宜女中毕业后，我爷爷做主，将其嫁给河南西平县长林晋琦为妻。

林晋琦是河南商城县金家寨人。1907年考入开封的河南法

开封静宜女中老照片

政专科学校读书。民国后，参加河南地方行政人员训练所县长班，曾在省垣开封任建设厅秘书；上世纪 30 年代到 40 年代在确山县、西平县、商城县、洛宁县和临汝县任县长。

说起金家寨，地处鄂豫皖三省七县交界处，位于大别山腹地，原来是一个镇，属于河南省商城县管辖。上世纪 20 年代末，这是个三省管不着的地区。在这块神奇的土地上，闹起了红军，走出了洪学智、皮定钧、林维先等 59 位开国将军（上将 1 人、中将 8 人、少将 50 人），是中国第二大将军县。金寨县也因此有着"红军的摇篮、将军的故乡"之美誉。

1929 年 5 月 6 日（立夏节气），此时北斗星的斗柄指向东南方，太阳黄经到达 45 度时，立夏到了。立夏表示告别春天，是夏天的开始。农村要举行过节的仪式，以示庆祝。民间以立夏日的阴晴测一年的丰歉，认为立夏时下场雨最好，民谚云"立夏不下，旱到麦罢"。

立夏节时，大人用丝线编成小网，装入煮熟的鸡蛋或鸭蛋，挂在小孩子脖子上。有的还在蛋壳上绘画图案，小孩子相互比试，称为斗蛋；还有的大人用五色丝线系于小孩手腕等处为其消灾祈福，消暑祛病。

中共商城临时县委和商（城）罗（山）麻（城）特别区委开会决定在立夏节这一天举行武装暴动。各路起义队伍会师斑竹园。与此同时，斑竹园、吴家店、南溪等地的农民武装也举行了起义，并迅速解除了当地民团的武装，成立了红 32 师，创建了以金家寨、汤家汇、南溪、斑竹园为中心的豫东南革命根据地。随后，与皖西革命根据地、鄂豫边革命根据地连成一片，建成位居全国第二的鄂豫皖革命根据地。

上世纪 30 年代初，金家寨是许继慎、徐向前红四方面军根据地的军政中心。由于大别山的战略位置相当重要，可以直接威胁到南京和武汉两大重镇，卧榻之侧这么一闹，搅得蒋总司令睡不着觉。

1932 年 5 月，蒋介石亲自披挂上阵，指挥了几十万大军，对鄂豫皖红色根据地发动了第四次"围剿"，我爹随中央军第二师黄杰的部队"围剿"徐向前，他到信阳就开小差了。

蒋介石下令谁先占领金家寨，就在此设一新的县治，用谁的名字冠名该县。他五虎上将中的三位卫立煌、蒋鼎文、陈济承个个争先，各路先锋官都是黄埔出身的将军，有汤恩伯、黄杰、胡宗南、俞济时、李默庵、刘戡等人，与黄埔同门徐向前、陈赓、蔡升熙、倪志亮、曾中生等进行车轮般恶战，直杀得天地易色，人仰马翻。最终红四方面军不敌对手，向西转移。卫立煌带一个师的兵力，直扑金家寨，一举拿下。

为加强对鄂豫皖边区的统治，南京国民政府将安徽六安、霍山、霍邱和河南固始、商城五县边境的 55 个保析出，合成一新的县，取名立煌县；划归安徽省第三行政督察区管辖，以金家寨为县治所在地。

林家是南溪镇望族。清末民初，到林维荪这一代，有五个儿子：老大林英钟，是中国近代民主革命家。1903 年与族人林伯襄在林氏祠堂筹办以"明耻""强邦"为宗旨的"明强学堂",设策论、格致、博物等课目,招收豫、鄂、皖边区一带青少年入学受教育者达一二百人,给偏远山区带来了一股民主新风。林英钟与孙中山领导的同盟会有密切的交往与联系。中华民国成立后,林英钟作为河南省临时参议会议员,被选为中华民国第一届国会众议员。1913年袁世凯暗杀了国民党领袖宋教仁,镇压了孙中山、黄兴领导的"二次革命",又胁迫国会选举他为正式大总统,为登极当皇帝做准备。当时不少议员拍马逢迎。林英钟拍案而起,说:"有我林某在,有关复辟帝制的议案,休想在国会中通过!"袁世凯派人送给林英钟一大笔钱,却被林退回。最后,袁党买通了林英钟的一个仆人,将一张国民党党证藏在他的被子里。第二天,突有军警到林家搜查,查出被子里的国民党党证,遂以"勾结孙中山"的罪名将其逮捕下狱,于1914年4月15日将其害死在狱中。此事激起国会参、众两院议员的愤慨,袁世凯一怒之下,强行解散了国会。一年之后袁世凯倒行逆施,实行复辟,只做了83天的洪宪皇帝,遭到举国声讨,一命呜呼。冯国璋代大总统时,为了笼络人心,亲自为林英钟平反,题写"见义必为"的牌匾,以示褒奖。

林英钟最小的弟弟叫林英锐即林晋琦,排行老五。

林晋琦是1934年与我小姑结婚的,春风得意马蹄疾,婚后夫妻双双又去河南商城县县长任上。

1937年3月,林晋琦调任洛宁县县长。1938年6月,日军沿陇海线西进,开封沦陷。就在老蒋扒黄河前几天,我爷爷奶奶带着三叔、四叔一家子从郑州逃亡洛宁，投奔小女儿和女婿。一家子就住在县衙后院。我三叔还在县民团中当个班长，他就喜欢玩枪。1940年，我爷爷病死。不久，林晋琦又任临汝县县长，要举家搬迁，我三叔跟着去了，在临汝县当过几天职员。小姑不是我奶奶亲生的，老太太要面子，不好意思再赖在姑爷家。正好我爹在西安稳住神，于是，我奶奶带着四叔去西安投奔二儿子。

1944年4月，日军发起河南战役，从黄河以北渡河，沿洛（阳）潼（关）公路向洛宁进犯，林晋琦与洛宁县政府官员四散而逃，他携带家眷逃到乡下，后来辗转回到信阳。抗战胜利后，他带着我小姑去了汉口。

1947年，刘邓大军挺进大别山，占领立煌县，立即将"立煌"改名为"金寨"县。次年，林晋琦回到南溪镇，才把两房太太迁回老家金家寨，将大房安在南溪镇上，三房安在县城里。

林晋琦先后娶了三房。大太太黄俊英，是从小由两家父母定下的娃娃亲，黄氏不识字，却会操持家务，夫妻没有共同语言，生有五男一女。

二太太余慧，出身于商城县官宦之家，书香门第，饱读诗书，整日《红楼梦》不离手，自比黛玉，见花流泪，望月伤心。过门数年，肚皮不争气，一直没动静，大太太黄俊英眉高眼低，经常指桑骂槐："养了只老猛滋（土话，即母鸡），光吃不会闹窝。"

余氏要强，性贞烈，一心想生一个儿子，好吐气扬眉，寻了个偏方，喝了一年多的苦药，谢天谢地总算怀上了，十月临盆，原想母以子贵，呱呱坠地却是个小丫头。余氏得了产后抑郁症，女儿满月时，就在林老爷为女儿准备的满月酒上，黄太太却没有请余氏娘家的一位亲戚前来，余氏问黄氏："为什么没有通知我妈家人？"黄氏说："你要是能生个带把的，我就敲锣打鼓，让全县有头有脸的人陪你娘家人来吃酒！"

余氏不堪受辱，回房抹下手指上的戒指，吞金自尽，含恨而亡。刚刚满月的女儿，后来由三太太抚养。

三太太王毓华，即是我小姑。结婚时只有17岁，小姑父大她25岁。小姑先后生了三男一女。

林晋琦年轻时，时常到河南省会开封公干，认识了我爷爷王运庭，经常请教。爷爷为林晋琦传授了一些断案和处理人际关系的经验，两人成为无话不谈的忘年交，于是就把心爱的小女儿嫁给林晋琦。婚后，回到商城县任上，夫唱妇随，琴瑟和鸣。

1950年，全国开始了土地改革运动和镇压反革命运动。很快便有人揭发：林英锐是国民党伪县长，还有保安队，有十几条枪呢。于是林晋琦就被县公安局抓起来，判了枪毙。也是他命不该绝，省里下来的土改工作检查组的林组长，正是当年被林晋琦保释出来的共产党员。经过调查，他在商城县当县长期间，暗中释放了不少地下党员，掩护过地下党重要干部。早在土改前，他在南溪已经开始减少佃户与租户的租子，在当地是有口碑的。因此，他迈着四方步走出了共产党的大牢。却未能逃脱土改被扫地出门的下场。林晋琦脱下长袍马褂，换上粗布老棉袄，腰里再系着草腰子（即一根草绳），头上顶着一个破草帽，当上生产队一名养鸭佬。每到栽秧和收割稻季节，林晋琦就举着三尺长的细竹竿，竹竿顶端系着一块破布，吆喝着赶着一大群鸭子出了鸭棚。好家伙，那阵势也是不得了，在头鸭的率领下，小鸭子排成长长的队伍，大摇大摆地前进，像一片片黄色的云在游动。堂堂县太爷成为"鸭司令"，也算人尽其才。小姑王毓华把旗袍脱了，改成大襟衣服，在当地小学校里领着一群贫下中农的子弟，教书育人。上世纪 60 年代，姑父与小姑先后去世。

每次运动我爹都在社会关系中提到他们，但我爹从来没与这位"鸭司令"有过来往。

扢篮的老太太

我奶奶说，当年她是扢着要饭篮儿，领着一家人摸到西安，就住在南院门西北剧场内的厢房里。不管日子咋样，动荡不安的年代，背井离乡，多少家庭妻离子散，老王家人还能聚在一块过日子，其乐融融，是一件很舒心的事。更令我奶奶得意的是，拿个马扎，坐在屋门口就可以看见舞台上的演员唱戏，她也认识了不少名人。

我奶奶不叫王许氏，大号许存义，像老爷儿们的名吧。最大的特点就像她的名，讲究个"义"字，是个大摊儿泥，穷大方。真遇上腰里不暖和的人，好听人家编故事，陪着流眼泪，擤鼻子，之后一拍腿站起来："啥也不说了，冇地去就住剧场里。"陕西人说：他大舅他二舅都是他舅，高桌子低板凳都是木头。能在一个屋檐下，都是落难人，拉条长凳子就住下这还不拉倒，还得搭上她搅的一锅面汤，她的屋里就是关中的大老碗多，都啃得豁豁牙牙的，还剌口。刚刚熬好的面疙瘩汤，直冒白气，一个个饿死鬼投胎，蹲在地上，一手转着碗，摇着"低脑"，河南话就是脑袋的意思，来回吸溜，喝得一个半劲儿，小拇指上还扣着个窝窝头，窟窿里塞满了秦椒酱，喝两口汤，来一口窝窝头，再舔舔秦椒酱，咦！可美！看人吃饭的场面，比她老人家看梆子戏更得劲。其中邓华升就是她老人家收留的干儿子，还有常香玉等豫剧角儿……

我奶奶还有独门暗器，拿手绝活儿是看妇女病。她老许家几代悬壶济世，有个祖传的秘方，是她出嫁时，她的娘除了压箱宝之外，陪嫁来的。

啥叫压箱宝？就是旧社会的小康人家，闺女出嫁时，陪嫁的箱子里除了手镯、首饰外，有十块、十二块甚至十六块的长方形竹片或者紫檀木片，用线绳子穿起来，上面是各种男女性交姿势，因当娘的不好意思教闺女，就把这个看图说话的"宝贝"藏在陪嫁的箱子里。我奶奶的陪嫁箱子里，除了压箱宝，多出一样，就是老许家的祖传秘方。

啥大医院、中医堂都看不好的妇女病，只要求上我奶奶，保准药到病除。一招鲜，吃遍天。怕人偷她的许氏秘方，老太太每次必须自己去药铺配药，迈着小脚，摇摇摆摆，蹈得傻快，从东到西，自南至北，一天跑上几道街、半个城，在药铺里，从上到下十几层的小药匣子中，指导着伙计从药匣子里抓药，什么枸杞子、当归、黄芪、白芍珍珠，几两几钱，门儿清。

从这个药铺买两味，再去那个药铺买三味，我奶奶就像个接头的地下工作者，不时回头看看有没有人盯梢。等买回药来，关上房门，用中药碾子（学名叫惠夷槽），就是铁制或石制的碾槽，人坐在椅子上，用脚蹬铜碌在碾槽中来回碾压研磨，让药材脱壳，压成粉末，再用小戥子亲自称称，再去房后揪一把蒲公英，亲自洗、亲自晒、亲自配、亲自熬，再亲自给人送上门去。等下次有人再来瞧病，"老鸡贼"就把药铺的顺序打乱了，药材分量也变了，总之，让人弄不清是咋回事。

老太太还有个特点就是坚信好人有好报，整天烧香拜佛。为此，在 1949 年还闹了一场笑话。

1949 年 5 月 20 日，解放军罗元发的第六军突破西安外围防线，炮声隆隆，老太太天天烧香磕头，求菩萨保佑。当时她就住在南大街。西安破城前，有国民党政工人员吓唬她说："老太太，赶紧跑吧，再不跑就来不及了！"

我奶奶说："我跑啥？跑了家咋办哩？"

那家伙说："你这儿不是有菩萨保佑吗？替你看着家，保护你的秘方，放心，都丢不了。"

我可怜的奶奶，收拾了一个小包袱，用她的三寸金莲，迈着小碎步，踉踉跄跄向南门外逃命时，迎头就撞在两个军人的身上，往后一仰跌倒在尘埃里。那两位军人连忙将她搀扶起来，一位给她身上拍着土，一位拾起了她的小包袱，和蔼可亲地问："大娘，兵荒马乱的，不在屋里待着，您这是上哪儿啊？"

我奶奶恐怖地描述："老总啊，快审吧，解放军来了可不得了，青面獠牙、杀人放火啊！"

两位军人听了哈哈大笑："大娘，你看看，我们就是你说的青面獠牙、杀人放火的解放军啊！"

我奶奶大吃一惊，一屁股崴到泥里。解放军又把她搀扶起来，一位军人背起她："您家在哪儿？我们送您回去！"另一位军人接过她的小包袱，拍掉上面的土，一直送她回到南大街。大老远就看见家中浓烟滚滚，原来是国民党政工人员的老婆有妇女病，破城之前，知道老太太不会交出秘方，于是想了个鲜点儿，把老太太诓走，到家瞎翻一气，因为啥也没找着，恼了，但凡认为值点钱的搜罗一空，临了还放了一把火。等老太太回家，十几年攒下的家当被烧了个精光，老太太抱着被烟火熏黑的佛像，光剩哭了。突然，她从佛像下面的窟窿眼中，掏出她的秘方，送上前："老总，恁对我太好了，我这儿还有个秘方，送给恁吧！"解放军笑着说："老太太，您还是自己留着吧，治病救命您就是佛。来，我们送您去难民安置点，以后，别光供菩萨了，要供就供毛主席吧。"

果然，我奶奶上街请了一张毛主席像，挂在修好的房屋中供菩萨的地方，一天早晚按时按点三磕头，求毛主席保佑。一年以后，我爹也穿着和那两位军人同样的服装回来了。我奶奶认准了就是靠毛主席保佑，后来通过街道上组织的学习，才知道烧香拜佛是迷信。

1951年，我出生了，我奶奶和我三叔从西安来南京看我，住在后勤招待所。一天，我奶奶挂个拐棍，颤颤巍巍地来家，关上门，把棉袄里面缝的口袋撕开，拿出了秘方，对我妈说："这个秘方就传给你了，一定要保护好，冇事也学学，艺多不压身！"

老太太悄悄跟我妈咬耳朵："各种药材都是幌子，真正治病的是房前屋后最常见的蒲公英。"

她想把手艺传给我妈，但我妈却说她"坑人"。老太太说：别管坑不坑，坑好就是本事。于是，我妈接过去就放在上衣口袋里，没当回事。部队看病的条件好极了，城左营不远就有华东军区总医院即国民党中央医院，还有八一医院。她哪信什么秘方不秘方！下午，部队集合，扛着铁锨带着脸盆，去雨花台收殓烈士遗骸，不料下起了雨，从泥土中挖出琳琅满目的雨花石，我妈脱下外衣去兜雨花石，淋成了落汤鸡，回家后把内外衣都洗了，等她想起口袋里的秘方，掏出来的全是小块纸浆，秘方就这样没了。

1966年大串联时，我也穿着我爹的军装，戴着红袖箍回了趟西安。我奶奶坐在大门口"军属光荣"的牌牌下晒暖，打着瞌睡，我叫她，她吓得一激灵，站起来拔腿就跑，嘴里还嚷着："红卫兵来抄家了。"

我好容易撵上她，大声说："我是大华！"半天她老人家缓过神来，拉着我的手，坐在炕上，拿出了一个旧鞋盒，里面全是老照片，她一张一张给我痛说"革命家史"，翻到最下面，挑出一张一个烫发女人照片，神神秘秘地告诉我："这个人是个女特务……"

"这还敢留着，等着让人来抄家？"我急忙抢过来三下五除二给撕了，还有其他的老照片都让我"纸船明烛照天烧"了。

1967年，西安来了封加急电报，我奶奶去世了。据我三叔说，老太太早上起来在院里的自来水龙头上打了盆水，还和邻居打招呼问早。她老人家洗了脸，盘腿坐在炕上，用梳子蘸着盆里的水，对着镜子仔仔细细地把头发梳齐整，自己换了老衣。等八点多，我三叔三婶到家，老太太已经安安静静地走了。院子人都说：老太太是修来的福。那时节，我爹正在接受批斗，请不下假，其实造反派是怕他躲避批判，我爹只好让我去山西路邮局寄给我叔叔一百块钱。

我妈也没掉眼泪，只是几天都阴沉着脸。

"鼓上蚤"王伯华打流

王者档案：三弟王伯华，是个旧职员，参加过国民党，也在反动派军队中干过，在延安专员公署当过秘书，解放以后已经向西安公安局坦白过，向人民认罪……愿意工作或劳动改造。

王伯华是我三叔，比俺爹小三岁，是个场面上的人，爱混朋友。结交了一批狐朋狗友，干些打瞎流鼻儿和扒沟子的事。

崔超在揭发材料里说："解放前在西安时，知道其三弟王伯华行动神秘（现在推测可能是搞特务工作）。"

其实，我三叔并不是特务，但他的朋友中军警宪特各类都有，就从吃喝嫖赌开始认识，成了死齁！

三叔年轻时混青帮，也是江淮泗。他最喜欢玩枪。日军破城前，开封军统站副站长艾经武换了身破衣服，把他的枪给了老三，老三把枪撂在拾粪的筐里，混出开封城，逃往洛宁，那把枪太漂亮了，他成天带在身上。就为了枪，到西安后他就去了空军总站，和军警特宪结为"十虎帮"，成天搅混在一起。

1951 年的全家福，左起三叔、我爹、我妈，奶奶（中间坐者）抱着大孙子

　　当时西安城里有两把带象牙把子的手工打造的英国左轮枪，一把在戴笠手里，另一把就挎在我三叔的屁股后面。三叔的那把枪上还带有家族的族徽。不少人惦记着，甚至有人肯出十条"大黄鱼"，而他坚决不让。

　　我爹那时在胡宗南战干四团所属的战干剧团，职务是中校演员，抗战期间，西北话剧事业的中心是在西安，西安最好的剧团是战干剧团。我爹由于和罗慧谈恋爱被教育长葛武棨派人盯上，我三叔打听到葛武棨将对我爹不利的消息，曾经劝告我爹胳膊拧不过大腿。但我爹满不在乎：我俩就谈谈恋爱，就算结婚又有什么呢？

我爹没听我三叔的劝，被关 35 天的禁闭，后来离开战干团，在西安组织舞台艺术协会，在西安盐店街北五省会馆演戏。

有一天早上，天还不亮，我爹火急火燎地赶来咸阳找我三叔，原来是剧团里的灯光师不见了，说有人看见是被两个人绑架走了，是不是军统干的不知道，无论如何想法把人捞出来，否则就要耽误晚上为胡宗南长官举行的慰问演出。

三叔披着被子摇电话机，西安城里的监狱、看守所、劳动营都问了个遍，毫无消息。

他在军统的朋友建议：是不是给王曲军官团负责人打个电话，问问他们是否绑架了你的好朋友？看你急成猴样！

三叔火了："啥屌朋友也不是，我见都没见过！是俺二哥团里的灯光师，冇他晚上开不了锣！"

"三哥，搞清楚，那人万一是共产党，你去救他你算啥？"

"你说我算啥就算啥，砍掉头不过碗大的疤嘛！还孬了不成？"

这就是三叔的性格，义气！

三叔骑着洋车跑到长安县王曲七分校第三科管辖的禁闭室，

一问负责人麻营长——也是"十虎"之一的弟儿们，还真抓了这样的一个人。

为啥抓灯光师呢？原来与政治部主任王大中有关。他得知罗慧和我爹同居了，差点没气疯了，放着少将太太不做，去找一个穷戏子，不就是演秋海棠的嘛，要啥没啥，也不知图什么。罗慧后来回到战干剧团，王大中知道到手的鸭子飞了，于是暗中派人盯着我爹，得知他在盐店街演戏，于是使坏。王大中知道抓了团里的演员，都能找人"贴锅"，唯有少了灯光师无法演戏，于是就派人到盐店街进行绑架。

三叔挠着头："招了吗？"

"啥也没招！打了一顿，死活不承认是共产党。"

"老兄，没招就好办，给兄弟一个面子，放了算呢。"

"朋友归朋友，军法是军法，坏了规矩我吃架势！"

"啥鸡巴规矩，说个数吧！"

"你的这把枪……不错嘛！"

三叔一咬牙一跺脚，把枪拔出来："归你了！"

三叔说完把枪拍在桌上就走了。那个被绑的人也随后出了看守所大门，直接就没影了。

我爹来找我三叔，问："你找的人呢？"

"回来啦，我前头走，后面就放人了，不信你自己打电话问。"

"问啥问？还有两个小时就开演了，我看咋办！老三，都怨你，你就不能驮他回来？"

这算啥？枪没了，人也没了，连声谢字都没有。我三叔气得牙根痒痒的，骂道："啥家伙？不人物！"他突然想起来："快找邓华升，那家伙十二能！"

我爹一拍头："急晕了，咋把他忘了。"

那晚的演出还真让邓华升救了场。

三叔没结婚，却一直偷偷地和国民党一个军官太太相好，两人还有一个私生女儿。奶奶一提起这一板儿就开骂，三叔干脆就不回家。

西安解放前夕，那个妖娆的女人带着孩子上门来给奶奶磕头，和三叔做最后的诀别，之后就带孩子飞了台湾。

解放之初，全国镇压反革命，西安第一批名单中就有我三叔，一个星期枪毙几百人。我三叔和蹲号子的"反革命"们，见天没事就抓着铁窗上的钢筋往外看，只要有镣铐响声，就巴巴等待着点名。只见一串一串地往外带人，剩下的人心惊肉跳，不知何时轮到自己头上。

这一天终于来了，典狱长冷冰冰地叫了："王伯华！"

三叔给同牢房的抱拳作揖："兄弟们，哥哥先走一步，下辈子再见！"

他被带走了，有些蒙，不是去法场，而是进了典狱长办公室，里面有位穿呢子军大衣的中年人坐在办公桌前。

军人问："你认识我吗？"

三叔头都不敢抬："不，不认识！"

"这个认识吗？"

军人从公文包里拿出一把枪，放在桌上，正是那把象牙把子带族徽的英国手枪。三叔顿时傻了。

那人说："我是军管会负责人，当年那个抓我的军统招供了，我才辗转找到你！我们共产党人不是不讲信用的人，当年你救了我，现在我也要救你一条命！你出去后好好改造，重新做人……"

我三叔出来后，先在一个街道厂当会计，后来被清理出阶级队伍，在家糊火柴盒为生。

1966年，大串联时，我从南京去西安，在西大街的一个陋室里见过三叔，身边还有一个"三婶"。他身上的衣服补丁摞补丁，腰很弯，不知是斗的还是累的，像虾米那样，早就没有一米八多了。

就那样，还是三斤半的鸭子二斤半的嘴，他拍着胸脯说："三叔再打锅，也要请你去老孙家吃顿羊肉饺子。"

那顿饭我吃得很勉强，我在南京长大，不习惯羊肉的腥膻味。何况半斤羊肉够谁吃的？三叔三婶却在一边看着。

三叔还问我："大华，你有表吗？"

"我是学生，哪有钱买表？"

"三叔要有，立马抹下来给你！"

三婶撇着嘴："还瞎喷呢，一辈子就这毛病改不了，三斤半的鸭子两斤半的嘴！"

"文化大革命"中间，三叔经常来信，就一件事，要钱。每次回信、写信的任务都落在我头上，去邮局十块、十五块都寄过。那年头，我爹进了牛棚，家里的日子也很拮据，因此，我从心里挺讨厌这个三叔。

1980 年左右，三叔来过开封，当时我考上大学，老爸和老妈要去南京军区落实政策。写信让他来帮我照看孩子。

那天，我回家，一个要饭模样的老头儿坐在台阶上，脖子里挂着白布条，一边一条，兜着一个白布包裹的长方形盒子，里面不知是什么。我差点没认出他是三叔。

"你这带的是啥？"

"大华，快磕头，我把你奶奶和三婶带回来了。"

天啊，竟然是两个骨灰盒。三叔催促着我开门，在堂屋正中的方桌上，恭恭敬敬摆放了两个骨灰盒。

三叔几十年不曾来开封，故地重游，肯定疯了，见天不着家，不是去理事厅街和翟家胡同看老房子，就是到寺门去喝久违了的正宗羊肉汤，高兴时还去清泉泡澡、去开封剧场听大凤（关灵凤）唱戏……害得我无法去河大上课，要带孩子，还得给他做饭。晚上，三叔喝着酒，吃着羊头肉，开喷，他和著名的豫剧演员××有一板儿，她咪咪下面有颗痣……咱家的房子让人家住了几十年，我得去找政府说道说道……

没几天，我爹妈从南京回来了，第二天三叔就走了。回去不久，三叔就死了。

附：老四铁公鸡

王者档案：王舒华，男，四弟，现在（1951 年）西北艺术学院读书，学演戏，思想比较进步。

我曾犹豫，要不要写我四叔，为什么呢？因为他不在我爹的江湖。1951 年他还是大学在校生，也简单说几句。

我妈说他是个"铁公鸡"。这个绰号是她第一次回西安住在老太太那里，给四叔起的。1947 年 3 月，当我妈风尘仆仆，第一次进家门时，他正在门口刷牙。脖子上挂

王舒华

了条硬似铁的毛巾。我妈问："许老太太住这儿吗？"他满口白沫，不舍得吐掉，于是用手往里指指，表示是这儿。他洗漱完毕后，背着书包就走了。我妈也没注意。她和老太太见面后，老太太说："大老远来了，先洗洗吧。"

于是，我妈拿出牙刷和毛巾，开始找牙膏，就那么巴掌大的地方，却"上寻碧落下黄泉，两处茫茫都不见"，于是问老太太："咱家的牙膏放哪儿了？我刚才见老四在刷牙，满嘴都是泡沫。"

我奶奶说："我不用那玩意儿，连牙刷也不会使，就用手指头蘸点盐，在嘴里戳戳算完。我帮你找找……"她又找了一圈，连箱子都翻了，"那会放哪儿呢？"

没奈何，我妈上街买了一管三星牙膏放在家里公用。

我妈还特意留心，但四叔根本不碰那管新牙膏，依然刷得满嘴白沫，他把牙膏藏哪儿哩？

从延安回来后，我妈终于发现了四叔的秘密，他的房门上有一块木板，上面还立着几本书，他的个子没有三叔和我爹高，但踮起脚就能够到，牙膏就藏在上面。我妈小低个，既看不到，也够不着。但我妈也发现了四叔的优点，从不占别人便宜，别人也休想占他的便宜。

"文化大革命"时，我千里迢迢回西安，他第一次见到我，说请我上馆子撮一顿。结果来到一家"工农兵"饭馆，叫上一碗羊肉泡馍，我觉得好腥膻，勉强吃了几口就放下了筷子，四叔端起碗，一下子全给吃光了。

回南京后，我爹问我四叔的情况。我说他请我吃什么羊肉泡馍。我爹说："是老孙家吧？味道好极了。"

"什么老孙家？南大街的工农兵饭店，难吃死了。"

"你比我面子大，我回过两次西安，他从来都不请我。"

上世纪80年代末，我又去了西安，他住在西安话剧院分的家属房里，房子挺大，里面只有一张大床，还有一张三斗桌，最奇怪的一景，是一辆全新二八凤凰自行车是挂在墙上的。问四叔为啥要把自行车挂在墙上，他说车轮不能沾地，就挂上了墙。

我问："不骑吗？"

"当然骑，只是每次回来都要仔细擦擦。要不然，买了十来年了，咋会还和新的一样。"

第二天我要借自行车出去玩。他特地从墙上的木橛子上小心翼翼地将车托举下来，亲自送我到大院门口，我说不用。他告诉我，门口有摊积水，我得把车搬过去。下午我专门吃了晚饭回来，四叔心疼得跟什么似的，打上一盆水，擦得一个起劲，比演员在化妆间还讲究。

我要插手他不让，于是我问："四叔，昨晚你看的 9 寸黑白电视机呢？"

"还不到《新闻联播》时间呢。"

"马上就到了啊！"

四叔被我催得无法子可想，于是洗了手爬到床下，搬出买电视机的纸箱，打开后取出电视机，插上电源，这时播音员李娟已经开始问电视机前的观众们大家好了。

我不是要看《新闻联播》，而是要等后面的《射雕英雄传》，好容易新闻完了，我去卫生间，被四叔阻拦，说大院门外有公共厕所。等我三步并作两步回来，已经结束了，不是"射雕"结束，而是电视机已经物归原处了。

服不服？你们不服，我算服了，当天晚上我就住进宾馆，吹着空调，看着 20 英寸大彩电，再不去他家住了。不光是我不住，他的老婆我的四婶受不了他的小气劲，已经和他拜拜了。第二个四婶是斗门纺织厂女工，丈夫因公去世了，还带着两个儿子，经人介绍，就和我四叔穷对搭在一个锅里摸勺。我四叔意识超前，上世纪 70 年代他就懂"AA 制"。我妈曾问新四婶："老四这个铁公鸡能帮你养儿子，真不错。"四婶撇撇

上世纪 80 年代万元户是令人羡慕的，一天挣一张"大团结"不老少了。

嘴："各吃各的、各花各的，俺可没花他一分钱。80 年代初，两个儿子初中毕业就倒腾服装，在街上有个地摊。舒华没事也去看看摊儿，但去一天付他一张'大团结'，也不让他吃亏。"

四叔真行，演了一辈子话剧，天天穿得很打锅，一身中山装洗得发白，足下一双圆口布鞋。团里的俊男靓女都是时尚得不行，传达室的都比他穿得神气，他还是那样。

王舒华在《开国大典》中饰演董必武

四叔在李前宽的电影《开国大典》中扮演了董必武，也算是留下了光辉形象。

我奶奶曾发疑问："老四像谁呢？长相和老二、老三都不像，个头还低，脾气最不像老王家人都是大摊泥，大手大脚惯了，像他这样的铁公鸡是从哪来的呢？"

老太太问俺爹，俺爹问我，我问谁呢？现在想来，唯一的解释是他不在江湖。

斧子砍下来了

1941 年元旦刚过，突然一天，战干团资料室里的《新华日报》开了天窗。原来，"皖南事变"发生了。西安的政治气候更加恶劣。外松内紧，战干剧团除还在演出《李秀成之死》《魔窟》等保留节目外，又新排了曹禺的《北京人》《家》。戴涯这种政治上的晕头鸭，不知道是哪头炕热。

斧子已经抡下来了。大院子、大街上，到处贴着"一个主义、一个政党、一个领袖"的标语。战干团大礼堂，葛武棨领着各个单位的人，都握着拳头，声嘶力竭地集体宣誓效忠蒋委员长。

暮春的一天上午，我爹接到指导员车之林通知，立即去战干团。他匆匆赶到战干团大礼堂后，只见乱糟糟全是人，教官

三青团团徽

在前面，学生在后。原来是参加三青团宣誓活动。

链接："三青团"系中国国民党下属的青年组织，全称"三民主义青年团"。1938年7月9日，在武昌正式成立。蒋介石任团长。由陈诚、陈立夫、康泽等31人组成中央干事会，陈诚、张治中先后任书记长。在抗日救国的名义下，开展了一些积极的活动；在抗日战争转入相持阶段后，"三青团"成了国民党反共的工具。他们着力扩大组织，在学校、机关、团体，出现了"集体入团"等"拉夫"现象。向青年灌输封建思想和反共思想，进行"精神训练""生活训练"等。有些地方的"三青团"设立青年劳动营，关押、迫害爱国进步青年。

大礼堂舞台上布置有"三青团"的团标：国民党党徽，外有方形红色团旗，中间有三条青白红长杠杠。

台上教育长葛武棨要求所有人当场填表，互相找介绍人，谁介绍你，你就介绍谁。

当时冷波、赵曼娜、丁尼、范里、李曦、陈萍、罗慧等悉数在场。我爹和罗慧互为介绍人，填完表也不需要交照片，也

不发团证，就算三青团员了。

更有切肤之痛的是内卷开始了，艺术班毕业的学生徐金海开始行动了，这个人真正的身份是军统特务，代号128号，时刻跟踪、监视教官和学员。

一天晚上，西北剧场演出开锣不久，台上正演出陈白尘的《大地回春》，猝不及防，倒春寒发生了。

徐金海拿着枪，凶神恶煞地带人闯进后台，将同窗徐行五花大绑，骂他是共产党，与延安有关系。台上五幕剧只演了一幕，戏就无法往下演了。

徐金海抓人有瘾，连教官也不放过，丁尼因为与延安的张平通信，被他关禁闭处分；我爹因为给女演员罗慧化妆，也被128号监视，一一记在小本本上，并逐条汇报给上校指导员车之林。

戴涯派我爹带队去慰劳第一军军部和下面三个师，我爹当慰劳团团长，带着一个京剧班子到渭南、潼关、朝邑、郃阳、大荔、韩城等地。明面上这是战干剧团艺术班的工作之一，其实是从爱护我爹出发，派他出公差外出"躲风"。战干剧团哪来京剧班？还有个原因是戴涯把西北剧场租给了一个京剧班子，但营业不好，还不上租金，戴涯就通过政治部主任汪震，说让京剧团下去慰问第一军部队，差旅费自理。当时，汪震兼了三十四集团军西安办事处处长，于是给各部队长官写了介绍信，我爹拿着介绍信，沿途受到第一军军长丁德隆、第一师师长李政先、第七十八师师长许良玉（原战干团总队长）、第一六七师师长周士冕（原战干团教育长）等人热情的招待。请客摆酒还送钱。京剧团在每个单位演个两三场，官兵们的精神生活极为匮乏，看了演出得到一时的安慰，效果挺好；加上差旅费由京剧团老板负担，以抵剧场费，两下高兴。这就叫赶脚的拾了个料布袋儿——人有福，驴也得劲。

这次巡回义演前后大约三个月。回到西安，已是秋凉。这期间，战干剧团又出事了，连戴涯都被政治部主任下令关了禁闭。为了什么事呢？原来又栽到胡宗南的手里。

1941年9月1日，战干四团奉命改称"中国国民党中央执行委员会训练委员会战时工作干部训练团"，两天后，胡宗南等来到团里，召开第一次团务会议。教务长葛武棨决定，让战干剧团演出《蜕变》招待胡长官。因为是临时通知，戴涯一时间抓了瞎，手忙脚乱地赶紧排戏。为什么会出现这种尴尬呢？主要演员、饰演丁大夫的赵慧琛已经离开；丁尼是老知识分子况西堂的扮演者，赵秀蓉是陆葳的扮演者，两人谈恋爱，违反团规，要处分他们，结果两人开了小差；我爹是马登科的扮演者，但人尚在河防未回；还有董润华，是丁大夫儿子丁昌的扮演者，也跟我爹去了慰问团。这戏还怎么演？军令如山，不敢不演，于是戴涯临时抓演员"贴锅"，排练不到一天，演出时间就到了，演员连词都说不上来，找人提词屡屡出错。再加上我爹是负责装置的，他不在，布景又出了问题。一台戏乱七八糟，别说补锅了，整个砸锅了。可把看戏的胡长官气得骂了声"娘希皮"，起身走了。葛武棨大发脾气，骂了汪震，命令"关戴涯禁闭"，就这样，戴涯也进了小号。吉人自有天相。戴涯进禁闭室，没想到惊动了一个人，就是国民党元老张继。听说戴涯被关了禁闭，便打电话去问汪震，对方说：戴涯违反军纪，必须处分，只是走个过场。

这样戴涯就关在战干团办公厅副主任兼人事科长洪轨的家里，有酒有肉，招待得不赖。张继这才罢了。

痛定思痛，戴涯离开战干团的意愿就更加强烈。他几次与洪正伦谋划脱离战干团的办法，重新扯起"中剧"大旗。洪正伦只说："瞎子走路，一步步来呗，如今时机未到，只能少安毋躁！"

戴涯说："如果不能走，就利用这层关系来培养自己的事业骨干，这叫租地盖屋。"

"鲁提辖"丁尼仗义

王者档案：丁尼，男，中国戏剧学会演员，战干四团艺术教官。

1937年年底，一列徐州开往西安的列车，停在开封车站，在敞篷车上，丁尼伸手将我爹拉进了车厢，从那时起，一直到1990年老爷子去世，两人在一起演戏，40多年基本没分开过，应该是最铁的朋友了。

丁尼出生在山东济南，家境应该还行。其父行伍出身，早年在江宁讲武堂学习，后在军阀张宗昌手下任团长。张宗昌垮台后，家中应该是衣食无虞的那种。丁尼干戏则完全是爱好。1934年，丁尼在济南正谊中学读书时开始接触艺术表演，曾出演过独幕哑剧《一文钱》、话剧《压迫》等。1935年，丁尼加入济南基督教青年会话剧团体"灵雨剧社"，演出过《未完成的杰作》等剧目。1937年抗战爆发后，已经走向社会的丁尼加入了朱星南的"济南业余剧社"，演出过《我们的故乡》等进步话剧。1937年9月"业余剧社"在徐州解散后，朱星南带领丁尼等一批人加入了"中剧"救亡演剧队，开始积极从事抗日救亡宣传活动。

丁尼知书达礼，为人很热情，还很仗义，和我爹一见如故，还和范里、韩悠韩等都成了好朋友。同样的事情也发生在丁尼身上。一次在街头演出《难民曲》时，围观的人群中有几个从前线回来的伤兵。丁尼扮演一个汉奸，当他说到"抵抗必亡"台词时，惹得围观的民众和伤兵纷纷喊打。突然，有两个挂着拐棍的伤兵闯进演出场地，破口大骂："打死你这狗汉奸！"举起拐杖就打，丁尼见势不妙，急忙逃跑，伤兵在后紧追不舍。丁尼逃进一条小胡同，连忙扯下嘴上的假胡子，刚一转身，伤兵已赶到，丁尼急忙解释："老总，俺是在演戏！演戏！"一位伤兵哈哈大笑起来，拉住要动手的那位。那个怒不可遏的伤兵悻悻地说："他妈的，还是个假的！"

丁尼有文化，每次演出的宣传文字都出自他的手笔，演戏、导演都拿手，在"中剧"和战干剧团，与韩悠韩、范里、王者并称"四大台柱"。在招考演员时，他就是主考官。

赵秀蓉，开封人，毕业于女子师范学校。抗战开始后，流亡到了西安，当时只有17岁的她报考了战干四团，后成为艺

赵秀蓉

术队学员，表演能力突出，就留在战干剧团，任少尉演员。她是一个事业心很强的人，只要演戏，不拘什么角色，戏路子极宽。从十七八岁的少女到六七十岁的老妇，从年轻活泼的少女、端庄贤淑的少妇、风骚轻佻的妓女，到阴险泼辣的女皇，都能演，而且演啥像啥。她在战干剧团和"中剧"，演过《雷雨》中的四凤、繁漪、鲁侍萍；在《日出》中演过陈白露、顾八奶奶、翠喜；《北京人》中演过曾瑞贞、曾思懿、曾文彩、愫方、陈奶妈；《蜕变》中演过丁大夫、陆葳；《家》中演过瑞珏、梅、陈姨太；《清宫外史》中演慈禧；《武则天》中演武则天；《大明英烈传》中演苏姣姣；《国家至上》中演李英；《塞上风云》中演金华儿；《魔窟》中演小白菜。

一天，丁尼对她说："你才18岁，对《日出》中老妓女翠喜的生活不理解，有人反映不太那个……"

赵秀蓉说："那也没办法！"

丁尼说："办法是有，就要看你敢不敢。"

"只要对戏好，对演员有帮助，我有什么不敢？"

丁尼说："我带你去'开盘子''叫堂差''打茶围'，敢吗？"

"去就去！有啥不敢的？"

"开盘子"不是如今开发商的新楼开盘，是妓院里的暗语，指有文化的高级妓女陪客人聊天、唱曲，像名人陈独秀、胡适甚至蒋介石、陈其美、张静江等国民党大佬就喜欢开盘子。"打茶围"也同样，与"叫堂差"都是逛青楼的方式。"叫堂差"多在众目昭彰的处所，往往易受拘束；"打茶围"是嫖客专门去青楼较私密处，"稍可放浪，得以畅叙幽情，谈笑取乐"。

赵秀蓉就和丁尼一起，去端履门街的"江南书寓"，那里是苏扬帮妓院，一起去开盘子，打茶围，观察生活。这在当时来说，对知识女性是很不容易的。赵秀蓉对台词特别下功夫，可以做到不同的角色有不一样的处理方法。比如演翠喜时，嗓音脆而带沙哑，演瑞珏时温柔而甜糯，演慈禧则声音低且带着威严。各种角色的不同的台词都处理得很到位。

延安鲁艺的张平给丁尼来信，动员他到延安去发展，他把信藏在枕头芯里，却被特务徐金海搜了出来。当时国共尚未破脸，徐将此信拿给车之林看。车之林说，以私通延安的罪名还不好抓他，得想出其他的办法。

徐金海说："丁教官正在和艺术队的女生赵秀蓉谈恋爱……"

车之林一拍大腿："这个好，以教官和学生谈恋爱为名，抓个现行。"

就这样，他们以违反团规的罪名，将丁尼关进了禁闭室吃了牢饭。后来，被戴涯等保了出来。1941年8月，丁尼和赵秀蓉商量，俩人就开了小差，去陕坝找凡塞，参加了绥远青年剧社。绥远青年剧社属于傅作义第十二战区长官部，演出了老

舍、宋之的的《国家至上》，田汉的《名优之死》，曹禺的
《北京人》《大地回春》《日出》《蜕变》等，很是轰动，因为
在绥西从来没有演过这样的大型话剧。他们还沿黄河北东行，
在巴彦淖尔盟、五原等地巡回演出，每场观众少则三四百，多
则上千人。直到戴涯等脱离了战干团，他们夫妇回西安，加入
了中国戏剧学会，又活跃在话剧舞台上。

赵秀蓉与丁尼

中国戏剧学会在兰州时，咸鱼翻身。丁尼第一个想到我爹，
建议戴涯召回我爹，并寄去路费，这样，我爹才离开西安，去
了兰州。丁尼在兰州招生时，是主考官，招收了两名学员，其
中有个叫梁虹的女演员，后来就成了我妈。1948 年，戴涯、丁
尼的中国戏剧学会在南京发展得还不错，就写信到兰州，告诉
我爹情况，邀请我爹回南京。后来，在苏州，我爹娘拉着丁

尼、赵秀蓉一起参加解放军。

1949年9月，几人在华东军区后勤政治部后政文工团一块儿当排长，演小节目，共同排大戏。后政文工团解散时，解放军剧院（前线话剧团前身）一把手沈西蒙来文工团看戏，挑选演员，他指着台上的我爹、丁尼、赵秀蓉对旁边的团长冯济树说："这三人我要了！"于是，丁尼、赵秀蓉、我爹还有我妈一起到了解放军剧院。沈部长不是要了三个人吗，怎么还有我妈呢？南京人有句话，叫卖肉搭皮子。什么意思？如今市场上都卖无皮肉，带皮肉成为稀缺物件。而在六七十年代，每人凭肉票一月才有二两肉，谁都希望买到腿肉，猪皮不值钱，因此，卖肉的都要搭上一块猪皮给顾客。

解放军剧院在1955年易名前线话剧团，那时演员分两个队，丁尼是演员一队的，而我爹和赵秀蓉是演员二队的，都是主要演员。他演话剧，也演电影，在《战上海》中扮演我军方军长；在《霓虹灯下的哨兵》中扮演老工人周德贵，都给观众留下深刻印象。只要卸了妆，他们三人就是难兄难弟，在历次运动中都成为"运动员"。

一直到1969年9月18日，我爹和丁尼、赵秀蓉一起去了合肥大蜀山南京军区司令部政治部五七干校。每天清早，赵阿姨就在广播站开始广播，一点不夸张，比安徽省广播电台的播音员专业得太多，被军民称为"省台二套播音员"。1970年，许多没有历史问题的干部陆续返回部队，或重新安排。我爹、丁尼、赵秀蓉的历史都是"反动军官"，被处理的方式也一样。

于是就"啊！朋友再见，啊！朋友再见，啊朋友再见吧再见吧再见吧……"

　　他们家回到济南，我们家回了开封，在不到 60 岁的退休年龄，那时前线的演员也似乎没有退休年龄，都被退休了。丁叔叔赵阿姨都比我爹小，尤其赵阿姨还不到 50 岁，只能鲁材鲁用，汴材汴用，房梁当劈柴，大材小用，给街道、工厂和部队宣传队去排排小节目，打发余生了。等"四人帮"垮台后，丁尼去了峨眉电影厂与潘虹、田华共同拍摄《奴隶的女儿》，他还念着我爹，推荐他去峨影厂和李亚林、吕晓禾等主演了《孔雀飞来阿瓦山》《挺进中原》等电影。直到 1990 年 2 月，我爹去世，他们之间，长达半个多世纪的友情才画上了两条竖线的休止符。但我们二代还在一起玩。

"浪子"叶鼎洛风流

王者档案：叶鼎洛，男，战干四团中校文学教官。

叶鼎洛和我爹是在开封新声剧社演戏时认识的，喜爱话剧是他俩联系的纽带。该剧社在市面上耍不开，只是在开封一师和河南大学学生中进行演出。他与凡塞是好友，经凡塞介绍，我爹与这位比他大 16 岁的"先生"相识，因为有共同的爱好，也参加新声剧社的活动。

叶鼎洛是个大作家，江阴人。早在 20 世纪 20 年代，就是著名的文学团体太阳社的重要成员。与一位叫叶灵凤的作家并称"文坛二叶"。叶灵凤是南京人，被鲁迅恭维成"流氓才子"，叫嚣着闯入上海文坛，尤其狂妄地调侃每天花二十个铜板从旧书摊上买一本《呐喊》去露台上当大便纸。这样的嚣张与自负，连带叶鼎洛的名声也不会太好。

1924年秋，赵慧琛的哥哥赵景琛到湖南第一师范任美术教师，与比他大五岁的国文教师叶鼎洛相识。叶鼎洛是个充满文艺细胞和浪漫情调的人。一天晚上，赵景琛去找叶鼎洛聊天，发现他不在宿舍，后来在走廊的另一头，发现叶鼎洛撑起画架，认真地涂抹着婆娑斑驳的月色。

不久，叶鼎洛与赵景琛俩人便办起《潇湘绿波》杂志。很快，同样在湖南一师任国文教师的田汉也加入进来，还有一位叫何呈锜的同事，他们组成了"四人帮"。经常晚上出去看戏，深夜爬墙而入。唱得好就大声叫好，唱得不好就大喝倒彩，轰演员下台。

1925年6月初的一天晚上，长沙周南女中一些女学生来一师游玩，叶鼎洛、赵景琛、田汉等举办晚会招待她们。唱起京剧《武家坡》，这时台下一个女生喊道："上海发生五卅惨案，日本人在杀我们同胞，你们这是商女不知亡国恨！立即停止演出！"几个人被赶下台，落荒而逃。

1927年，叶鼎洛去了上海，参加了太阳社。

链接：太阳社是一个文学团体。1927年下半年在上海成立。发起人为蒋光慈、钱杏邨（阿英）、孟超，主要成员有林伯修（杜国庠）、夏衍、洪灵菲、戴平万、刘一梦、顾仲起、楼适夷、殷夫、冯宪章、任钧、祝秀侠、迅雷、圣悦（李平心）、王艺钟、童长荣等。先后出版《太阳月刊》《时代文艺》

《海风周报》等刊物和"太阳社丛书"。1930年左联成立后自行解散。

叶鼎洛也因喜爱戏剧影视，1929年参加了田汉的南国社，写过剧本，搞过美术。他又是高阳酒徒，与田汉推杯换盏，谁也不服谁，于是往往不醉不归。田汉在《南国新史略》中写道："翌年暑期……终日与叶鼎洛等纵饮酒肆。"

1930年以后，河南教育家田恩霈被省教育厅任命为河南省立开封师范学校（开封前营门街65号）校长，聘叶鼎洛为国文教师。他的个子较高，不长的头发向上竖着，蓄着小胡子，穿长衫，讲课时喜欢抬头向前上方看着，给人以孤傲之感。

前左一叶鼎洛，左二田汉

赵景琛在《现代文人剪影》中记述："鼎洛到开封以后，也像我似的，拿起粉笔来谈文学了。"

叶鼎洛的小说出版也多，有《未亡人》《双影》《乌鸦》《前梦》《他乡人语》《男友》《白痴》等。他也在书中为自己的作品做插画。

叶鼎洛更出名的是嫖妓。他经常出没于秦楼楚馆之中，他的自传体小说《双影》，写一个青年与妓女相爱的故事，主人公孤寂失望，情绪低沉，就反映了他的嫖娼经历。

他在开封时，与第四巷的书寓名妓金楼打得火热。

开封有著名的七角：县角、行宫角、崔角、丁角、吴胜角、都宅角、府角。八巷：双龙巷、贤人巷、聚奎巷、保定巷、金奎巷、南京巷、慈悲巷、第四巷。

第四巷位于相国寺和马道街中间，后改名为生产中街。当年曾是一等青楼所在。民国初年由江南各城市迁移到开封营业的书寓，即高级妓女，卖艺不卖身。妓女要取得书寓的名号，要进行考核（每年一次，春秋二季）。应试妓女说唱昆曲等传奇，然后弹一曲琵琶；由业内高手为评委评论打分，及格就取得书寓资格。书寓禁止留客过夜，即使有情投意合的嫖客，也不能表示或说出来，这是规矩。书寓要是有了意中人，可以组成临时夫妻，等分手后可再琵琶别抱。

当时，叶鼎洛与第四巷最出名的妓女金楼，打得火热。

1936年田恩霈被河南省教育厅免去河南省立开封师范校长之职，叶鼎洛也随之被解聘，失业年余，在游梁祠街赁了一间房，与陈雨门前后院，穷愁潦倒，孑然一身。

这时，妓女金楼突然自杀了。死是因为年长色衰，被转卖到宋门的二等窑子中，卖身契上银币300元。有一嫖客，也是开封师范毕业的，是叶鼎洛的学生，愿为金楼赎身，叶鼎洛也十分满意，金楼能有个好归宿是一件好事。那人回家和老母商量，不料，老母认为妓女身家不清、有辱书香门第，怒其荒唐不孝，杖逐逆子出门。金楼的希望破灭，愤而吞鸦片服毒身亡，被葬于宋门外坟地。此时，小报上披露了金楼死讯，叶鼎洛闻知，号啕大哭，一天深夜，掂着一把铁锨，去了金楼坟前，将其棺材挖开，割下头颅，回家放在铁锅里煮开，将腐肉剔去，洗涤洁净，涂上红漆，日夜焚香吟哦，将思念金楼的诗句用刀刻在头骨上，词曰：

> 香残红褪，衰柳落阳，空忆当年模样。公子情痴，书生热肠，愿结鸳盟声郎，向萱堂说项，请怜孤苦，慈悲收养。怎料及怒持鸠杖，逐出败家辱门孽障，望黑海茫茫，难达今生凤愿梦想！不叹人谋空废，只怪人间充满魑魅魍魉。一盏芙蓉，两行热泪，了却飘零肮脏。掬一把酸辛，听荒冢鬼哭声声冤枉。凭诔词招魂，春将不远，馨香祝拜晨光晓，千年阴暗终尘壤。

等在骷髅上刻满了诗词，叶鼎洛就用红漆重新刷过一遍，等干后再刻。

就这样，叶鼎洛抱着金楼的骷髅头，刻了涂，涂了刻，时而大哭，时而狂笑，以至精神失常，后来回了老家江阴。

抗战时叶鼎洛去了西安。

1938 年 7 月，戴涯集合了周伯勋、丁伯骝、李次玉、叶鼎洛等人，以"中剧"救亡演剧队留下来的人，在西安夏家什字租了一所两进的大院，组建了"中国戏剧协会"。在排练大型话剧《黄花岗》时，叶鼎洛出演了叛徒陈静波一角儿。就是他出卖了革命党的计划，导致黄花岗起义失败。同时，叶鼎洛还帮助绘画，叶鼎洛在画的同时，还给讲各种知识，我爹得益很多。

叶鼎洛参加了战干团，是中校文学教官，参加了 1939 年春节后的十几部大戏的演出。1943 年双十节前，戴涯等在宝鸡公演，被战干团开除，艺术班解散，叶鼎洛也离开战干团去重庆谋生。

叶鼎洛晚景凄凉，50 年代受到政治审查，呕心沥血创作的长篇小说《梨园子弟》被抄没，1958 年在孤寂中病逝。

"圣手书生" 韩悠韩留名

王者档案：韩悠韩，男，战干四团中校艺术教官，并在西安保育院、韩国工作队工作。

在璀璨的抗日战争的星空中，我努力寻找一颗遥远的明星——韩悠韩。

韩悠韩是谁？无论你问什么人，恐怕都没人知道！朋友，你如果要问歌剧《阿里郎》，人们立即就知道那是韩国和朝鲜一部伟大的音乐史诗般的杰作。

如今，《阿里郎》已成为朝鲜民族的名片，被誉为朝鲜民族的"第一国歌""民族的歌曲"。

在抗战时期唱红大后方，鼓舞着无数中国人民和朝鲜志士为反抗日本侵略者而奋斗的改编者就是韩悠韩，而且这部不朽的作品的创作地点是属于第八战区的西安城里。

2015 年 8 月 5 日，华商报讯（记者张艳莉）"请中国朋友帮帮忙！帮我们寻找韩国艺术家韩悠韩（原名韩亨锡）曾编辑的《阿里郎歌剧本》！" 7 月 29 日，韩国前釜山文化财团董事、韩亨锡纪念事业会董事、哲学和美学双博士李知勋通过韩国驻西安总领事馆向华商报社求助。李先生说，为纪念世界反法西斯战争胜利 70 周年和韩悠韩先生，目前韩国釜山市西区区政府正筹备相关活动。

············

韩悠韩

其实，早在二三十年前，我多次听我爹说起韩悠韩这个人。而且，我父亲去世后，我拿到了他的全部档案：解放以后，从参军、"镇反"、"肃反"、"三反五反"到"文革"，历次政治运动所写的一摞厚厚的交代材料中，都有提到韩悠韩这个人。

我爹参加"中剧"是韩悠韩和夫人姜瑛共同介绍的。到战干团后姜瑛是少校艺术教官，韩悠韩是中校艺术教官。

我曾问过我爹韩悠韩是个怎样的人？

我爹说："那家伙，韩国人，一口京片子，不到三十岁，学音乐的，没事嘴里老是哆来咪……我参加'中剧'时，剧团没有任何收入，戴涯四处借贷，求爷爷告奶奶，靠借钱维持，二十多人，每天两块七毛钱的伙食费，我管伙食，既要让大伙尽量满意，还要省出毛把钱买一包烟，大伙排着队，一人一口。大伙都不乐意韩悠韩排头。一般人，抽了一口，冒俩烟圈算完，那家伙，烟瘾大得吓人，憋足了劲儿，一口下去，就听见滋滋地响，再一看，大半根就没了。"

韩悠韩在《新歌剧插曲》的前言《写在前面》中说，1937年年初，他在济南当教师，开始创作两幕儿童歌剧《丽娜》（韩悠韩自己作词），6月间在济南由山东省立剧院女师附小儿童歌剧团正式公演，山东省立剧院管弦乐队担任伴奏。"七七事变"后，"由教书匠变而为南京中剧救亡演剧队的战斗队员，在东战场，在黄河的两岸，在西北的农村流动工作，在这种动态里我又开始写三幕国防歌剧《新中国万岁》！1937年年底辗转来到西安，当时已完成全剧的十分之七八"。

1937年年底，南京沦陷，徐州形势紧张，戴涯从西安来信，让"'中剧'救亡演剧队速去西安"。于是他们上了陇海路西去的列车，到了西安后，立即积极进行抗日宣传。演员有丁尼、范里、韩悠韩、姜瑛、王者、姜瑢、范大块、刘希同、杨文英、徐行、朱星南、井森、贺毅、崔超、张燕、崔梦湘、齐衡、范凡塞、陈瑛、崔小萍等。

摆乌龙的事在韩悠韩身上也有发生。

一天，韩悠韩在麦场上扮演一个日本军官，挥着刀嗷嗷叫要杀中国的老百姓，由于演得太逼真，一个看戏的后生把背着的粪箕子一扔，狗屎撒得到处都是，拿着拾粪铲就冲上台，嘴里喊着"打死这哈怂！"要找"日本兵"拼命，吓得韩悠韩双手举着刀跪下来，我爹和范里死命将那后生抱住，否则韩悠韩非挨打不可。

韩悠韩在"中剧"期间，先后演出过《难民曲》《武则天》《林冲夜奔》《茶花女》《家》《日出》等话剧，导演过《桃花扇》等话剧。

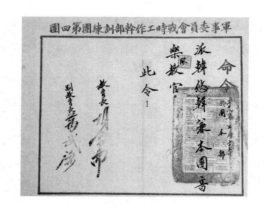

参加战干团后，韩悠韩一方面身份是战干四团的艺术教官，另一方面他与西安的韩国青年战地工作团往来密切。战地工作团的团部设在离南院门西北剧场不远的二府街4号。当时，西安王曲镇的中央陆军学校七分校就开办了韩国青年训练班。韩国青年除了分批去七分校培训外，其余的就活动在南院门一带。韩悠韩在不排戏时，利用业余时间，就给学员教乐理，教唱爱国抗日歌和著名教育家、清华大学校长罗家伦作词的《玉门出塞》：

> 左公柳拂玉门晓，塞上春光好。
> 天山融雪灌田畴，大漠飞沙旋落照，
> 沙中水草堆，好似仙人岛，
> 过瓜田碧玉丛丛，望马群白浪滔滔，
> 想乘槎张骞，定远班超，
> 汉唐先烈经营早，
> 当年是匈奴右臂，将来更是欧亚孔道，
> 经营趁早，经营趁早，
> 莫让碧眼儿射西域盘雕。

此外，韩悠韩忙于未完成的歌剧《新中国万岁》的剩余部分插曲。

当王者和范里从山西回到战干团驻地，韩悠韩高兴地给他们接风，请弟兄们喝酒。席间，韩悠韩说："《阿里郎》歌剧写完了，我唱给你们听听……"

他拿着筷子敲着碗：

> 阿里郎，阿里郎，阿里郎哟！
> 我的郎君翻山过岭，路途遥远，
> 你怎么情愿把我扔下，

出了门不到十里路你会想家！

…………

唱着唱着，韩悠韩不禁泪流满面。

戴涯摇着头，笑着说："韩悠韩这三个月为了《阿里郎》都魔怔了。嗨，干戏的都是疯子！"

"喝酒喝酒！"韩悠韩举着杯子，"等有机会将它推上舞台，请二弟搞装置，三弟负责美术。"

1940年春，战干四团艺术队扩大，改成艺术班，戴涯为班主任，又拉来洪正伦、冷波、赵曼娜、李次玉、叶鼎洛、潘炳心、姜瑢等当教官。

3月下旬战干四团迎来一件大事，韩国青年训练班第一期学员入伍受训，韩悠韩是韩国人，分担了一部分工作。

同年4月，韩悠韩曲、李嘉词的《新中国万岁》终于出版了。

一天，韩悠韩突然唱起了《阿里郎》：

阿里郎，阿里郎，阿里郎哟！

我的郎君翻山过岭，路途遥远，

你怎么情愿把我扔下，

出了门不到十里路你会想家！

…………

原来，位于成都西北的郫县的"四川省立戏剧音乐实验学校"开始招生，中国著名音乐家郎毓秀等先后任教音乐科。姜瑛执意离开战干四团，去四川"音专"上学。

王者"肃反"交代材料之一节选：

> 韩悠韩，是朝鲜人，在中剧担任音乐，在战干团艺术班当中校教官，在七分校（注：即中央陆军军官学校第七分校，在西安王曲镇）担任音乐课，在西安保育院艺术班当负责人。……我同他的关系是中剧救亡演剧队、战干团同事，我曾帮助他搞过歌剧《阿里郎》的装置……

就在这一时期，由韩悠韩编剧、作曲的歌剧《阿里郎》，经韩国青年战地工作团排演，范里和王者紧锣密鼓地帮助韩悠韩进行大型歌舞剧《阿里郎》的演出。从 1940 年 5 月 22 日起，在西安实验剧场公演十天。《阿里郎》是四场歌剧，内容完全是表现韩国青年抗日斗争的故事。

韩悠韩在歌剧《阿里郎》的音乐中，采用了《春来了》《阿里郎》《思乡曲》等韩国民歌，还谱写了《韩国江山三千里》《牧歌》《韩国进行曲》等合唱段落。韩悠韩既是此剧的总指挥、导演，还是男主角牧童的扮演者。演出时，除主要演员外，群众演员（韩国移民群众和韩国革命军）就有 50 多人，可见演出场面之宏大。西北《文化日报》在一篇评论文章中写道：这一剧的演出，穿插紧张，剧情周密，处处都叫人满意，

韩悠韩《阿里郎》剧照

尤其是音乐与布景的陪衬，更是西安戏剧界近年来不可多见的。

歌剧《阿里郎》演出乐队名单和伴唱队名单

A. 乐队

总指挥…………………韩悠韩

指　挥…………………傅德衣

　　　…………………高兴岗

钢　琴…………………张东江

　　　…………………麦　里

提　琴…………………梁先生

　　　…………………罕　西

萨克斯风……………黄子坚

吉　他……………范　里

二　胡……………杨锡山

　　　……………蒋　冷

第二部二胡……………唐承和

　　　……………刘士俊

　　　……………赵乘风

　　　……………孙威伦

　　　……………徐天一

第一部口琴……………高兴岗

　　　……………陈　超

第二部口琴……………黄耆寿

　　　……………李　鱼

第三部口琴……………红　菱

　　　……………张凤元

响　板……………金万德

　　　……………王　者

低音口琴……………范　里

　　　……………常　虹

　　　……………陈德峻

铃……………李　仁

木　鱼……………蒋何年

锣……………葛　烽

铃　鼓……………………王仁凯

小　鼓……………………杨正堂

中国鼓……………………吴荣芳

B．伴唱队

1．卫生总队歌咏队

2．银联歌咏队

3．联合歌咏队

4．青年歌咏队

歌剧《阿里郎》大会职员及演员名单：

A．大会职员

大会主任………罗月焕

总务主任………周向荣

交际主任………潘云生

剧务主任………韩悠韩

总招待…………欧阳军

纠察长…………玄以平

舞台工作人员

导演…………韩悠韩

舞台监督……田　荣

前台管理……吴　涂

后台管理……何　有

装置……范　里

服装……金成浩

道具……林载南

效果……王　者

灯光……刘　晔

化装……王　者

提示……韩悠韩

　　……何　友

　　……雷　群

场记……作　生

B．歌剧《阿里郎》演员表

村女…………沈承衍（战干团艺术班学生）

牧童…………韩悠韩

牧童父亲………金松竹（韩国青年训练班学员）

牧童母亲…………李敬女

牧童儿子…………田　荣

韩国移民群众………20 人

韩国革命军………35 人

以上载《韩国青年》第 1 卷第 1 期，1940 年 7 月 15 日出版。可惜的是歌剧《阿里郎》的音乐总谱却未见保留下来。

从这些演员、舞台工作人员、乐队可以看出韩悠韩、范里、王者、张东江等主要人员均来自战干剧团。

直升机下的儿童保育院

1938 年 3 月，蒋夫人宋美龄等发起"中国妇女慰劳抗战将士总会战时儿童保育会"，该会在汉口成立，在汉口、西安、成都、重庆等地相继办起儿童保育院，专门收容在战争中失去亲人、流离失所的儿童。

1938 年田汉夫人安娥专门为儿童保育院作词、张曙谱曲了《战时儿童保育院院歌》。

我们离开了爸爸，我们离开了妈妈；

我们失掉了土地，我们失掉了老家；

我们的大敌人，就是日本帝国主义和他的军阀。

我们要打倒他，要打倒他！

打倒他，才可以回到老家；

打倒他，才可以看见爸爸妈妈；

打倒他，才可以建立新中华！

我们不依赖爸爸，我们不依赖妈妈；

我们失掉了土地，我们失掉了老家；

我们的好朋友，来自日本军阀炮火的轰炸下。

我们要帮助他，帮助他！

帮助他，一齐来打回老家；

帮助他，一齐去看望爸爸妈妈；

帮助他，一齐来建设新中华！

    2015 年，我曾与台湾著名话剧、电影、电视剧演员金士杰一道，从成都某训练机场坐直升机，去新津的道观——纯阳观，寻找金士杰父母的爱情轨迹。当时中央一套专题节目《客从何处来》，在做金士杰的一期寻根节目。

    抗战初期，金士杰的母亲张丽锦在南京金陵女子大学读书，由于战火从上海向南京蔓延，张丽锦和她母亲逃亡四川成都，她们曾经在成都第四保育院做过老师。当时保育院的原址在新津的纯阳观内，学校全称"中国妇女慰劳抗战将士总会战时儿童保育会成都分会第四保育院"，简称蓉四院。

    成都的保育院从 1939 年 5 月初开始筹建，当年 9 月 1 日正式挂牌宣告成立，为那些在战争中失去父母的孤儿提供生活和学习的基本保障。第四保育院一直办到抗战胜利后的 1946 年 6

月，才结束使命。七年间，有600多名来自沦陷区的儿童和本地的抗日军人子弟，先后在这里生活、学习、成长，在国难当头的危急年代，这里为中华民族培育了一批栋梁之材。

张丽锦的母亲是战时儿童保育院成都分院的负责人，而金陵女子大学则在华西坝建校，每当学校放假的日子，张丽锦就会从华西坝到纯阳观住上几天。在这里给那些在战争中失去亲人的孩子做保育员，领着他们唱歌、跳舞和认字。也就在这时，她认识了一位叫金英的英俊潇洒的空军教官，他的基地就在成都太平寺机场，给空军官校的学员教中级飞行课。就在日机对成都太平寺机场持续不断的大轰炸和战火硝烟中，人间最美好的爱情出现了。

空军飞行教官金英

每逢周日，年轻的飞行员坐着卡车到城里跳舞，成为众多女大学生争相追求的舞伴。金英与一个美丽的姑娘张丽锦相识了，从太平寺到新津纯阳观相距甚远，大约几十公里，两人见一次面非常不容易。为了追求张丽锦，金英想出了一个绝妙的好办法，他趁着教学员剩下的时间空隙，驾驶教练机飞往纯阳观的上空，环绕着纯阳观低空盘旋。天空传来隆隆的马达声，在热恋中的张丽锦对此特别敏感，知道是自己的心上人来了，于是就冲出房门，掏出手绢向飞机挥舞着……孩子们也争先恐后地跑出教室，跟着老师向天上招手，欢呼雀跃。

我们乘直升机沿着当年金士杰父母的爱情飞行线在蓝天下飞行，40多分钟后，来到了纯阳观的上空，金士杰先生非常激动，拿着小型摄像机探出头去拍摄，任凭头发被大风吹乱。我也很激动，透过厚重的历史硝烟，在两军厮杀的冷酷无情的战场上，一场天上和地上的爱情浪漫地升腾着终于相遇了。

金士杰（左）和我

这场与金士杰先生相遇，并帮助他寻找父母爱情的旅行也随着直升机的降落而告结束。我也对战时儿童保育院有了一定的认识。这些小难民在保育院里有饭吃，有衣穿，还能受教育，比起那些流浪在外，冻死、饿死、病死的孩子好得实在太多。

在西安，同样有一所儿童保育院，即战时第二保育院。院长就是谷正鼎夫人皮以书。

链接：皮以书，女，四川南川人，北京私立中国大学、莫斯科中山大学学习。与谷正鼎在莫斯科结婚。1932 年，任国民党中央民运会妇女科科长。1937 年，抗战全面爆发去西安，历任国民党陕西省党部妇女工作委员会主任委员、陕西省妇女慰劳抗战将士会会长、陕西省妇女新生活运动促进会会长、战时儿童保育院院长等职。抗战胜利后，获国民政府胜利勋章、美国政府自由勋章。1974 年 3 月 22 日，病逝于台北。

谷正鼎，贵州安顺人。德国柏林大学、莫斯科中山大学毕业，与皮以书结婚。回国后在中央党部任职；抗战爆发，派赴西北工作，任天水行营政治部主任兼特别党部书记长、陕西省党部主任委员等职；1974 年 11 月病逝于台北。

西安儿童保育院收留的儿童平均在 3 岁到 10 岁之间。为了培养儿童们的艺术天分，1940 年 5 月，西安成立了陕西第二保育院儿童艺术班。

谷正鼎与皮以书

家无三斗粮，就当孩子王

中国有句老话："家有三斗粮，不当孩子王。"

韩悠韩受聘担任了西安保育院儿童艺术班的班主任。从此，他的工作重点就转向了儿童艺术教育。与此相应，他的音乐创作重点也转向了儿童歌舞剧，先后为保育院的孩子们创作、排练了童话歌剧《小山羊》、歌唱朗诵剧《没有家的孩子》和新型歌舞剧《胜利舞曲》。从1941年年底开始，这些歌舞节目相继在西安保育院礼堂公演，又在易俗社剧场公开演出，产生了比较广泛的社会影响。

韩悠韩留下了一本铅印的32页的珍贵资料，这本资料缺少封面，扉页上写着："中国空前的儿童歌剧团——陕西第二保育院演出三个新的创作。"同一页上还有广告词："立体派的装置，现代化的灯光，崭新的舞装，伟大的场面""二百余人集体演出，全部管弦乐队伴奏"。

在《陕西第二保育院儿童歌剧团演出说明书》中，陕西第二保育院院长、儿童歌剧团团长皮以书在《前奏曲》一文中说："这一次本院儿童歌剧团演出这三个戏，就是向大家说明，争取我们的第二代，争取我们的继承者，争取长期抗战胜利的基础工作，必须全体同志同胞动员，把战区失掉保育的儿童，大量地争取过来，放在比较安全的区域里，予以熏陶、予以锻炼，使其成为国家继起的柱石，民族后备的劲旅，保卫国家的独立和民众的自由。这是我们演出的真正意义。……儿童的歌剧，以及整个儿童的艺术，不但在西北，就是在全国，不但在战时，就是在平时，也很少人注意提倡。因此儿童的娱乐，及儿童在戏剧艺术部门的表现，大部没有正当的享受及正当的发展。本院此次的演出，也就是为打破这种沉寂的空气，让大家都来注意儿童的艺术部门的生活，在后方做家长的，做父母的，都应该借这个机会，让自己的儿童，应该享受的艺术教育生活，重新考虑、重新布置。让所有的儿童，都能得到正确的艺术教育的浸染和灌溉，使一切幼小的心灵，都能健康起来，和他的身体健康，一样发展，一样进步，这才是正当的要求。"

当时西安的报纸还报道了保育院在演出中所遇到的难以想象的困难。"凯弟"写道："演出以前，我们排练最紧急的时候，敌人开始在西安的上空骚扰了，晚上排演到两点钟，早晨5点发出警报，不让我们有一点安静的休息。但是这没有疲劳我们演出的决心，愤怒和鄙视敌人的情绪，一起充实我们演出工作的努力。

"十二月八日下午 3 点钟，我们院址的十字路口丢了几枚炸弹，火药味还没有消散的时候，我们 20 个管道具布景的朋友，雇了橡皮轮车把布景和道具运到易俗社去，我们的布景道具运到夜里两点钟才运完，九日就是我们招待各界公演的日子，剧场要我们每天 1000 元的租金，我们没有经济的余裕，耽误一天的工夫。夜里两点钟我们就接着开始装置舞台。

"装置舞台还没有完竣，第二天早晨五点半钟又发出了警报，如果我们去跑警报，剧场就没有人来管理，遗失了东西，我们没有能力再购买，我们 20 个人都情愿死在这里。剧团领导人皮以书先生和作曲韩悠韩都在这里和我们一起在工作的。"

我爹在交代材料中写道：

> 帮助他（韩悠韩）在保育院搞舞剧的装置。我在保育院演出《胜利舞曲》时任装置工作。……范里在"中剧"当演员，在战干四团艺术班当少校教官。在西安保育院同韩悠韩一起搞美术。……我和他的关系是"中剧"、战干四团在一起，因为业务上他是绘画，我搞装置，关系显得比较密切……

《陕西第二保育院儿童歌剧团演出说明书》的第 7 页内容如下：

陕西第二保育院儿童歌剧团职员表：

我们的乐队

——西北音乐界的总动员——

指挥：李子铭、周善同、傅德衣／钢琴：李子铭、姜瑛／第一小提琴：周善同（首席）、居伯强、金贵元／第二小提琴：陈白石、王衍长／大提琴：范里／低音提琴：韩悠韩／曼多林：傅德衣／萨克斯风：黄志坚／中国横笛：贺镇华／西洋长笛：王国华／高音横短笛：张振海／洋喇叭：李新／木琴：黄高旋／木鱼三角铁：林伟翔／铃鼓：林志华／中国大鼓：舒永一、王者／小军鼓：丁文／大军鼓：陈嘉诚

这个乐队名单中共有 20 余人，也包括了一些韩国人士。因为韩悠韩在担任保育院艺术班班主任的同时，他还是韩国青年战地工作队艺术组的组长，也是韩国光复军第二支队的宣传队长。一些韩国艺术工作者，也在韩悠韩的召唤下参加了保育院儿童歌剧团的演出。参加过演出的梁文亮说："有时候，韩悠韩还把神父请来参加乐队演奏。乐队大多是大人演奏，因为我们保育院的学生当时还不会乐器。"这个管弦乐队的组成确实如宣传材料所说，是"西北音乐界的总动员"。韩悠韩在文章中写道："按照儿童在智力上发育的程度，我编了这样三个完整的歌剧，《小山羊》是献给 10 岁以下的儿童的，《没有家的孩子》献给 14 岁以下的儿童，《胜利舞曲》献给 14 岁以上的

儿童。当然，这三个戏完全适合于成人的欣赏。"范里一身多职——保育院艺术班的美术教员、儿童剧导演、乐队中的大提琴手。我爹则负责装置、化妆和打击小军鼓。

抗战胜利以后，韩悠韩的祖国从日本统治下光复。1947年，韩悠韩终于回到韩国，而他的中国夫人姜碟在总政歌舞团教音乐。

两个小难民

　　1942 年秋，西安三青团主办了《青年日报》，由书记长杨尔英兼社长；又成立了青年剧社，社长由马漠湖担任，此人在战干四团任过防空教官，太太叫孙玲，也曾是战干剧团演员。剧社在梁府街新落成的青年堂剧场演开锣戏，由从山东省立剧校毕业的导演张之湘排戏，演员多为新手，水平不中，只得求助战干剧团。

　　1943 年元旦，战干剧团联合青年剧社王唯一，演了他的剧本《为自由和平而战》。但观众反应平平。又排了几个戏，还是没有多大的起色。

　　后来，青年剧社想演出曹禺改编的《家》。这个戏需要的演员很多，而且难度较大，于是马漠湖请了战干剧团、西安保育二院的演员帮忙。特邀战干剧团导演戴涯出马，兼饰高老太爷一角。舞美设计与灯光设计是洪正伦，灯光师是保育院的柴光中。我爹正好失业在家，通过戴涯和马漠湖的关系，也参加了演出，职务还是演员兼装置。战干剧团李次玉扮演冯乐山，觉新由我爹扮演，其新婚妻子瑞珏的扮演者是战干剧团的孙篱；二弟觉民由战干剧团的崔超扮演，三弟觉慧由范里扮演，梅表姐是战干团剧的赵曼娜扮演，陈姨太由战干剧团的罗慧扮演；琴表妹是青年剧社的俞璋瑛扮演，丫鬟鸣凤由青年剧社社长马漠湖之妻孙玲扮演；青年剧社的梁键、袁白茫等都担任了角色。剧中女反面人物——被逼缠小脚的小妹淑贞，则是九岁小姑娘杨敏岚所扮。还有第一幕闹洞房那一群无法无天的小调皮，均为中国战时儿童保育会陕西第二保育院的儿童扮演。

戏演完了，我爹就离开了，好多年以后，还常常念叨那些保育院里的小演员，不知怎么样了。

上世纪70年代初，我爹被南京军区前线话剧团革命委员会粪除回老家开封，不到退休年龄就居家养老。忽然有一天，我在开封文工团工作的二弟带来了一个只有一米六左右的中年人，秃顶，戴个眼镜，一见面就握住我爹的手，激动地叫着："二哥，您还认识我吗？"

我爹愣了，想了想说："记不得了。"

那人说："您再想想，1943年我们一起演过《家》！第一场就有我，忘啦？"

《家》？我爹太熟悉了，演员有戴涯、洪正伦、崔超、范里、赵曼娜、罗慧，还有青年剧社的俞璋瑛、孙玲，还有梁键、袁白茫……如数家珍，实在没有这副戴了眼镜的沧桑面孔。

来人大叫着："我演觉世啊……"

"觉世？老六？"

眼前的这位，就是《家》里的老六，当年只有六七岁，在觉新和瑞珏结婚时闹洞房在床底下睡着了，被扮演觉新的我爹从床底下拖出来的那个小屁孩啊！

他摘下眼镜，擦着眼泪和镜片："我是陈方，当年在西安，是中国战时儿童保育会陕西第二保育院的小难民，现如今是开封文工团的导演，那时，您给我排戏，现在我给你家二小子排戏。"

我爹想起来了，陈方，对！打小就喜欢看戏，天天扒在台口看我爹他们演戏。70 年代后期，开封成立文工团，我家老二调进团后，告诉陈导演说，他爹叫王者，是干话剧的。陈导演迫不及待，坐在老二的自行车后架上，从东郊排演场骑到西郊我们家，握着我爹的手就一直拉着，老哥俩有说不出的绵绵情意。打那以后，陈方经常来家喝酒、聊天，还请我爹去帮他们排戏。

后来，开封师院艺术系也来了夫妻俩上门寻亲。男的叫王建奇，是教小提琴的，女的叫郭锦荣，是教声乐的，一见面，郭锦荣就抱着我爹泪流满面。原来，她也是在战争中失去双亲，被西安第二保育院收留的。韩悠韩给第二保育院儿童歌剧团排演五部歌剧《小山羊》《胜利舞曲》，我爹给韩悠韩帮忙，除担任装置和打击乐以外，还负责给孩子们化妆。郭锦荣就演《小山羊》。每天晚上，我爹抱着五六岁的郭锦荣坐在他腿上，给她化妆。失去父母的孩子，有个像慈父般的人来关心她，给她糖吃，给她化妆，这一情景，令她多少年也忘不了。听说我爹闲居开封后，也是找上门来，抱着我爹，哭得稀里哗啦。那一情景，至今难忘。

"一丈青"罗慧多情

王者档案：罗慧，女，国民党七分校演员、战干四团演员。

1969 年夏天，一个本属于浪漫的季节。我从洪泽淮河公社腰滩大队回南京大方巷 56 号家里，当时我在农村修地球。有一天，一个漂亮的女知青来 56 号大院找我，我妈一见半天没缓过神。傍晚，夕阳透过浓密葡萄架，将缕缕的余晖洒在女孩的身上，我爹从单位回来，我在房里切西瓜，听见我妈悄声说：

"罗慧，罗慧，像不像……"

我爹的声音压得很低："是，我见了也吓了一跳！"

后来，只要她一来，我爹我妈就很殷勤，我一直挺纳闷的，

"罗慧"是谁呢？到几十年后，看了我爹的档案，谜底终于揭开。

1941年冬，我爹在战干剧团当上导演，第一次就排了老舍创作的三幕话剧《面子问题》。剧中主要人物佟景铭秘书所苦恼的是"不能因为抗战失了身份""不能因为一件公事而把自己恼死"。他不务正业，对工作敷衍了事，总是纠结"面子问题"，终于丢尽面子被免职以后，他又纠结自杀的问题，向医生讨要一个"体面"的自杀办法，保住他的"面子"。剧中其他人物都有"面子问题"，又各不相同。该剧讽刺了一群国民政府的小官僚和公务人员蝇营狗苟，置抗战事业于脑后，各自为着"面子问题"而内卷不休。

全剧人物分配如下：

佟景铭秘书——五十多岁，胖胖的，颇有福相。世家出身，为官多年，毕生事业在争取面子；由李最扮演。

佟继芬小姐——佟秘书之女。已二十六岁，犹自称十七。婚事未成，心中着急，但面子问题所在，又不能轻率从事，由姜瑛扮演。

于建峰科长——三十多岁，佟之同事与好友，略带市侩气，深知面子的重要，但决不为面子所牺牲。由韩悠韩扮演。

秦剑超医官——三十二岁，很好的医生，但不大懂面子，由丁尼扮演。

欧阳雪小姐——二十二岁，秦医官手下的看护。因容貌的美好，职业的高尚，往往不肯敷衍面子；由姜瑛扮演。

周明远书记——二十五岁，疑心全人类都轻视他；由范里扮演。

方心正先生——三十多岁，因乱想发财而破产，虽在极度困苦中，仍努力保持面子；由李曦扮演。

单鸣琴小姐——二十八岁，方心正之妻，对面子问题绝对与丈夫合作；由赵曼娜扮演。

…………

这时，少校女演员罗慧到了战干剧团，她是中央军校七分校王曲剧社的主要演员，被战干团教育长葛武棨要来，直接派到战干剧团。我爹一见就决定让她演欧阳雪，顶姜璪的角色，弄得姜璪很不高兴，后来竟离开西安去了四川上音乐学院了。

罗慧长得很漂亮，立即在团里成了辣眼睛的人物，只要一出现，就成为吸引眼球的焦点，成为战干一枝花。就连很少光顾剧团的教育长葛武棨，都隔三差五到剧团来"视察"工作，其实明眼人都看得出他是找借口来与罗慧搭讪，嘘寒问暖得让人作呕。这家伙有老婆，又在高位上，引来了风言风语，他和人事处科长袁孝堂私下解释说：胡宗南长官还没有妻室，是帮胡长官在物色一个佳偶。要袁孝堂帮着看住了这朵鲜花，不能让她插在牛粪上。

葛武棨还专门给剧团立个规矩：再有和女团员谈恋爱者，就要严加处分，像丁尼和赵秀蓉那样开小差者，绝不轻饶。

罗慧在《面子问题》戏中演欧阳雪小姐。她第一次的妆化得不好，一出化妆间便遭到讥笑，说没有她本人漂亮，于是哭了一鼻子，耍小性子不上台，最后我爹连哄带劝，帮她重新补了妆。这时洪正伦一旁起哄："我劝没用，还得心上人描眉画眼才成。"一群人哄堂大笑。

打那以后，罗慧就让我爹给她化妆。一来二去，两人竟然都产生了好感，偷偷开始恋爱，将葛武荣的警告，当作耳旁风。

在排演《大地回春》后，该戏在战干团内和西安城里公演时，我爹担任装置和舞台监督，这时，我爹和罗慧的关系已经非常亲密了，每天都给她化妆。

该年 5 月，战干剧团公演《北京人》，罗慧担任主要演员愫方，我爹担任舞台监督和装置。这一时期，我爹每天同罗慧在城里看电影、下馆子。为了掩人耳目，特意叫上范里做电灯泡。一天，战干团特务"128"在后台抓了演用人张顺的演员徐行，搞得人心惶惶，戏都差点演不下去，临时换人"贴锅"，并找人在前台两边角上提词，才勉强把戏演完。

《北京人》演完后，大伙回到战干团艺术班，上午排戏，下午我爹就同罗慧、范里到城里去玩。战干团在西安小南门外，因此要进小南门才能到达城里。

"高衙内"葛武棨逞威

这个人应该在另册之中，不是好人！胡宗南一手提拔了他。等到台湾后，他联络了一帮人弹劾胡宗南。

链接：葛武棨（1901—1981），浙江浦江人，黄埔军校二期工兵科毕业。1926 年留学日本明治大学经济系。任国民党浙江省党部执行委员兼浙江省地方军队特别党部书记长，中央军杭州军官补训班上校政治教官。1933 年 2 月起任宁夏省政府委员兼教育厅长。1934 年任军事委员会委员长侍从室少将秘书。1937 年 12 月任甘肃省政府委员兼教育厅长。1939 年 1 月任军事委员会战时干部训练四团中将教育长，29 日到团，负责战干团的教学训练工作。

有一天上午，艺术班上校指导员车之林来到排演场宣布一条纪律:"奉葛教育长口谕:王者、罗慧、范里不许一起玩,不准外出!"我爹不解,问:"为啥吗?"姓车的说:"这是纪律,别的无可奉告!"

车之林走后,范里有些紧张,小声地问:"下午还出去吗?晚上还有白杨和金焰的《长空万里》呢。"

我爹说:"当然去!我们也没有耽搁工作,恋爱是我个人的私事,六个指头挠痒,他管得着吗?"

于是,这几个人置若罔闻,不管那一套。

当天晚上,三人看完电影,从电影院回战干团大约要二里地。罗慧嚷着要吃冰激凌,于是在小南门里买了三个冰激凌,在回团的路上,边走边吃。这时,对面开来了一辆小轿车,雪亮的大灯照得他们睁不开眼。等车开过去,他们也没在意,照样还吃着冰激凌。哪晓得小轿车在前边掉了个头,又开到了他们前头,突然停车。车窗摇下来,只见教育长葛武棨的脑袋伸了出来厉声问:"你们是谁?"我爹回答:"艺术班王者、范里、罗慧。"葛武棨哼了一声,命令:"罗慧,你上车!"罗慧很反感:"凭什么呀?"

葛武棨:"不识好歹!你们都等着!"

我爹:"我们又没有犯法,就看了一场美国电影……"

葛武棨命令司机:"开车!"

一阵烟尘过后,车开远了。

我爹、罗慧和范里三人哈哈大笑,觉得

葛武棨

挣得很过瘾。等他们回到艺术班之后，韩悠韩正在门口等他们，小声说："葛武荣刚才来了，把戴涯、洪正伦和车之林叫来骂了一顿，为什么不管教你们。"

我爹满不在乎地说："听蝲蝲蛄叫唤还不种粮食啦？怕他呢。"

正在这时，车之林来了，还带着徐金海和两个特务，说："你们三个我已经警告过了，为什么还在一起玩？现在葛教育长骂了我，你们叫我怎么办？"

我爹说："凉拌！谈恋爱也算死罪？这犯哪家的天条？"

"这是葛教育长的命令，就是不允许你和罗慧谈恋爱！"

罗慧嚷起来："我就不信，谈恋爱就算违纪，那你就处分我们吧！"

车之林说："大家都集合晚点名，走吧！"

到了战干剧团团部，只见全体人员都集合列队，葛武荣、徐行等人都在。

葛武荣大声说："王者、范里违反纪律，夜晚擅自外出，还敢顶撞上官，必须坐禁闭。"

罗慧问："电影我也看了，怎么不关我禁闭？"

葛武荣说："你以为能饶了你？都抓起来！"

徐金海手里提溜着两副手铐："王教官，对不住了！"咔嚓一声，手铐就给我爹戴上了。

范里一看不好，立即叫屈："他俩谈恋爱，我只看了'出水芙蓉'，干吗禁闭我？黑狗偷食，白狗当灾……"

车之林瞪着牛眼:"知情不报,有意隐瞒,这叫连坐!活该!"他扭头命令:"给他铐上,这三人立即送禁闭室,分别看管。"

徐金海等将我爹、罗慧和吃瓜落儿的范里一起押送到禁闭办公室。当即负责人就把三人身上的钥匙、指甲刀、洋火等统统搜走,我爹关在一间有四个人的号子里,范里和罗慧也分别关押别处。

我爹百思不解:"看场电影有多大事啊,还值得关禁闭?还怕自杀?小题大做吧!"

原想关两天教训一下就算了,没想到葛武棨大动干戈,抓人就为灭情敌,泄私愤!

戴涯眼看着战干剧团三员大将被关禁闭,这戏没法排了,

葛武棨:二排中穿白衬衫者

于是就去找政治部主任洪轨想通融一下，别再耽误演戏。哪知道洪轨在葛武棨处碰了一鼻子灰，这才知道摊上大事了。

在王者档案里出现了一份检举材料。检举人是陈萍。名字女性化，其实是男的。另一个叫董润华。

他们都是战干团艺术班学生，战干剧团演员，曾随我爹去河防慰问部队。

董润华后来的揭发材料如下：（摘要）

　　1941年底，王者在战干四团时，和一个叫罗慧的恋爱，罗不是由学员选拔到艺术队的，而是由团部直接派去的，这个人很不正派，像个女间谍，生活上很乱，她一面和王者恋爱，一面还和别人有关系，当时战干团教育长也在追罗慧，但罗慧和王者已马马虎虎同居了。而和葛武棨有矛盾。据说有一天王者、罗慧、范里三人去看电影，被葛看见了，葛就叫罗到他（车）里去，罗慧没理他，回来后在点名的时候，葛就叫王者、范里两人，说他们不遵守纪律，叫去坐禁闭。

禁闭室的条件就差了，没有床铺，砖头地上只有两张芦席，连枕头也没有，这里是鬼蜮世界，晚上跳蚤多，咬得人浑身是包，伙食更差，三顿窝窝头就清汤水，拉得嗓子疼，难以下咽。

禁闭室最恐怖的是天天鬼哭狼嚎，就是不断有学生、学员和违纪者被拉出去过堂，有个艺术班的学生被打得遍体鳞伤，惨不忍睹。一天夜里，一个被打的学员就死在我爹面前。看着这位怀着一腔热血，从关外跑了几千里，九死一生投奔西安，被战干团特务冒充"八办"人员强行带到战干团的青年，只因为在行李中发现一本《论持久战》的小册子，就被关了禁闭，愣说是共产党的探子，被活活打死，我爹吓得差点尿裤子。

放风时，我爹又拿烟去了隔壁房间，那里关着警卫连连长和一位总务科科长。那位连长是宝鸡人，跟着胡宗南部打红军，因为卖壮丁，一个人头10块大洋，被人告发，关了进来。总务科科长姓孙，少校军衔，山东潍县人，高中毕业后入战干团第二期学员队二期毕业，因为葛武榮常常领东西不签名，他在背后发牢骚，说葛满口都是大道理，背后男盗女娼，只会巴结胡长官，媚上欺下，结果被人告发，也关进来了。他们倒能说到一块儿。眼看一个多月了，警卫又把我爹和范里单独关到一个小院里，开始时看管得非常严，动辄遭到训斥，到了放风的时候才允许出来。我爹不知道未来的命运如何，十分害怕，又没有罗慧的消息，急得两眼充血，小便发赤。范里在一旁还不断埋怨，你俩谈恋爱，非得又拉上我，枉受这无妄之灾，我招谁惹谁啦？平时我爹的哥们儿挺多，出了事连个来探监的都没有，最要命的是没有香烟抽，急得抓耳挠腮，倍受煎熬，不知咋好。后来警卫松了许多，禁闭室内外门也不锁了。我爹撺掇范里："找个机会还是窜了吧？"范里心里有气，连徐州话都出来了："就你屌能台，别生鲜点儿了，跑不成再挨顿剋，白搭熊！再连累到老戴和洪秃子……"

就这样又过了十几天，洪正伦同人事科长袁孝堂出现了，洪正伦带来了一条香烟给我爹，说："仔细点抽，我托了孝堂科长找人向葛武棨去求情。"袁孝堂摇摇头："姓葛的打牌输了钱，还在气头上，过几天我再托人去求求情。"

我爹急忙抱拳："谢谢袁科长！"

袁孝堂说："别谢我，你应该谢谢洪正伦，不是他，你就惨啦！"

我爹被关了35天禁闭才放出来，他到禁闭室的办公室取回自己的物件，却被负责人喊住，警告说："出去以后老实点，不许说这里的事，不然的话，下次就要换地方了。"

我爹去见戴涯，这时许多同事都来看他。我爹既难为情又窝火，向戴涯提出："我不干了，辞职！"

戴涯很干脆："你可以回家，休息休息，再找工作。你家老太太来团里找过我几次了……"说着拉开抽屉，从里面拿出一张免职命令："葛教育长早给你备好了，这是我保你出来的条件。"

我爹还能说啥，惹怒了葛中将，还不够喝一壶的？回宿舍将几件衣服和铺盖一卷，离开了战干团。

回到西北剧场睡了几天，我奶奶说："老二，家里要生活，你不敢这样睡啊！"

我爹说："罗慧还在里面没有出来，我等她出来和她谈谈，我俩这关系是继续还是拉倒，再说吧！"

"没羽箭"袁孝堂举贤

王者档案：袁孝堂，男，战干四团人事科长，1942年到骑三军政治部任副主任。

一天，我爹正躺在炕上出神，战干团人事科长袁孝堂上门来了。我爹翻身爬起来，急忙给袁科长点烟倒茶。

袁孝堂笑着摆摆手："自己人，用不着。我也离开战干团了。"他掏出一张名片，上面印着"骑三军上校政治部副主任"的头衔。

我爹问："骑三军？"

"这骑三军老底是张学良的东北军，军长是郭希鹏，抗战爆发后，任骑兵第二军副军长，去年才升任骑三军军长。他们军的参谋长是我老乡，也想成立个剧团。我就想到推荐哥哥您去担任导演，再物色几个演员，待遇比战干团强，起码也是给中校，改换门庭吧。"

根据外调材料中央戏剧学院徐行的揭发：

> 王（者）到骑三军是袁孝堂介绍他去的，袁孝堂是战干团的学生，"小特务"，曾听王者对他说过：你年轻轻的，什么不好干，干这个做什么？袁也说，是啊，我也不想再干了。

这个袁孝堂为啥相中了我爹呢？原来，袁孝堂老家是开封的，小时候在火神庙住过，离翟家胡同不远，算是一条街，还见过我奶奶。这真是和尚不亲帽儿亲。他手上有几个战干团的毕业生，被分配到边远的部队不愿意去，于是袁孝堂就竭力促成我爹去骑三军剧团，也好帮他解决他的人。

我爹一听就说："中啊，等罗慧出禁闭室后，我俩商量一下就给你信。"

王超凡

袁孝堂说："我也不瞒你，其实，罗慧就没关两天，让王曲七分校的政治部王超凡保出来，接到七分校去了。"

"啊，就是那个'矮脚虎'？"

七分校全称是中央军校第七分校，在西安以南约 40 里王曲镇的青龙岭下，七分校选址那里后，改叫兴隆岭。主任是胡宗南，副主任是顾希平，办公室主任是黄埔一期的曾扩情，继为吴允周，下辖教务处、总务处、军医处、医务处，另设政治部（主任王超凡、副主任余继忠）。七分校设有王曲剧社，成立于 1939 年 6 月，剧团团长由政治部主任王超凡兼任，导演是上校政治教官易水寒。

易水寒，湖南长沙人，北平艺专毕业，他的得意之作，是1943 年排演了《十三点》一剧，轰动一时。饰演"十三点"的主角，即是三原县张庚酉的胞妹张蓓，也以演"十三点"而名噪王曲。

我爹嘴里的"矮脚虎"就是政治部少将主任王超凡，安徽太平人，黄埔军校第四期政治科学员。此人五短身材，胖胖圆圆的，而且具有好色的嗜好，就落下"矮脚虎"的绰号。他有个嗜好就是爱看戏，特别爱看漂亮的女演员，经常光顾战干团看演出。

一次，在战干团礼堂看戏时，王超凡问身边的葛武棨："怎么换人了？没见罗慧啊！"

葛武棨说："哼，敢不听我的命令，让我关了禁闭。"

王超凡忙问怎么回事，于是葛武棨就把怎么回事如此一说。王超凡顿时眼睛放光，色眯眯地说："把罗慧放到我那儿吧，我替你看着。"葛武棨和王超凡都是胡宗南手下的爱将，不好意思，于是就坡下驴，让王超凡保罗慧出了禁闭室，直接送到了七分校的王曲剧社。

七分校政治教官有二三十人，其中文人不少，剧社演员也有一二十人，和战干团不同的是一旦进了七分校的门，就得穿军装，练习稍息立正敬礼，听命令，讲服从。这让干文艺的感到特别别扭，战干团演员没有愿意去七分校的。王超凡让罗慧在王曲剧社当主要演员，罗慧进了七分校，不穿军装就出不去，等于变相失去了自由。

在王曲镇兴隆岭下边有个"太师洞"，清静幽雅，是政治部的招待所，实际上是政治教官的招待所和"大本营"。"太师洞"别有洞天，有男有女，有夫有妻，外人称为"才子佳人洞"。

在大操场上边，有个图书馆，在王曲镇街上，七分校开设有"王曲书店"，隔壁就是"王曲剧社"，前面各有各的门，后院是在一起的。这两个单位都归政治部王超凡管辖。

袁孝堂上家劝我爹先去骑三军报到，我爹依然不愿意走，还是要等罗慧的消息。俩人正商量着，突然，我爹一拍脑袋："找老韩想办法。"

袁孝堂问："他能有啥办法？"

我爹说："老韩不是在七分校上课吗？让他打听罗慧的消息啊。"

袁孝堂恍然大悟，说："对！我去找他说！"

韩悠韩去王曲教课时，见到罗慧，回来后见了我爹，说："罗慧去了王曲后，'矮脚虎'就憋着坏，非得让罗慧住在他家里……"

我爹大惊："他俩住一块儿啦？"

"别急啊，他还不敢明目张胆，几十个教官都住那儿呢。"

"老韩，我这也猫抓心呢，你想想法把她带回来。"

"试试看吧，我打不了这保票！"

这时，袁孝堂又上门来："人家那边火上房了，你倒是沉得住气，怎么说啊？这么好的机会再耽误了。"

我爹还是说："再等等，再等等！"

今宵好向郎边去

我爹盼星星盼月亮，终于深山见太阳。一天，韩悠韩出现在西北剧场的厢房门口，我爹一把拉住问："咋样啦？"

韩悠韩说："给口水喝中不中？"

我爹慌忙拿茶瓶倒水，他抓过杯子就咕嘟咕嘟一口气喝完。指着门外，一位眉清目秀的青年军官站在门外，戴墨镜，两撇八字胡，往上翘得分外俏皮。

我爹有点蒙顶：谁啊？

青年军官大声说："七分校王曲剧社少校演员罗慧，前来报到！"说着就摘下墨镜，拽掉了胡子。

我奶奶一看，一蹦大高：阿弥陀佛，菩萨显灵，总算回来了。原来她早把罗慧认定为自己的儿媳妇了。听说罗慧被"高衙内"抢了，天天烧香念佛。

"咋就出来了？"我爹欣喜地问。

韩悠韩说："我事先带了套少校军装，让她把旗袍换了，化了装，我俩就大摇大摆坐上了战干团的车，直接开到家门口了。"

我爹千恩万谢，送走韩悠韩。

事后，我爹问罗慧："你住'矮脚虎'家啦？"

罗慧嫣然一笑："做他的大梦去，我坚决不干，非要回西安。他就是笑眯眯的，咋骂都不吭气。惹急了姑奶奶穿着高跟鞋就踹上去，疼得他嗷嗷叫，他上招待所住了。后来，他回家拿东西，我就开骂：'欺男霸女，算什么东西？不让我去见我爱人，就一头撞死这儿。'当时闹得一院子教官都来看稀罕，矮脚虎怕事闹大了，只好让我去剧社住。这不，老韩去王曲讲课，就带我回来了。"

我爹大喜，吃完饭要送罗慧去住旅馆，我奶奶说："就住家，我上隔壁去住！不碍怹的事儿。"

当晚，罗慧就与我爹同居了。

没几天，骑三军姚参谋长来西安办事，在"德发长"摆了一桌饺子宴，袁孝堂张罗，请了我爹和罗慧，也请来一起去骑三军的演员。其中有我爹找的演员马龙骧，还有他的学生徐行。

其他来吃席的都是袁孝堂的人，有武琳、邢影、王仲等人。姚参谋长很热情，端着酒杯说："鄙人代表郭军长热烈欢迎王导演、罗小姐和诸位去骑三军工作。"我爹也起身致答词，表示感谢。席间，觥筹交错，推杯换盏，我爹和参谋长说好了，请袁孝堂等人和参谋长先行一步回陇县军部，他和罗慧还要见见戴涯等朋友，晚几天准到。

我爹和罗慧在西安也没有待几天，就发现有人跟踪。我爹就去找戴涯，告诉他："老戴，我俩被特务盯梢了。"

戴涯说："西安不能留了，你和罗慧赶快去陇县骑三军吧！最好分头走，目标小些。"

当晚，我爹发现西北剧场外有不三不四的人在转悠，知道出不去了，便让我奶奶去叫在隔壁打麻将的老三赶紧回来。我三叔在咸阳空军站当采买，没事就和人吃酒打牌。我爹让老三送他出西安城；和罗慧约定两天后在宝鸡碰面。因担心西安汽车站有人"蹲坑"，二半夜，我爹从后台窗子爬出来，我三叔骑着自行车，驮着我爹，摸黑一气蹬了80多里，天明时赶到了咸阳汽车站，我爹从那儿去了宝鸡。

第二天下午，我三叔又把罗慧送到西安火车站，上了去宝鸡的班车。就这样，我爹和罗慧终于在宝鸡见了面。俩人决定再买去陇县的汽车，二百多里路程，花上一天时间总能到。不料，汽车站卖票的人说，前往陇县的公路塌方了，还得回西安。我爹和罗慧只得在宝鸡住下来，给陇县骑三军写信，请他们派车绕道来接。两人就在宝鸡旅游，什么秦公一号大墓、大唐秦王陵、姜太公钓鱼台、周公庙、五丈塬、周原遗址、古陈仓城遗址、诸葛亮庙、法门寺、眉县汤浴温泉，整整一个星期，都让他们玩遍了。真是开心。

一天晚上，旅馆茶房在楼下喊：203房王先生听电话。我爹很奇怪，谁知道我们住这儿呢？开门下楼到柜台上一接电话，里面竟传来范里的声音："是老戴让我给你们打电话。"

"老戴？他怎么知道我们住在这儿？"

"你们跑不出去了，有特务跟着你们去了宝鸡，你们还是赶快回西安吧，叫罗慧回战干团。"

"我已经离开战干团了，为啥还干涉我们相爱？"

"别和我理论，反正我通知到了……"

我爹回房和罗慧一说，罗慧的大小姐脾气上来了，拧着脖子说："我就不回，就要去骑三军，看他敢怎么我。"

原来，事情还是出在王超凡身上。罗慧跑了，以"超公"自居的王超凡顿时不淡定了，他没法向葛武棨交代，于是派人寻找，才得知罗慧已经和一个叫王者的同居了。于是气急败坏地打电话通知葛武棨。葛武棨一听就疯了，自己舍不得吃的私房菜被人叼了，气得摔了筷子。但身为堂堂的中将教育长，硬拆散一对鸳鸯，这传出去有损形象。正好，蒋委员长要来西安视查，这个借口太好了。于是葛武棨就告诉戴涯，必须让罗慧回来，要给委座演戏。耽误大事军法无情，于是戴涯就想办法，让范里打电话，通知罗慧回西安。

"铁叫子"陈宪章助力

王者档案：陈宪章，男，战干四团艺术队学生，宝鸡三青团书记长。

陈宪章，度娘介绍得非常简洁。

链接：陈宪章（1917—2000），河南郑州人，杰出的豫剧编导。豫剧表演艺术家常香玉的丈夫。中国戏剧家协会会员，河南省剧协理事，香玉杯艺术奖基金会副会长。曾任香玉剧校校长、香玉剧社副社长、河南豫剧院剧目组组长、河南省豫剧一团（承包）团长等职。

我爹和陈宪章很熟。他"诱拐"罗慧从西安私奔到宝鸡，准备去陇县骑三军时，在宝鸡的最后一天，红日三竿，我爹和罗慧刚起床，有人敲门，我爹问："谁呀？""茶房送洗脸水！"

我爹过去将门打开，哪有啥茶房，只见一个穿中山装的年轻人，规规矩矩给我爹敬了个礼："王教官好！"

我爹一见，哈，原来是陈宪章。

陈宪章

陈宪章是郑州老门老户。父亲是前清的秀才，但双亲过世早。念过私塾和小学、中学，洛阳师范学校毕业。喜欢文艺，吹拉弹唱样样会。1938 年 9 月，以洪深为首的上海救亡演剧二队来到洛阳。这个演剧二队与 1938 年在武汉、国民党军事委员会政治部下属的抗敌演剧二队不是一回事。他们的队长是戏剧家洪深，队员有王莹、金山、田烈、冼星海、张季纯等 14人，他们在洛阳老城商场"国民舞台"演出。剧目有《在东北》《卢沟桥》《老邻居》《放下你的鞭子》四个情节感人的短剧。演出之后，台下的观众情绪激昂，学生泣不成声，这些剧目的演出激起了洛阳同胞的爱国热情。戏剧演出之后，冼星海又教唱歌曲《打回老家去》《黄河大合唱》和《大刀向鬼子们的头上砍去》等。上海救亡演剧二队的到来，给洛阳的群众留下深刻的印象。当时，陈宪章也参加了演出，当群众演员，从此就迷上了话剧。不久战干四团在洛阳设了个考试点，陈宪章参加考试，录取到战干四团学生队，转入第一期艺术队。学习期间，与教官同台演过戏，和我爹、丁尼、范里等人都熟，尤其他和我爹同为河南老乡，味儿里更近。

见我爹和门外的人在说话，罗慧问："谁啊？"

罗慧进战干团晚，与陈宪章不认识。我爹说："是咱艺术队的学生陈宪章。"他拉着陈宪章的手，"进来进来，你不是……咋在这儿？"

陈宪章说："报告教官，我现在宝鸡三青团任书记长。"

我爹一听，就像抓住了救命稻草："你来得正好，我们被困在宝鸡了，有啥法让我们去陇县？"

"这个……"陈宪章支支吾吾。

"咋了，有啥难？直说。"

"王教官，您可以去陇县骑三军，那里正需要您去任导演呢。罗教官必须得回战干团！"

"她为啥要回战干团？谁告诉你的？"

"屠家骧，俺俩是连襟！我也兼着骑三军特别党部书记长呢。"

陈宪章口中的连襟是和他的前妻有关，那时他还不是常香玉的丈夫。

罗慧嚷道："凭啥？你让我回战干团，我偏要去骑三军。看你敢拦着？"

陈宪章说："罗教官，别误会。不是我拦您，是葛武棨……"

罗慧一听就急了："还讲不讲道理？王者已经不是战干团的人了，葛武棨管不着！凭啥我们不能谈恋爱？少拿战干团的臭纪律来限制姑奶奶，婚姻自主是宪法规定的！"

"这是教育长的命令，罗慧必须回团，不回来就派人押回来，开小差按军法处置。"

"总得有个理由吧？"

"没理由，军纪大如山！"说着他走到窗前，轻轻推开一道缝隙，指了指……

我爹一看，果然，楼下有两个戴礼帽、墨镜的家伙，挎着盒子枪在转悠。

我爹秒怂，哄着罗慧，收拾东西，跟着陈宪章下楼。陈宪章在门口饭店请了一顿饭，算是送行。两人喝酒时，说到他已经爱上了常香玉，正和前妻着手办理协商离婚事宜。我爹只得送罗慧回西安。

陈宪章有两段婚姻。第一次是包办婚姻，他 16 岁时，小学刚刚毕业，因为奶母包办，娶亲成婚，为的是靠女方家来顶门事。这位妻子是个农村妇女，为人实诚勤快，寡言少语。由于包办婚姻感情不和，深以为苦。自从上了初中以后，陈宪章就一直住在学校。20 岁那年她生了一个男孩之后，不久就病故了。

第二次是陈宪章因在艺术班时成绩优秀，毕业后留团任少尉，结识了艺术队一位女同学，正在热恋时，女孩儿突然被少将政治部副主任王大中看上，托人向她求婚。王大中，浙江瑞安人，黄埔军校第四期步兵科学员，与胡宗南是同乡，在战干团很有权势，得罪不起。于是，两人就学司马相如与卓文君，私奔他乡，后来到了宝鸡。王大中对陈宪章"擅离职守"非常恼火，因为女方的姐夫屠家骧是战干团的上校，于是单独给陈宪章下了通缉令。两只苦命鸳鸯坚决不分开，在汉中一位战干团同学家躲起来。后来王大中调走了，经过屠家骧"拆洗"，通缉的事不了了之。屠家骧又通过关系，将连襟陈宪章安排到宝鸡三青团任书记长。不久，常香玉来宝鸡演出，陈宪章喜欢写戏，就和常香玉看对眼了，海誓山盟，回西安与前妻办手续离婚。

常香玉

我爹对陈宪章说："常香玉，熟啊，她是我妈的干女儿，我是他哥呢。"

这又是咋回事呢？原来常香玉从开封辗转到洛阳，又到西安后，举目无亲，借西北剧场和别人搭台唱戏，几场戏下来，生意就很红火。她在剧场认识了一个裹小脚的说开封话的老太太，就是我奶奶，俩人越说越对把，干脆就认我奶奶为干娘，她只要没事就到厨屋，帮我奶奶拉风箱做饭，擀面条。后来，她的戏班从洛阳来了，就去了同春戏院专门唱梆子戏，隔三岔五就提着点心来瞧我奶奶，和我三叔也很熟。

后来，戴涯率剧团在宝鸡公演时，遇到困难，丁尼说去找陈宪章吧，他能帮上忙。果然，陈宪章以三青团书记长的身份，给"中剧"很大帮助。

上世纪 80 年代，我三叔从西安来开封，嚷着要上郑州去看常香玉，被我爹训斥："常香玉早不是当年的常香玉了，现在是著名的豫剧名角，大师级人物，你是什么身份，好意思去找人家？"我三叔没敢去。

情多累美人

　　我爹和罗慧回到战干剧团，戴涯一见："谢天谢地，总算回来了，罗慧还是战干团少校，没有免职；你也可以回来工作，我可以担保你!"

　　我爹负气说："既然下了免职令，我就不回来! 我要去骑三军。能不能告诉我到底是咋回事？"

　　戴涯急忙做手势，小声说："内部消息，有重大政治任务，蒋委员长来西安了，葛教育长为了让委座看戏，下令无论如何也要把罗慧找回来，找人贴锅，再出乱子谁也负不起这个责任，搞不好要掉脑袋啊。"

　　棒打鸳鸯，我爹的小胳膊咋也拧不过葛武荣和王超凡的大腿，寒蝉凄切，与罗慧执手相看泪眼，在灞陵伤别，形单影只去了苍凉的陇县。

根据战干团学生、演员徐行揭发材料：

> 因为葛武棨在西安，王者和罗慧就待不下去，怕葛找
> 空子整他们，就躲避到骑三军去（骑三军王者有熟人），
> 跑到半路上不知为什么又回来了。

当时战干团从上到下，加紧排演，折腾得人仰马翻，葛武
棨更是日夜盯着，丝毫不敢怠慢。然而，蒋委员长却没有来看
演出。为什么呢？自从"皖南事变"发生后，老蒋一门心思想
消灭陕甘宁边区。军事委员会在西安设立第八战区副司令长官
部，任命胡宗南为第八战区副司令长官，指挥三个集团军，在
陕甘宁边区建立了几百里的封锁线，部署重兵，准备闪击延
安。哪知胡宗南身边有周恩来布下的"闲棋子"熊向晖，把绝
密情报送到毛泽东手上，布下安居平五路的对策。中共代表团
质问蒋介石，搞得连美国人也生气了。见八路军早有准备，胡
宗南不得已才取消了这场军事行动。

蒋介石就是来西安追责，严查"深喉"，重新部署新的军
事方针。胡宗南为了拍马屁，专门请委员长到战干团看戏。

台湾传记文学社出版的《民国大事日志》记载：1942 年 8
月 15 日，蒋介石由重庆飞兰州，28 日抵达西宁，转赴酒泉、
张掖、武威等地，9 月 3 日蒋偕夫人由宁夏飞西安。

9 月 6 日蒋介石在西安，胡宗南特意让战干剧团到蒋介石

下榻的王曲七分校演出《李秀成之死》，招待蒋介石看戏。在这出戏中罗慧饰演忠王妃，葛武荣、王超凡就以此为理由，必须先找到我爹，然后才能找到罗慧，因此在西安、宝鸡闹得鸡飞狗跳。

看完戏后，蒋介石充内行，让政治部主任汪震转告饰演李秀成的戴涯：要把李秀成供状加到戏里。戴涯笑着告诉汪震："李秀成供状有三万多字，在台上光念就要三个钟头，那戏还怎么演？"

由于战干剧团的演出，引起蒋介石的外行充内行，乱发指示，给胡宗南长了脸，罗慧被葛武荣留下来升职为中校。

王超凡眼看没戏，就与王曲剧社女演员张蓓结了婚。张蓓女士后居美国。王超凡则一人在台湾，死后葬于五指山公墓的中将区。

罗慧与我爹劳燕分飞。年底，为了看罗慧，我爹在骑三军请了几天假回到西安。罗慧小鸟依人，哭天抹泪，不让我爹回陇县。于是，我爹辞了骑三军的工作，就在家陪她，靠给小剧团排小戏和做泥人、扎花灯维持生活。窘迫的日子，时间一久，两人的感情渐渐出现裂痕。

罗慧是清朝端王的后代，端王庚子年（1900）撺掇慈禧太后，挑起义和团攻打西什库教堂，惹起八国联军战争。辛丑条约签订，要追究"祸首"，端王载漪被发配新疆，半途却在西北兰州等地落下脚。他的女儿罗毓凤在兰州上学，后来嫁给甘肃省主席孙连仲。罗慧的父亲与罗毓凤是五服以内的亲戚，也跟着沾光，在省财政和建设厅做副厅长。她还有个哥哥在兰州做工程师。

罗慧从小锦衣玉食，娇生惯养，受过中等教育。抗战初期，其父因病去世。但瘦死的骆驼比马大。她和我爹从家庭环境到所受的教育都不一样，三观不同。当初对我爹有好感，完全是"外貌协会"。我爹英俊高大，除了演戏之外，从导演、舞台装置到服装、化装样样拿得起，是戴涯的台柱之一。

罗毓凤

因此，罗慧在战干团演戏，能和我爹在一起也是选项之一。

但一个女子能被国民党几位高官看上，不管成与不成，都能满足虚荣心。反观我爹，一个穷干戏的，还要养家糊口，根本无法满足她的享乐要求，自然而然就经常吵架，感情日渐淡薄。有一天，我奶奶收到一封寄给罗慧的信，她不识字，就把信交给了我爹。我爹打开一看，是罗慧原来的爱人寄来的，我爹就把信收起来了。不料，罗慧回家，听说有一封信是寄给她的，就气势汹汹找我爹索要，我爹说："可以给你，但他信中说些什么，你要告诉我，不然，我会认为你脚踩两只船。"罗慧说："脚踩两只船有什么不可以，你现在的处境我凭什么不能再考虑？"

我爹不干了："凭啥这样对我？"

"你现在连自己都养不活，还有老娘和弟弟，我为啥就要吊在你这棵歪脖树上？"

于是，两人上演一出《三岔口》，开打起来。罗慧冲天一怒，离家出走了，几天也没有回来。我爹急头怪脑，就把她的东西归置到一起，把自己的东西整理出来，因为骑三军铁骑剧团正在宝鸡演出，要我爹回去。就在我爹踟蹰要不要去宝鸡的时候，罗慧终于回来了。

我爹屁颠颠地放下手中的泥人："你决定回来了？"

罗慧说："我决定要走了。"

她就像娜拉那样，骄傲地离家出走了。从此，蓬山此去无多路，我爹文化低，写不出"青鸟殷勤为探看"那样的句子来打动她，更主要是没有"养廉银"养她。听说罗慧后来嫁给了一个国民党高官，参加了军统。抗战胜利后，他们在兰州还见过一面。但那时，我爹和我妈结过婚了。

1951 年夏天，我奶奶和三叔到南京，说有人在西安街头看到枪毙犯人的名单，有个叫罗慧的女特务。也不知真假。从此，再无音信。

"旱地忽律"屠家骧混世

王者档案： 屠家骧，男，骑三军特别党部书记长，抗战胜利后在开封办《河南晚报》，后到"中剧"帮忙。解放后镇反时不见了。

屠家骧，外号"能豆嘣"，河南开封人，上过省立开封第一师范，是叶鼎洛的学生。他喜好文学，写文章，也学着当编剧，后在战干团任职，又联系上骑三军，对方许给他的职位是骑三军特别党部书记长兼剧团团长。他又拉老乡袁孝堂筹划办个铁骑剧团，排演自己写的剧本，让袁孝堂到战干剧团去拉人。袁孝堂是中间人，他是战干团普通课学生，毕业后在某国民党军参谋长处任过职，战干剧团演大戏时，他负责在后台搞警卫工作。1942年夏，在西北剧场自吹说要去骑三军剧社工作。因听我奶奶说开封话，彼此谈起来才知道是老乡，在一条街上住过。

我爹因为和罗慧被战干团关禁闭期间，袁孝堂找人活动，将我爹放出来，我爹欠他一份人情，同时也想在骑三军过渡一下，再说中校导演待遇比少校演员强，虚荣心作怪，于是到陇县走马上任。自己的学生马龙骧和徐行，这俩人都是被关在西北劳动营的，我三叔托朋友打听了，没啥大事，于是袁孝堂和屠家骧将他们保出来，一起跟着我爹去了骑三军。

说起徐行，才冤呢，他从同事杨玉钧那里借来了话剧《秋瑾》的剧本，剧本内容反映了女革命家秋瑾反清的故事，应该没啥，但关键是剧本作者颜一烟是延安抗大的，也在鲁艺工作过。1940年三八妇女节《秋瑾》在鲁艺实验剧团首演，《新华日报》刊登了消息，轰动一时。而杨玉钧是从鲁艺出来的，一到战干团就被128号特务徐金海盯上了。徐行从杨玉钧手上借来《秋瑾》剧本，藏在道具箱里，想看完了再推荐给戴涯，还没等看完就被徐金海发现，报告给政治部。结果，徐行进了禁闭室，惨遭毒打，实在招不出与共产党有啥联系，最后被开除出团，押送劳动营，进行劳改。杨玉钧则以"共党"疑犯被直接关进了军委会西北劳动营。但必须有两个以上的校官当保人才可以。

于是我爹找戴涯、韩悠韩一起做保，将杨玉钧、徐行，还有一个叫马龙骧的，他是徐行的朋友，一块儿从劳动营保释出来；杨玉钧肯定不能留在战干团了，戴涯就写信推荐去了七分校王曲剧社当演员。马龙骧和徐行就跟着我爹去了骑三军。

到了陇县，骑三军特别党部书记长袁孝堂让我爹和他住在一个院子里。第二天，几个人迫不及待，选择剧本，准备排戏。剧团领导、我爹的直接上司屠家骧，写过河南戏剧本和话剧本。这个家伙为办剧团，出去查过大烟土，敲诈了一笔钱。他和我爹认识是经戴涯介绍的。

在挑选剧本时，屠家骧不慌不忙拿出自己的剧本，往桌上一拍，看吧《无名英雄》，我写的。

我爹在演艺圈里摸爬滚打拼了十几年，有了一定的经验。再说新官上任三把火，看了剧本，他对屠家骧说："都是自己人，亲弟儿们不外气，哥哥我有啥说啥，这本不中啊。"

屠家骧点灯熬油，辛辛苦苦忙了几个月，上来就弄个这，绝对不服气，反问："咋不中？"

"一个谍战剧，冇人物，冇情节，光喊大道理，谁会看？谁愿意看？"

"看不看不是你的事。我是团长，我说了算，你只管排！"

"我丢不起人！你还是另请高明！"

"乖乖，刚从灰堆里把你扒出来，就以为是个煤核儿，不敢烧啊。"

"一点都不假，赖汉争食，好汉争气，我明天开路，不碍你的眼。"

说完我爹就往外走，被袁孝堂拦住。他万万想不到都是老乡，却尿不到一个壶里，见面就戗茬，急忙和稀泥，打圆场："都别发火，消消气。常言道，打虎亲兄弟，这连架式都还有扎齐，就弄成个芝麻酱了。不兴这，让外人看笑话。恁俩都是为了剧团好。开炮戏特别关键，应该慎重，王导演有他的主见；屠团长也有他的道理，那么长的时间，光敲锣不开场咋办？老屠的本，是不是再打磨打磨，缓一缓？"

"屎憋屁股门了，姚参谋长催几回了，你说咋缓？"屠家骧反问。

袁孝堂说："现在重庆上演了一部谍战戏，叫《野玫瑰》，报上介绍过，很轰动，只有七个演员，一幕景，不花啥钱，而且每个人都有戏，咋样？是不是先上？"

"试试吧。"我爹也觉得不能对不起朋友。

屠家骧的脸还是青的，勉强点头。

《野玫瑰》讲的是女间谍夏艳华与恋人刘云樵分离，深入敌营，嫁给华北政委会主席王立民，以窃取日伪情报。刘云樵是王立民前妻的侄儿，接受间谍训练，也被派到北平，因不了解内情，气愤夏艳华的变心，也住进了王家，并与王立民的女儿曼丽拍拖。谁知夏艳华非但不嫉妒，反而成全两人。刘云樵的间谍身份被识破后，警察局长来逮捕他，夏艳华勾引警察局长，使刘云樵和曼丽逃脱，她又挑拨王立民打死了警察局长。王立民怪病发作，视力与心智俱失，自杀身亡；夏艳华这朵野玫瑰带着老仆人王安，远走他乡。

开头就是男女间谍接头对暗号：

"这扇窗户朝哪边开？什么时候开？什么时候关？"

"朝西开，早上开，晚上关！"

"我是天子十五号。"

"你？"

"回答我的问题！"

"我是黄字二十一号。"

…………

女间谍夏艳华，一头大波浪卷，金耳环，高开叉紫色丝绸长旗袍，高跟鞋，叼着烟卷，这就足够赚观众眼球的，加上剧情狗血，三角恋爱，惊险刺激、传奇、靓丽、血腥，歌颂军统

《野玫瑰》剧照

的女特务，鼓吹法西斯主义，北国锄奸，很符合大众和中学生的口味。

更主要是该剧符合国民党中宣部的宣传口径，是部长陈立夫推荐的好戏。国民党中宣部副部长、中央图书杂志审查委员会主任潘公展专门为《野玫瑰》剧本颁奖。据说在重庆抗建堂公演时，场场爆满，一票难求。剧作者陈铨，四川富顺人。赴美留学，获奥伯林大学文学学士、硕士学位，后赴德国留学，获博士学位。1934年归国，任武汉大学教授，旋返清华大学任教授。抗战时进入西南联大，抗战后在南京大学任教。

此剧在重庆上演后，争议很大，引起进步作家陈白尘领衔的200多人的批判。潘公展大吼大叫，脸上的白癜风都发亮了。后来演员全体拒演，看不到戏的国民党空军竟在剧院门口架起机枪进行威胁。

1942年，中国电影制片厂厂长吴树勋（原二十八师政训处长），力挺此剧和作者陈铨，自任导演，到中央训练团再次演出《野玫瑰》。我爹与吴树勋是熟人，于是打电话，从他那里搞到了剧本。

就我爹那点水儿，怎么会有政治头脑？一看剧情能吸引人，再说他手下一共才"八大金刚"，其中还有个唱京戏的，多一个都没有，只能可汤下馍，量女配夫，当即拍板，就是它了。我爹导演兼饰演大汉奸王立民一角儿，女间谍夏艳华由武琳扮演，王立民的女儿曼丽由刘淑仪扮演，徐行演男一号刘云樵，马龙骧演警察局长，王仲演老仆人王安，还有一个秋痕，是个下人，就 7 个人。

果然，该戏一上演，一炮打响，达到想不到的效果，军长、参谋长合不拢嘴，下面的军官，掇臀捧屁，一片夸赞，全都拍巴掌。屠家骧也洋洋得意，特有面儿，王导演也"捣"得有来有去，很提劲，姚参谋长让我爹再找演员，继续排新戏、排大戏。

这时却出事了，袁孝堂和邢影、武琳夫妇闹意见，许给人家的条件满足不了，一气之下，这两口子就颠了，剩下六七个人，只有一个女演员刘淑仪还不能演戏，剩下几块料还真做不成槽子糕。关键是缺女演员，我爹想到罗慧，只要她能来，再找些干戏的朋友帮忙，就玩得转。主要还是思念罗慧，望穿秋水，于是就找屠家骧请假。屠家骧巴不得呢。请神容易送神难，又是顺水人情，于是说："咱哥们儿好说，你还是去和姚参谋长商量吧。"无奈，我爹找到姚参谋长，说要回西安，理由也冠冕堂皇，一是和罗慧结婚，二是再找些演员来。当即同意。在这一年的年底，我爹又回到了西安。后来就不去陇县了。

到了夏天，骑三军铁骑剧团到西安来演出《日出》，负责人还是特别党部上校书记长屠家骧，请我爹归队，依旧是中校导演。我爹又把崔超、齐婷、邓曼等人介绍到铁骑剧团，排了《面子问题》和《狂欢之夜》。《狂欢之夜》根据俄国果戈理的剧本《钦差大臣》改编。故事是讲文化宫里正在准备新年狂欢晚会，新来的文化宫主任对如何组织这次晚会却另有想法。他要审查每一个节目，要求所有节目都应该是严肃的。他自己不爱开玩笑，也不允许别人开玩笑。他看女演员的裙子太短，便下达了"必须改换服装"的指示。他禁止青年乐队演出，因为他们不稳重，他宁愿让养老院的乐队来演出。他不准许购买狂欢节用的面具，按照他的计划，狂欢晚会将被破坏殆尽。年轻的晚会组织者和参加者们与这个不学无术、狂妄而愚蠢的官僚主义者进行了大胆、机智的斗争，狂欢晚会在热烈欢乐的气氛中胜利结束。

秋天，屠家骧和我爹带着《面子问题》和《狂欢之夜》两部戏到宝鸡去公演。恰好，戴涯带着战干剧团也在宝鸡公演，我爹给他们帮忙。这时战干团的葛武棨命令戴涯带剧团回西安，戴涯抗令不归，一群人都让葛武棨给开了。戴涯告诉我爹，等回西安后就重新组织中国戏剧学会，搞职业剧团，请我爹和他们一道回西安。我爹一听热血沸腾，在陇县那么个偏远的小县城搞不出什么名堂，老朋友在一起，能搞出些好戏，决定跟着戴涯走。当即就向屠家骧辞职，和戴涯等人一起回西安。

不久，骑三军走马换将，军长郭希鹏升第三集团军副总司令，姚参谋长升为副军长，剧团也就解散了，抗战胜利前该军被撤销番号。

屠家骧离开了骑三军以后，不到一个月日本投降，抗战胜利之后他回到河南。1947年在开封办《河南晚报》，自封社长。是年8月16日，曹禺、张骏祥应救济总署分署邀请，来河南黄泛区视察，抵达开封，屠家骧代表开封文艺界、戏剧界、新闻界在"景兴楼"饭店举行招待晚宴，气氛热烈，长达三个半小时。次日上午，在中山路中段新声大戏院举行公开学术演讲，由屠家骧主持，曹禺、张骏祥即席发言，着实热闹。9月份中国戏剧学会从徐州到开封演出，屠家骧跑前跑后，忙着张罗，就跟自家人一样。1949年"中剧"在上海演《日出》，屠家骧也在上海，当过前台主任。1951年以后，不知所终。

"混世魔王" 樊粹庭立万

王者档案：樊粹庭，男，河南戏 "狮吼剧团" 领导人，与屠家骧是连襟。

说到这里，顺便捎上樊粹庭。不是要抬高身价，而是我爹的档案，白纸黑字，清清楚楚。

我爹认识樊粹庭可不是经过屠家骧，而是范凡塞的关系。大约是 1933 年前后，范凡塞在河南省政府秘书处当秘书时，有一天，来找我爹说给介绍个梨园行的朋友，我爹忙问是谁，范凡塞说："省教育厅社会教育推广部主任，他负责省里的戏曲、电影还有体育等工作，和我是 '老槐儿'（河南话关系好的意思，我查了一下，应该念 '互爱'，演变成 '老槐

樊粹庭

儿'）。"

我爹说："俺俩挂面熟，我给新声剧社唱京戏时，还跟他学过，一起演过文明戏。"

在河南大学上学时樊粹庭就痴迷豫剧，和开封席棚戏院打交道很频繁。后来属于票友下海。当时他筹建豫声剧院。

范凡塞说："走走走，找老樊喝两盅！问问他最近有啥新戏。"

就这样，有了范凡塞的关系，我爹和樊粹庭更熟识了。

那么，狮吼剧团是咋回事呢？1938 年年初，樊粹庭采"醒狮怒吼"之意，将自己的剧团改名狮吼剧团。剧团编排抗敌御侮的新剧目，以旅行演出方式宣传抗战，激发群众爱国热情，并吸收青年随团学戏。

1940 年左右，樊粹庭的狮吼剧团经洛阳辗转至西安驻班演出，非常困难，几濒停顿。这时，他找到在战干四团的秘书屠家骧。

一天，屠家骧特意在西安"三六九"烤鸭店请我爹喝酒，一看樊粹庭在座，都是熟人，屠家骧指着樊粹庭说："俺俩一条船。"

"这我还真不知道。"

"给帮个忙呗！"

"说，只要能帮上，这都是老熟人了。"

"樊老兄初来乍到，又冇银子……"

"我也冇钱，俺娘也来了。"

"干啥啦，弄这一式，看把你吓的，不找你借钱。叫老兄自己给你说。"

樊粹庭拱手："老弟，想借你一方宝地演两场戏！"

我爹笑了："西北剧场咱当家，说了算，场地费都不收了，只是别和战干团的演出冲突就中！"

都是河南老乡，和尚不亲帽儿亲。

就这样，樊粹庭的狮吼剧团就在西北剧场演出，我奶奶高兴坏了，她就爱听梆子戏，这下过足了瘾，也认识不少演员，和大凤（即关灵凤）最熟。

重上忠义堂

　　从 1941 年到 1943 年秋，战干剧团除演出《李秀成之死》《日出》等保留节目外，又新排了曹禺的《北京人》，还与陕西青年剧社联合演出了曹禺的《家》等剧目。大家也感到在战干剧团不提劲，受约束，不自由，太憋屈；但也没有办法，只能做一天和尚撞一天钟，一切听"总舵主"安排。

　　1943 年 9 月，戴涯逮着一个机会，以带学生实习为名，打着"战干剧团"的旗号，去宝鸡公演。洪正伦掐指一算：山人自有妙计，双十节战干团一定要举行庆祝活动，会下令我们回西安组织晚会。将在外军令有所不受，我们就抗命会怎样呢？戴涯说："肯定会激化双方的矛盾，形成僵局，逼他开笼放鸟，就可以借机脱离战干团。"

洪正伦点赞："好一个开笼放鸟！"

一切正如洪正伦所料，10 月 10 日到了，战干剧团在外不归，戴涯写信给教育长请假，理由是票已经卖出去了，戏比天大，不能对不起观众。戴涯一面在报纸上刊登战干剧团在宝鸡公演海报，一面写信给葛武棨说明不能回去的理由。果然，激怒了与战干当局的矛盾。葛武棨暴跳如雷，大骂："一群臭戏子，竟敢抗命！现在不回来，就他妈的永远别回来了！"

不回就不回，戴涯见目的达到，立即写了集体辞职信，提交辞呈，继续在宝鸡公演。葛武棨鼻子都气歪了，拿过辞呈，大笔一挥："统统滚蛋！"

洪正伦笑了，咱这是乌龟变黄鳝，解甲归田喽。一伙人载歌载舞，从宝鸡又回到西安。

这正是：鳌鱼脱得金钩去，摇头摆尾不再来。

戴涯、冷波、洪正伦等如愿以偿，在宝鸡公演完几个戏，带领原班人马准备回西安。我爹又和戴涯合到一起了。

原来我爹和罗慧分手后，去骑三军，当时铁骑剧团正在宝鸡演出，同去骑三军的还有崔超、齐婷、田野、田雨臣等人。正准备演出之际，1943 年 8 月 1 日，国民政府主席林森在重庆因车祸去世，享年 75 岁。为了给林主席治丧，国民政府下令停止娱乐活动一个月。于是，我爹和他的朋友一起回到陇县骑三军军部去了。

10 月，我爹带着骑三军剧团到宝鸡演出，这时戴涯也带着战干剧团在宝鸡公演几个戏，当时戴涯因为逾期不归，与战干团闹翻了，说回西安就组织职业剧团。我爹立即辞去骑三军的中校导演，跟着戴涯回西安去了。

戴涯通过银行的熟人帮忙，搞到贷款，于是在盐店街中段，租下"北五省会馆"，临时将里面一个小舞台改造成一个小剧场，会馆里还有不少房间，完全可以让剧团的人员住下。天时地利人和占全了，下面就选剧本演开炮戏了。

挑了一个黄道吉日，一群年轻人买来十几挂鞭，在剧场门前崩了个震天动地，他们恣意嘚瑟，威风八面，正式宣布恢复组建了"中国戏剧学会"。

当时的成员有戴涯、洪正伦、冷波、赵曼娜、丁尼、王者、李最、李次玉、范大块、崔超、赵秀蓉、齐婷、关哉生、王淑敏、郭玲、林曼宜、马龙骧、王仲，其中有些人是组建时来的。

那么，戴涯等成立中国戏剧学会，就在战干团眼前，就不怕葛武棨等人报复吗？奇怪的是，战干团毫无动静。戴涯认为凭自己多年在西北的知名度，结交甚广，而且与战干团组织部主任汪震是朋友，想必葛武棨一时半会儿还不便公开报复。后来"中剧"在西安公演还是受到了掣肘和找上门来的麻烦，这都是葛武棨在背后使的坏。

中国戏剧学会大旗重新竖起来，还是靠贷款来做演出经费的。戴涯和银行谈妥：营业票款直接存在银行，不够开支就少量借款。就这样暂时把几十口人安顿下来，最多时竟达70多人。一个职业剧团吃住在一起，又能在自己的剧场里排戏演出，是多么惬意的一件事啊。

开炮戏慎之又慎，戴涯等人决定来一出外国戏，排演法国小仲马的《茶花女》。该剧由陈棉翻译，冷波导演，演员阵容很棒：赵曼娜饰演玛格丽特即茶花女，戴涯饰演阿芒·杜瓦乐，丁尼饰乔治·杜瓦乐，李次玉饰居斯达夫，王者饰琪莱伯爵，范里饰瓦尔维乐，李最饰圣·戈当，齐婷饰阿娜依斯，郭玲饰尼洒脱，王淑敏饰奥兰伯，赵秀蓉饰耶宁娜……舞美设计关哉生。这是西北话剧舞台上第一次出现"写实主义的空间舞台"。为了艺术质量和艺术效果，剧团新添置了软幕幔，服装全部是新做的，无钱买毛料，只能用布料，但做工极为讲究，演出效果极为明显。为了排演舞会的场面，演员们大多不会跳，便特意请舞蹈教师来教跳舞。都是朋友友情帮忙，老师不收取任何报酬，外请的演员也没有费用。这些是时代的产物，匮乏的物质生活使然，放在今天绝无可能。我爹后来在前线话剧团，出演俄国果戈理的《心病者》获得好评，其实演技都是在"中剧"锻炼出来的。尽管大家都很卖劲，但由于演出的成本高，宣发即宣传和广告都跟不上，剧场是新辟的，原来只是个演地方戏的舞台，观众对此还不很熟悉，很多人甚至不知道盐店街有个演话剧的剧场，上座率不很高，营业一直不振。

西北人民还是爱喝羊肉汤啃锅盔啥的，对外国咖啡、牛奶加面包不对口味，草狗整出个羊犄角。《茶花女》在上海等华洋杂处的十里洋场大受欢迎。而这里是黄土高原，洋妓女不接地气，更主要的是不符合抗日战争的大环境，阳春白雪的纯爱情、高尚的人性，对"位卑未敢忘忧国"的老百姓来说，保家卫国，重振山河，吃饱肚子才是第一位的。《茶花女》不搭调啊，观众不买票就是不认可。戴涯继《黄花岗》后，又一次在探索中尝到苦酒。

第二个戏上演的是于伶的《杏花·春雨·江南》。于伶在抗战初写过《汉奸的子孙》，这个戏是很出名的。戴涯导演《杏花·春雨·江南》，并亲自出演梅茶春一角儿，赵秀蓉演女儿，丁尼演阿发，郭玲演杏姑。效果还不错。

接着又上演了《独四娘》，这是个垫戏，有点像"套拍"，是利用《茶花女》的服装和布景，无需什么制作成本的演出。

第四个戏准备上演保留剧目《日出》，这是"中剧"的看家戏。海报在街头都张贴出去了，票子也都卖了。这时，睁一只眼闭一只眼的葛武棨开始发难了。

一天中午，到了开饭的时间，来了一个陕西省党部的党棍，要找剧团负责人戴涯，说："奉上级命令，《日出》属于禁演剧目，不能演出。"

戴涯反问："这出戏是我们保留剧目，在西安已演出多年，而且在战干剧团也公演过！"

党棍说："此一时彼一时，我是代表省党部来正式通知你们，违禁者当受严厉处分！封剧场算轻的。"

这可怎么好？戴涯急忙请省党部和三青团部的朋友去疏通，原来还真是葛武棨捣的鬼，他对省党部负责人说："治不了这帮臭戏子？这个地面上，还是老子说了算。放我的鸽子？我倒要你们尝尝被放鸽子的滋味！转告他们，这才是开始，今后你演什么老子就封什么！非让你们滚出老子的地盘！"

脬膊拧不过大腿。硬扛肯定不行，还不到一天的时间，戴涯一面临时赶排沈浮创作的剧本《重庆二十四小时》，一面在剧场大门处张贴声明"《日出》奉令停演"，写明改演《重庆二十四小时》，有不愿看者可以退票。这种声明其实就是一种抗议，和报纸的开天窗一样，告诉观众，连《日出》这样的进步戏都被禁了，反衬国民党当局对戏剧和言论的控制。"奉令"二字故意写得大大的。好在观众都能理解，也没有要求退票，这对剧团多少也是一种支持。

《重庆二十四小时》是个新戏，在西安是第一次上演，一天之内要赶排出来，对演员是极大的考验，主要演员根本不可能背熟台词，在舞台两侧都安排有人提词；对于舞台装置也很具挑战性，布景根本来不及做，要利用旧景片，景中需要一个楼梯，我爹就用桌子摞上凳子搭起来，铺上灰军毯来代替。

开锣后，新戏未经磨合，台上出现不少纰漏。好在观众都理解，看得津津有味，笑声不断。

由于葛武棨和国民党当局不断使出绊马索，戴涯等人意识到西安待不长远，今后的麻烦会接踵而至。要给"中剧"找个安身立命的地方了。

1944年4月下旬，日军发动豫中战役，进攻洛阳，另一支日军从山西渡过黄河，进行策应。风陵渡与潼关一度吃紧，风闻日军要进犯，西安疏散人口，连银行界的眷属都紧张地进行了疏散。戴涯决定离开西安，欠银行的钱未能了结，约定将来由戴涯负责还清。

戴涯和洪正伦商量"中剧"何去何从，成都和重庆是戏剧活动中心，但全团70多人，想直达重庆或成都是不可能的。决定先去宝鸡，那里是由西北进入四川的第一站，又是陇海铁路的终点，分批找汽车，先到陕西汉中，再设法节节推进入川。从此，"中剧"过上了跑码头的生活。

"扑天雕"冷波扬名

王者档案：冷波，男，战干四团艺术班主任教官（中校）军官总队秘书。1944 年夏在舞台美术协会任会长，后到国民党军官总队任秘书；1947 年去东北。

赵曼娜，女，战干团少校艺术教官，1944 年夏在舞台美术协会、中国戏剧协会，后入国民党军官总队工作，1947 年到东北。

我爹跟冷波的关系很好。冷波是中国戏剧学会演剧队从开封到西安的负责人，带队人。我爹叫他大哥。

冷波原名李树柏，后改名李冷波。1909 年出生于河北乐亭县。自幼喜爱音乐和戏剧，后随父母闯关东，来到哈尔滨市。

冷波与赵曼娜

中学毕业后，立志当个音乐家和戏剧艺术家，却苦于无门。一个夏季的一天，奇迹发生了，他花小钱买了张彩票，馅饼从天上落下砸冷波脑袋上了，中了大奖。于是，与恋人赵尚英怀揣梦想去了上海，进入上海艺术大学戏剧系学习，受教于戏剧艺术家欧阳予倩。

冷波的妻子赵尚英是东北抗联领导人赵尚志的四妹，赵尚英高小毕业以后，父亲让她考医校，毕业后在哈尔滨市立医院当护士。后与冷波相识，两人一起从大连到上海，考取上海艺术大学戏剧系。正逢"九·一八"事变，日本占领东北和上海，抗日拉开序幕。赵尚英、冷波在其兄赵尚志的影响带动下，满怀激情参加了以鲁迅、夏衍为首成立的左翼作家联盟和剧作家联盟，投身于抗日救亡运动。

1932年1月28日午夜，日本海军第一遣外舰队司令盐泽幸一指挥海军陆战队分三路突袭上海闸北，第十九路军在总指挥蒋光鼐、军长蔡廷锴指挥下奋起抵抗。

冷波和赵曼娜与上海美术专科学校学生赵丹、赵明和王唯一等人组织成立了美专学生剧团，演出了话剧《莹包》《婴儿杀害》《叛徒》《谁是朋友》，其中冷波创作执导的《莹包》，为配合抗日宣传收到非常轰动的演出效果。由于赵尚志名气太大，怕遭到日本特务报复，赵尚英改名赵曼娜，与冷波结婚。

1933年，赵曼娜参加了应云卫、袁牧之、唐槐秋、陈波儿、周伯勋等主演的电影《桃李劫》的演出，扮演邻妇一角儿。

冷波多才多艺，能编能写，能导能演，不但表现在戏剧方面，也表现在电影方面。他在上海天一电影公司任过导演。

其间，他们结识了在天一电影公司初涉影坛的周璇，她在影片《美人恩》中扮演了一个戏份不多、主要串演歌舞的角色。冷波对她的音乐天赋十分赏识，从此开始了两家的友好相处。周璇普通话说不好，赵曼娜就口对口教她。而在排戏和演出时，都是赵曼娜演母亲，周璇演女儿，周璇干脆把赵曼娜叫妈妈，把冷波叫爸爸。因为他们岁数差不多，冷波很不好意思，怎么也不同意，不过他对周璇的"金嗓子"很是欣赏，经常教她试唱练唱。

1933年11月，冷波夫妇参加了唐槐秋、戴涯在上海成立的中国旅行剧团的演出。1934 年 3 月，剧团从上海来到南京，住在城南的四象桥的南洋旅馆，包括炊事员在内，一共十五个人，每个人都是多面手，冷波要做道具和设计布景，赵曼娜负责服装。在陶陶大戏院举行第一次公演，剧目是四幕话剧《梅萝香》。

后来北上北平，赵慧琛、章曼萍、洪正伦、陶金、白杨等人相继参加进来。

1937 年，冷波夫妻和曹禺、戴涯、洪正伦、马彦祥等人在南京联合组织了中国戏剧学会，演出了大型话剧《雷雨》《日出》。在排曹禺《原野》时，抗日战争全面爆发，戴涯与冷波一起参加了抗日救亡演剧队，到徐州、西安等地进行抗日宣传，演出了《放下你的鞭子》《祖国的吼声》等剧目，积极进行抗日宣传工作，在抗日军民中引起巨大反响。

"中剧"当时的负责人就是冷波，戴涯只管排戏与演戏。

王者交代材料节选

在"中剧"最困难的时候，要债的上门逼催，穷得快揭不开锅了，一群人又混到几个人一包烟的惨相。前来"吃粮当兵"的人纷纷离去，创始人冷波、赵曼娜也走了，只剩下戴涯、丁尼、范里、韩悠韩、姜瑛和王者。

冷波、赵曼娜参加了陕军赵寿山的战地服务团。

1937年10月，赵寿山率部在山西井陉西的雪花山、乏驴岭一带，与日军血战九昼夜。在正面对抗日军的同时，赵寿山带一团袭击敌后，插入井陉南关和火车站，与敌白刃格斗。同时，赵寿山带领十七师死守雪花山十余昼夜，咬着牙不要援军，经过浴血奋战，部队伤亡极大，所部13000人，就剩下2700人。

1938年，豫北日军一部北犯太行，第十七师予敌重创；随后又在高平关设伏，打击日寇。同年4月，第十七师、第五二九旅与八路军、山西决死队密切配合，先后攻克了长治、晋城、沁水等县。5月，赵寿山任三十八军军长，率部到山西平陆茅津渡，开展了长期的抗日斗争。经过努力，全军将士先后粉碎了日军对中条山的11次"扫荡"。国民党第一战区司令长官卫立煌称赞说：三十八军是"中条山的铁柱子"。

赵寿山在三十八军成立了战地服务团，以共产党员崔仲远为团长。战地服务团由中共党员和抗日知识青年组成，办有《新军人》刊物和血花剧团。用"血（雪）花"命名剧团，赵将军有诗："抗日怕流血，何必出潼关。"他说："我准备为国捐躯。只要还有一个人、一支枪、一粒弹，我就要坚守。就是浴血雪花山，才命名为血（雪）花剧团。"冷波是血花剧团团长，赵曼娜为剧务主任，在战地服务演出。冷波根据战地采访、编剧并在战地演出的四幕剧《死守中条山》，至今仍被誉为抗战时期的经典剧目。他们还带着由一群战地孤儿组成的"儿童剧团"，随军开展宣传鼓动和战地勤务活动，深受部队官兵和战区群众欢迎。1939年3月，由于蒋介石积极推行消极抗日、积极反共方针，赵寿山被迫解散了战地服务团。

是年10月，战干四团成立了战干剧团，成员有戴涯、丁尼、王者、范里、韩悠韩、姜瑢、姜瑺、李次玉等。冷波、赵曼娜、凡塞闻讯而来，冷波被聘为中校艺术教官，赵曼娜是少校教官。

1942年，赵尚英的哥哥赵尚志英勇牺牲后，为躲避日本鬼子搜捕，赵尚英父母偕赵尚志遗孀及幼孙女来西安投靠冷波。一家八口人全靠冷波和妻子在战干团的薪水过日子。

1943年10月，冷波、赵曼娜和戴涯一起离开了战干团，在西安盐店街五省会馆组织中国戏剧学会。

1944年由于日军发动一号作战，攻下了郑州、洛阳，潼关危急。"中剧"在西安的演出大受影响，戴涯带团去宝鸡演出，把家属都带在身边，准备随时再转移汉中。这时冷波与赵曼娜就脱离了"中剧"，因为冷波家中上有老，下有小，家里的生活非常困难，时常断炊。有一次，冷波出去借来一点钱，晚上先打发孩子们睡了，自己还空着肚子上街去饭馆给岳父母买回一份臊子面。为了生活，冷波、赵曼娜很拼，决定留在西安自己搞剧团。我爹的情况和冷波也差不多，家里还有老母要赡养，弟弟舒华还在上学。

因此，我爹和冷波、赵曼娜在宝鸡脱离了"中剧"，回到西安，筹备剧团。

这一年夏天，冷波、赵曼娜和我爹在西安成立陕西舞台艺术协会，冷波任会长，我爹、邓华升、李希成、马英任理事，演员有崔超、齐婷、关哉生夫妇、白雪飞夫妇、范里、马龙骧、张燕、陈虹等，也从"中剧"回来，转入舞台协会。我爹任导演、演员和装置，排演了《少年游》《黄金万两》《蜕变》《日出》《野玫瑰》《林冲夜奔》《国家至上》《狂欢之夜》等话剧，在西安公演。因为所租剧场合同到期，不得已在宝鸡、十里铺纱厂、蔡家坡等地巡回演出。就这样，一直坚持到1945年夏天，因无法继续维持，冷波宣布该会解散。

抗战胜利后，我爹去兰州，与戴涯会合，重回"中剧"，与冷波、赵曼娜分道扬镳。回来听丁尼说冷波与赵曼娜去了西安国民党军官总队。

什么是军官总队？抗日战争胜利后，国民政府大量裁军。为了安置裁编下来的军官，从1945年9月1日起至1946年年初，国民党当局在全国各地成立了31个军官总队，收容编余军官、军佐、军属和流散社会上的无职军官，估计总人数在10万以上。

西安属于第十五军官总队，总队长由胡宗南手下的第八十军军长袁扑担任。冷波当了总队秘书，赵曼娜也在那里工作。

中央训练团十五军官总队二十三中队全体学员（1946年10月10日于翠花山麓）

当时，战干团宣布结束，军官总队就在战干团的院子里收容军官。

1947年，冷波夫妇带家人回了东北。我爹听说，冷波想谋求一个县长职位，没有成功。解放后，他们在沈阳进了辽宁省人民艺术剧院，冷波任编剧兼导演，赵曼娜任人民艺术剧院演员队副队长，当时的队长是李默然。他们的女儿叫冷阿丽，后来在北京中央实验歌剧院任演员。

"智多星"邓华升吃巧食

王者档案：邓华升，男，1943 年在西安劳动营受过训，盐业局做事，做业余演员。

邓华升一开口就是"阿拉上海人"，这个上海人不简单，家境不错，交际面也广，尤其好交朋友；是京戏票友，也演话剧。原来住上海法租界的愚园路，这条街上住的人都是"呱呱老居"；开封人说话，住的都是上八仙。最出名的 1136 弄的豪宅，是交通部长王伯群为迎娶保志宁小姐精心打造的华屋，后来被汪精卫霸占了。愚园路 749 弄 63 号、65 号、67 号，分别是李世群、周佛海、吴士宝的住处，还有女作家张爱玲、教育家陈鹤琴、作家茅盾、翻译家傅雷，等等，都扎堆愚园路上。

邓华升就住在 608 弄的一幢花园洋房中。早年大约是在啥交易所做过事，挣了钱买的房。1941 年 12 月，日本偷袭珍珠港美军太平洋舰队基地，在上海的日军也闯入英法租界，强占了他的房。邓华升逃出上海，辗转流落到西安。没吃没喝，就到了西北剧场。

那一晚演出的豫剧收摊后，我奶奶拿个扫把打扫卫生。团里让她住在剧场里，打扫剧场是条件之一。邓华升一见上去抢了过来，舞起扫把就开抢，剧场内的烟头、瓜子皮、果皮等，那时还没有垃圾分类，聚拢到一块儿，弄得满头大汗。我奶奶心疼，拿了块手巾："给，擦擦汗，是俺儿叫你来的？"

邓华升顺杆爬："是的，干娘，往后我天天给您老打扫。"

"乖，我可冇钱给你。"

"干娘，我帮你看场子吧。"

我奶奶说："穷人家看灶膛，财主家看厅堂，我这剧场不用看，经常有落难的睡这儿。"

邓华升说："我也没地方去，就睡在长凳上，我喜欢看戏，可以白看戏。我不白住白看，打扫卫生的活我包了。"

那年头，不少人没地方去，都在剧场蹭住，反正看戏的长凳子多，连常香玉也住过。

我奶奶熬个小米粥，蒸个杂面馍，邓华升也不嫌弃，跟着吃喝，还真成了干儿子。隔三岔五，就买上一瓶酒、二两花生米、羊杂碎，和我爹、三叔喝开，不喝个醉打山门不拉倒，反正长条凳上掉下来也摔不坏。

1942 年，日军进攻缅甸仰光，中国唯一的生命线，外国的援华物资，全靠滇缅公路运输到云南昆明，再运输到重庆、西安。军事委员会为了保卫滇缅公路，组建中国远征军开赴缅甸作战。邓华升报名参加远征军，穿着军装来见我奶奶，拉起我奶奶的手："给，干娘，这十块大洋您留着。"

老太太急了："滚滚，这是你卖命钱，说啥不能要！"

邓华升是个知恩图报的人，把光洋拍在桌上，"要不是您老人家收留我，我还不知道在哪里呢。"

"子弹可不长眼，招呼点儿，"老太太用棉袄袖擦着眼泪，"乖，一走不知道啥时候咱娘儿俩才能见面？"

邓华升诡谲地一笑："放心，阎王爷不肯收我，最多个把月就回来了。"

我奶奶以为他开玩笑，光知道哭了。

没想到不到两个月他真回来了。

这是咋回事呢？原来，他随部队开拔到畹町等待出国时，脱了军装就溜号了。风餐露宿，又回到西安。安生吧！不中，接着再卖第二回壮丁，上海人的脑子就是蛮灵光的。

当时，卖壮丁成了一门生意，有钱人家的子弟不愿当兵出国，于是找了兵役局的人，不管多少钱，买壮丁顶替，中间人拉纤，按质论价，富家子弟最多出一百大洋，也有六七十大洋的，少的也得四五十大洋。转手再给穷人家十块八块的，雇人去充当壮丁，一条龙服务，都发财了。后来被人告发了，上面就拿人。战干团警卫连那个王连长就是其中之一。邓华升认为不就是去中缅边界旅游一圈嘛，边界又没有铁丝网拦着，一两米宽的小河沟，腿长的不用蹦就跨过去了。回到西安，用票子铺路，在盐务局找到一份工作，还帮我爹他们演戏。因为卖壮丁的事被告发，被抓进了劳动营。

在劳动营受训期间，邓华升还是不闲着，组织了一帮文艺青年，成立了劳动营剧社，只对内部演出，不对外公演。战干剧团、王曲剧社只要缺临时演员，就找"穴头"，邓华升就帮忙找人，担保画押，弄点钱花花，托我三叔买美国烟买洋酒，给警卫们大家乐和，玩得可溜！突然有一天，恰逢端午节，邓华升喝黄酒就着羊肉汤，一起兴，来了段《四郎探母》：

> 杨延辉坐官院自思自叹，
> 想起了当年事好不惨然。
> 我好比笼中鸟有翅难展，
> 我好比虎离山受了孤单；
> 我好比南来雁失群飞散，
> 我好比浅水龙困在沙滩。
> ……

还是我爹和范里把他保出来，很快，他就在西安盐务局当了职员。

1944年，我爹、冷波、范里等人在西安成立陕西舞台艺术协会，我爹找到邓华升向他借钱，并请他当理事。他不但出钱当理事，还参加演出。

1945 年 8 月，日本宣布投降了，整个山城重庆，包括西安、延安，全国都沸腾了。邓华升离开家好几年了，急于返回上海，于是说走就走，坐汽车到汉中转道重庆。到重庆后只见朝天门码头人山人海，都是急着回武汉、南京、上海的外省人。重庆在抗战前只有 50 万人口，抗战初，首都南京沦陷，国民政府西迁，成为陪都，在八年中人口增至 125 万人，其中约 90 万下江人，都猴急猴急地想回到家乡。什么最贵？飞机票、船票、汽车票。能买上票的第一是达官贵人，第二就是富商巨贾，还有大学教授、社会贤达，再加上黄牛党成群，机票、轮船票、汽车票全部控制在他们手里，飞机票、船票在黑市上翻跟头，疯长了几十倍甚至几百倍也一票难求啊！平头百姓对飞机票不敢奢望，可是轮船一天就几班，猴年马月能买到船票啊？

在这种万分困难的情况下，邓华升的上海大脑又想出妙招。他在《重庆晚报》上登载一条广告，说有想回武汉、南京、上海的朋友，每人只要预交 30 块大洋，比黑市上要便宜将近三分之一的价钱，两个月之内，保证让你回家。如不能兑现，以双倍价钱退还，并承担法律责任。这就叫集资还乡。

广告一出，有钱人将信将疑，还有的持观望态度。仍然有几十个人前来付 30 块钱的预付款。邓华升拿着钱去了造船厂，老板一见生意来了，喜出望外，邓华升要造一条能坐五六十人的大木船，要用最好的红铁木。老板说没问题，要先付定金

500 大洋，一个半月保证交付。两下谈妥后，邓华升交了押金。

果然，一个半月后，一条崭新的大船造好了，三桅杆扯起白云般的风帆，在朝天门码头停泊，船舱里有五十个铺位。这一来，买了船票的主儿欢呼雀跃，邓华升又雇了十名最好的水手，除了买到铺位的客人，在甲板上又卖了 20 个露天客票，选一个黄道吉日，码头上锣鼓喧天，鞭炮齐鸣，70 位客人欢天喜地上船，穿过夔门，即从巴峡穿巫峡，千里江陵一日还，顺风顺水，十来天就到家了。邓华升回到愚园路，收回自己的房产，这还不算，他又把大船卖了，又剥下一张牛皮。现在江苏卫视做一档节目叫《最强大脑》，在我看来邓华升的上海大脑太厉害了。

1949 年，戴涯、丁尼和我爹去上海谋生，邓华升在上海青年馆上班，青年馆有集体公寓，戴涯、丁尼和我爹就住在那里。要筹钱演《日出》，邓华升相当帮忙，不但借钱给他们，还到处联系剧场。是年 2 月，"中剧"在上海兰心大剧院演出。时局动荡，演出完了，还了借款，每人只分到一些生活费。我爹他们就离开了上海，去了苏州。邓华升依依不舍地把他们送到上海北站。

陈独秀的"私生女"陈虹入行

王者档案:陈虹,女,陕西舞台艺术协会演员,中国戏剧学会演员。

1943年秋,冷波伙同我爹在西安组织了陕西舞台艺术协会,冷波任会长,我爹为副会长兼理事。演员有赵曼娜、范里、马龙骧、关哉生、崔超、齐婷、张燕、陈虹、邓华升、高翔、路宾、王慕萍、陈萍、李曦等。演出的戏有《少年游》《黄金万两》《狂欢之夜》《桃花扇》《蜕变》《日出》《国家至上》等一系列大戏,陈虹虽不是主角儿,但都有参加。有时,演员在后台都饿着肚子,陈虹也不例外,眼巴巴等前面卖了票,赶紧去买大饼,让大伙垫巴垫巴,然后开锣演戏。

1949 年 2 月，戴涯以中国戏剧学会的名义，在上海兰心大剧院上演了《日出》，戴涯导演，可谓旧中国话剧界最辉煌的一场演出了，不少影剧界的名流友情出演：老头子唐槐秋又与戴涯合作了，他扮演潘月亭，威莉（中国老牌影星，曾经拍摄过的电影有《盲恋》《出卖影子的人》《新闻怨》。1937 年，参加抗日流亡服务团，宣传抗日救国。在大后方成功地主演《雷雨》《天国春秋》等 9 部话剧。嗣后，又投身电影艺术活动，参加拍摄《凶手》《残冬》《宋景诗》《七十二家房客》等多部影片）、张琳饰演陈白露，凌之浩扮演方达生，孙道临扮演张乔治，程述尧扮演胡四，章曼萍扮演李太太，许绶扮演顾八奶奶，井淼、戴涯扮演李石清，宗由、丁尼扮演黑三，王者扮演王福升，张玄德扮演小顺子，陈虹与郭玲一起扮演了小东西。

　　1951 年，我爹已经参军，在华东军区第三野战军后勤政治部文工团任戏剧队队长，住在城左营。一天，也不知道通过什么途径，陈虹找上门来，见面就说："王导演，我是陈虹。"

　　"陈虹，我记得你，是陕西舞台艺术协会的演员，我给你排过戏，在上海一起演过《日出》。"

　　"我现在实在是没有办法，生活不下去了，来找您。看在一起演过戏的分上，求求您帮帮我，能借点钱给我吗？"

　　我爹十分为难，说："部队都是供给制，我按营级待遇，吃中灶，不发薪水，衣服都由部队发，平时只给一些零用钱，实在没有钱借给你。"

　　供给制是中华人民共和国建立初期对部分工作人员实行的

王者档案第一页

免费供给生活必需品的一种分配制度。供给范围包括个人的衣、食（分大、中、小灶）、住、行、学习等方面必需用品和一些零用津贴，还包括在部队中结婚所生育子女的生活费、保育费等。

陈虹以为我爹推辞，当时就哭了。我妈也是文工团员，算排级干部，当然也没有钱，看见陈虹的样子，心里也不好受，说："老王，你不是还有一件毛领的呢子大衣吗？给陈虹拿到当铺里换些钱救救急吧。"

我爹一想也对，急忙拿出呢子大衣，那还是1947年在青海给马步芳演出，马步芳送的，还给了每人几十块大洋。留着没法穿，搞不好还带来麻烦，干脆就送给了陈虹。后来听说陈虹

我当时也"享受"供给制

在上海一家电影制片厂当化妆品保管员。

我爹曾告诉我：陈虹是陈独秀的女儿；我妈也多次提到陈虹的事。我根本没当回事，因为我是学历史的，懂得"孤证不立"的原则，以为我爹我妈信口开河。最近在网上看到一篇文章，有说到陈独秀和陈虹，照录如下：

关于陈独秀这个名字，相信很多人已经再熟悉不过了。可是，若是提起他与一位年轻貌美女医生施芝英的故事，你是否有所了解呢？想必大多数人是陌生的。而今天这篇文章，便要来聊聊发生在陈独秀和施芝英身上的那些事。

陈独秀与施芝英相识于1922年，当时他因为犯了胃

陈独秀

病，而不得不前往上海的一家私立医院治疗，结果在那里意外认识了施芝英。施芝英毕业于医科学院，不仅年轻貌美，医术还甚是高超。她见陈独秀所患之病是因生活饮食不规律所引起的，便热情地将改善的方式教授给了他。

陈独秀一边听她说，一边欣赏她美丽的容颜，很快就在内心泛起了点点涟漪。那时的他虽已娶过两任妻子，但现任妻子高君曼与他的关系一直不好，他早已厌倦了这种冷淡的生活。如今，一个天使般的女子突然闯进了他的世界，这令他欣喜不已。

此后，为了能够时常见到施芝英，陈独秀常常会独自一人来到医院看望她。施芝英也非常乐意看到陈独秀高谈阔论、侃侃而谈的样子。久而久之，二人便互生了情愫。后来，陈独秀干脆在医院附近租了一间房子，与施芝英过起了夫妻生活。

关于这样一件事，几十年来却一直众说纷纭，成了一个谜团。有人说陈独秀与施芝英在一起后，便逐渐远离了妻子高君曼。高君曼得知此事后，便带着一儿一女离开了他，去了南京生活。还有人说，陈独秀与施芝英前后生活了三四年，还生下了一个女儿，名为陈虹。后来不知因为什么原因，两人分开了。陈独秀的第三任妻子潘兰珍曾对人说，1937 年 8 月陈独秀获释以后，她在与他一起前往武汉的途中，曾见到了一个十三四岁的姑娘，这个姑娘名叫陈虹，自称是陈独秀的女儿。对此，陈独秀矢口否认，只承认她是施芝英的女儿。

陈虹在西安参加陕西舞台艺术协会时，并不避讳自己是陈独秀的私生女，因此演员们都知道。据说陈虹曾在自传中坚持认为陈独秀就是自己的父亲。她出生于1924年，也正好与陈独秀和施芝英一起生活的时间相吻合。著名作家叶永烈先生曾遍寻各地，走访当年了解这件事的人员，最终找到了施芝英当年生活过的地方——上海市会稽路一栋三层楼房。但还是没有弄清到底有没有这回事。现在看来这绝对是一件有鼻子有眼的事情。

在外靠朋友

戴涯等自从 1944 年在宝鸡和我爹、冷波、赵曼娜分手后，带着"中剧"去了汉中。汉中在民国初年设汉中道，1935 年，国民政府设第六行政督察区，专员公署驻南郑，辖南郑、城固、褒城、勉县、略阳、凤县、留坝、洋县、西乡、佛坪、镇巴、宁强等 12 县。

戴涯在汉中和那里的一个电影院签了演出合同，一切前台由电影院负责，戴涯等只管演出，每天按营业额分账。由于演员不多，而在汉中演出的都是大戏，如《李秀成之死》《蜕变》《清宫外史》《武则天》等，需要借助外力支援，幸亏，在离汉中不远的城固，有西北联大，有众多的观众；还有联大新生剧团和国剧团（京剧），也十分活跃。戴涯的中国旅行剧团第一次到开封演出时，出面招待他们的河南师范学校校长田恩霈，就在西北联大外国语文学系当英文教授；法商学院经济学教授、曾在河南大学教书的罗仲言，就是中国共产党早期领袖罗章龙。

抗战时期，昆明有个西南联大不是很有名吗？怎么又出来个西北联大呢？

链接：国立西北联合大学，简称"西北联大"，抗日战争爆发后，国立北平大学、国立北平师范大学、国立北洋工学院三所国立大学和北平研究院于9月10日迁至西安，组成西安临时大学。1938年3月，日军占领山西风陵渡，黄河对岸陕西潼关吃紧，西安告急，西安临时大学迁往陕西汉中的城固等地，不久改名为国立西北联合大学。后农学院、工学院析出，又分出西北大学、西北师范学院、医学院；文学院、理学院、法商学院还在。1939年，又易名国立西北大学，人们还是习惯称之为西北联大。

中国戏剧学会在汉中演出了保留剧目《李秀成之死》《蜕变》，戴涯还推出了新戏《清宫外史》（第一部）和《武则天》，全靠张继的女儿张琳和西北联大学生剧社的黄安的鼎力襄助。他们与当地的业余戏剧爱好者和热心观众，都是"中剧"热心的朋友，他们不但演角色，跑群众，而且帮着借服装道具，沙发、桌椅、青花瓷茶几、石凳、旗袍、长袍、马褂、西装……都是无偿借用的，最高的酬劳也就是两张戏票。张琳还介绍冯县长与戴涯相识，戴涯与电影院进行协商，租几部好影片，县政府再减收一些娱乐捐税，等结算下来，"中剧"略有盈余。在汉中一待就是9个月，也凑足了去四川的旅费。

在汉中，除了西北联大学生张琳对"中剧"的大力帮忙外，还必须提到一位重要人物——军界耆宿黄国樑。

这个人估计已经早被人们忘记了。问一万个路人，答案只有一个：不知道。

早在辛亥革命时期，对这个人，山西人恐怕无人不知无人不晓。

黄国樑原籍陕西洋县（属于汉中道）。1883年出生于山西太原，其父黄正元是清军驻太原的骑兵哨官。1902年在报考武备学堂前，黄国樑与阎锡山、张瑜结为异姓兄弟。后来三人被推荐留学日本士官学校第六期，1909年回国。黄国樑虽未参加同盟会，但同情革命。

1910年12月间，阎锡山与黄国樑分别担任山西新军第八十六标和第八十五标标统，即团长，经过阎锡山和黄国樑介绍，同盟会中的一批骨干分子先后在新军中就任要职。阎锡山成为第八十六标标统的时候，其率领的第八十六标标本部和第二营营盘就在太原驻扎，第一营和第三营驻扎在后小河营盘。黄国樑率领的第八十五标标本部驻扎在菜园村营盘，下辖的三个营，第一营、二营驻狄村营盘，第三营驻岗上营盘。

辛亥武昌起义爆发，陕西响应。山西巡抚陆钟琦害怕波及山西，采用调虎离山之策，让黄国樑率部出发防守河东，以阻止陕西民军渡黄河到山西。行至祁县，与省城太原之间的电报就不通了，黄国樑知道省城有变，便返回太原。这时阎锡山等在太原发动起义，杀死陆钟琦父子，阎锡山被推为山西都督。黄国樑被阎锡山任命为山西兵站总监，时称阎锡山手下第一人。后与阎锡山等人闹矛盾，退出了军界。1938年太原沦陷后，不愿当汉奸，也无心官场，回到老家汉中。集集邮、养养花，安度晚年。他有个儿子叫黄定，是西北联大的学生，京剧票友，也帮忙介绍演员，演演话剧。

黄老先生听说"中剧"在排演《清宫外史》的宫廷戏，主动上门给"中剧"当顾问。他对清廷礼节、宫中习俗、典籍掌故，无所不通，一一手把手教给演员，讲解文武官制并亲手绘制补服上的鸟兽花纹，画出样式来让剧团演职员临摹，再画到服装上去。不但不要剧团一分钱，还请演员们喝茶吃饭。

1944年秋天，《清宫外史》第一部《光绪亲政记》在汉中大戏院隆重上演，引起轰动，观众反应强烈，交口称赞这是一部好戏。可是由于投资多，而汉中毕竟是个小地方，观众人数就那么多，一个人看几次也不现实，入不敷出，剧团的经济发生了困难。"屋漏偏逢连夜雨"，不久，戴涯突患伤寒病，剧团停演，一班演员相继离开。只剩下洪正伦、丁尼等十二三个人，等积蓄花完后，靠借贷生活，剧团几乎垮台。此时黄老先生又是出面担保，又是慷慨解囊。

待戴涯痊愈，"中剧"要离开汉中，却没有路费。热心肠的黄定便邀请当时在汉中演出的京剧名角儿刘奎童和票友姜作舟、马桂蒲等发起义演，来给"中剧"筹集盘缠。

刘奎童，京剧老生，是著名京剧名角儿周信芳的内弟，麒派创始人之一。1922 年 5 月曾与周信芳在上海丹桂第一台同台首场演出《萧何月下追韩信》，该剧是周信芳为刘奎童初到上海打炮戏而特地编写，由刘奎童演萧何，周信芳演韩信。从而刘奎童走红。著名的京剧艺术家李万春曾经拜师刘奎童先生学习《萧何月下追韩信》和《徐策跑城》。

1937 年 8 月，刘奎童随着京剧班在汉口、成都华瀛大舞台演出，曾与马最良、孙盛辅、刘奎官、蒋宝印、李兰英、武双林、于小山、刘荣声、王少泉、白玉蟾、杨富荣、李松亭、白玉福、万丽云、金艳芬、王贵亭等同台合作。1944 年刘奎童率京剧班在汉中演出，在黄国樑的撮和下，为帮"中剧"筹善款，特地进行义演三天。除了剧场租金、班底演员的演出费外，剩下的收入全部捐给"中剧"。

同是天涯沦落人，相逢何必曾相识。刘奎童先生虽然与话剧不是一个行当，但江湖道义令人动容。戴涯友情出演了京剧《四进士》，出演前半部的宋世杰，后半部由刘奎童先生担纲；丁尼在《四进士》里客串了进士毛朋。戴涯又在《金玉奴》中客串了金松；丁尼在《贺后骂殿》中客串了赵匡义，在《法门寺》中客串了贾桂。

1945 年暮春，在汉中朋友们的拔刀相助下，"中剧"终于离开了汉中，去了四川广元，以此为跳板，再去成都、重庆。广元位于嘉陵江畔，是水路码头、陕川通道。重要的关隘剑门关就在境内。三国时期，魏国伐蜀，汉中失守，姜维退守剑阁，带领五千精兵先后击退魏将诸葛绪和钟会，使魏兵难以攻克剑门关。于是，魏军统帅邓艾就放弃剑门，从阴平小道偷渡，进入江油，攻破绵竹关，直取成都，后主刘禅不战而降。

国民党川军新编第九师重兵把守，广元都控制在师长杨晒轩手里，此人又是洪门大佬，袍哥的大佬。

链接：洪门又称"袍哥"即天地会，可追溯到明末清初郑成功，创立清、洪帮，祭起反清复明大旗，史称洪门或洪帮，取朱洪武中的洪字。在四川一带叫袍哥，取义"岂曰无衣，与子同袍"之意。在四川，十个男人九个袍哥。四川军阀都参加袍哥，如范绍曾就是典型人物。

广元的杨晒轩师长属于川军邓锡侯第二十二集团军的部下。天爷，这哪能搭上话？

戴涯找到在当地粮食局工作的魏照风，此人上世纪30年代在北大读书，戴涯带着中国旅行剧团在北平演戏时，"中旅"送票上门，魏照风就看过戴涯的演出，对他印象很深，两人约在市中心最大的茶馆见面。魏照风十分热情，一见如故。

天地会（洪门）"茶阵"。因为天地会是明末清初的一个秘密组织，便在茶铺酒肆中设立联络点，用这种方式联络兄弟、传递讯息。《饮茶总诗》写道"茶出奸臣定不饶"，说明帮会用茶阵这种形式裁断对方是忠是奸。

四川茶馆多，大街小巷到处都有。

戴涯起个大早，来到广元最有名的茶馆，会见故友魏照风。

四川茶馆

　　魏照风告诉戴涯：市里唯一的一个戏园控制在杨师长的手里，想在广元这个码头演戏，必须过袍哥"龙头大爷"这一关。问他和杨师长是否认识。

　　戴涯："非亲非故。"

　　魏照风："这有些麻烦。如果不找洪帮帮会关系，否则演戏很困难。"

　　戴涯说："四川俗语，袍哥能结万人缘，上齐红顶子，下齐讨口子，四川有百分之九十以上的男人参加了袍哥，你是袍哥吗？"

　　魏照风："我是啊，我去打通关节。"

　　戴涯小声说："这里就是袍哥一个堂口，我来穿黑袍！"

魏照风大惊："你是侁子（即未参加过袍哥组织的人），这个使不得，冒充袍哥不是闹着玩的。再说杨师长去成都开会了，个把星期才得回，你还是等一下吧。"

戴涯苦笑一下："别说个把星期，两天都等不起，十几口子要吃要喝，已经打饥荒了。"

"啷个办？这样吧，我去试一试。"魏照风说着，将跷着的二郎腿放下，这时，堂倌提着茶壶过来倒茶，魏照风右手拇指放在茶碗边，食指扣碗底，左手呈三把半香，直伸三指尖附茶碗。这叫洪门出手不离三。之后，将茶放在桌上，从长袍口袋中掏出了小瓷壶，将壶嘴对着茶碗。

这时，旁边有管事的袍哥过来，端起茶碗一饮而尽，问："留汉从何处来？留汉从何处而去？"

"留汉从昆仑山来，打木阳城去。"魏照风说完从口袋里拿出公片宝札，正面是邓锡侯的堂名，背后有公口印章。

他把公片宝札交给了管事的袍哥，口齿清楚地说："兄弟姓魏，草字照风，广元码头，还望大哥高抬龙袖，亮个膀子，龙凤旗，日月旗，花花旗，给我兄弟打个好字旗。"

管事袍哥："好说，只是红旗五哥不在，请你直接去作放手！"

魏照风跟着管事大哥去"闯山"。戴涯坐着喝茶，听着民间艺人手里拿着三块板，类似快板，在说唱金钱板：

列位看官这边看，听我说唱金钱板，

　　　　一不唱前汉与后汉，二不唱鲍超打台湾，

　　　　三不唱孙二娘开黑店，四不唱武松上梁山。

看客有人问：你要唱啥子嘛？

艺人接着唱：

　　　　日本鬼子进了中原，老百姓逃往大西南，

　　　　飞机在天上打转转，吓得老蒋钻黄山，

　　　　空袭警报响三声，成都空军就上了天，

　　　　稀里哗啦就被歼灭……

　　戴涯一边喝茶，一边在腿上打拍子，摇头晃脑地听着，考虑如何把老百姓喜闻乐见的民间艺术也用在广元的公演当中。

　　魏照风回来了，一脸兴奋，他与当地袍哥的"龙头大爷"拜了码头，于是"中剧"得以安生。广元是大周皇帝武则天出生故里，其父武士彟在利州即广元做都督的时候，武则天在此间出生。而且，广元有许多武则天的传说。

　　戴涯决定首先公演宋之的编剧的《武则天》，幕间加上了金钱板和川剧高腔，随后又公演了《清宫外史》《日出》《雷雨》《这不过是春天》《结婚进行曲》等几个大戏。由于广元的话剧观众很少，一出戏只能演一两场。剧团的十来个人，不分什么演员、职员、布景、道具、服装，都自己动手来做，女演员包括戴涯夫人杨月秋，她们就是裁缝，缝制戏装。演出时也不分前台和后台，谁有空就到前台服务。而且所有人都没有薪水，营业好了给俩零钱花，不好就熬一锅稀饭大家喝。演出了两个月，决定在7月中旬离开广元。

原计划入川，但经过戴涯、洪正伦、丁尼等反复研究，认为重庆、成都两地荟萃了全国的名演员，著名的剧团也不少（如中国万岁剧团，1940年4月2日由怒潮剧社在重庆改组而成。团长郭沫若，副团长郑用之，导演王瑞麟、马彦祥，主要演员有魏鹤龄、孙坚白（石羽）、江村、项堃、陶金、舒绣文、凤子、张瑞芳等。还有中华剧艺社，1941年成立，理事会以应云卫为理事长，理事有陈白尘（兼秘书长）、辛汉文（兼管艺委会）、刘郁民（兼剧务）、贺孟斧、陈鲤庭（兼导演）、孟君谋（兼总务）。兼职社员先后有白杨、舒绣文、张瑞芳等。专职社员30余人，先后有赵慧琛、秦怡等），而中国戏剧学会人马不足，只有十来个人，阵容又不强，难以在四川站立住脚跟。加之暑期已到，在成都或重庆演戏或看戏的效果都不会太好。正在左右为难时，在兰州的"小旋风"李次玉来信，劝他们去兰州。他在兰州公路局任职，已和局长谈过，可以派车去汉中接戴涯等人来兰州。"中剧"决定去兰州还有一个重要因素，即兰州夏天天气凉爽，瓜果甚多，是消暑的好地方。更重要的是李次玉说：等将来他们想走时，局长可以让他们分批搭乘不收钱的便车，送他们到重庆。

这个条件太诱人了。于是戴涯等接受了李次玉的建议，中途改变计划，先去兰州，等秋凉再入川。

第三部

兰州重聚首

　　1945 年 7 月，"中剧"终于在风尘仆仆中看到了黄河桥，千辛万苦，抵达了兰州。兰州是个大码头，西北重镇。在抗战中大约有十万人拥进兰州，加上原有的九万人，大约人口在二十万以内。人口多，兰州的观众也多，一个戏可以连续演出一个星期，场场满座，而且星期日还要加演日场。

　　这种情况对职业剧团是求之不得的。而且兰州的剧团不多，只有抗敌宣传演剧第八队和当地的业余剧人等几个单位。当地的话剧运动蓬蓬勃勃。

　　戴涯在自传中说："我们首次演出就请了部队演员帮助。"这个部队演员就是演剧八队。

　　戴涯在首次排演时就请了演剧八队帮忙，重新排练《清宫

兰州黄河铁桥

外史》，赶制布景与服装。在公演海报张贴出来后，意外的打击又来了。当他们向兰州官厅呈报时，兰州市社会局竟不准"中剧"演出。理由是剧团没有登记。戴涯解释说："中国戏剧学会1937年就在南京社会局登记过了。抗战爆发后，我们的营业执照没有带出来。"对方的回答："没带出来就是没有，我们只认执照不认人！"

当时甘肃省的财政厅长，正是战干四团的人事科长洪轨，戴涯被团里关禁闭，就是住在他家里，算是熟人。戴涯满心欢喜，求到洪轨门上，请其设法打通关系，但社会局根本不买他的账。戴涯慌了，场地已经租好，人员也都安排了，这如何是好？他急得如热锅上的蚂蚁。洪轨告诉他：兰州市长蔡孟坚不好弄，能制住他的只有甘肃省政府主席谷正伦。那么，蔡孟坚和谷正伦又是什么关系？

蔡孟坚原是中统在两湖的调查员、国民党武汉行营侦缉处长。1931年4月下旬正是此人在汉口抓获了中共历史上最大的叛徒顾顺章，立了头功。但遭到中统内部陈立夫、徐恩曾等人的忌惮和排挤；后来就投靠了国民党政学系。政学系都是一些大佬级人物如张群、谷正伦等人，蔡孟坚就在武汉市任警察局长，一干就是7年。1938年10月蔡孟坚在撤离武汉时，带领两千多人的警察队伍，徒步撤往宜昌，改编为湖北省警卫总队。后随何应钦撤往重庆，改为军政部监护旅。1942年2月的一天，蔡孟坚突然接到甘肃省政府主席谷正伦的邀请，飞往兰州，出任首任市长。谷正伦是什么人呢？他是国民党有名的"一门三中委，兄弟皆部长"即谷正伦、谷正纲、谷正鼎兄弟中的老大，曾在南京任宪兵司令的"中国宪兵之父"。

当时，蔡孟坚正在谷正伦手下，很吃得开。如果能打通这个关节，那就好办了。洪轨告诉戴涯，谷正伦身边还有个大红

蔡孟坚　　　　　　谷正伦

人叫余仲篪，是中统在甘肃省调查统计局的主任，在甘肃呼风唤雨，各市县长都要拍他的马屁。

听到余仲篪这个名字，戴涯不禁喜出望外。当年中国戏剧学会在南京成立时，戴涯与此人打过交道，他是中统张道藩的下属。戴涯告诉洪轨："这个人我认识，过去还是朋友。"

洪轨说："你如认识这个人，请他出面，什么事都能解决。"

戴涯急忙就去省府找余仲篪。会见之后，果然就是他在南京认识的那个朋友，此人从1930年就一直跟着当时在南京当宪兵司令的谷正伦。

戴涯说："今天有坎过不去了，特来找老兄帮忙。"

余仲篪："请说，只要兄弟我能帮上忙的。"

"我们剧团不远千里而来，戏排了，布景做了，钱花完了，社会局不准演出，说我们没有登记证。您老兄知道，我们在南京就有，抗战时来不及带出来，这事非请你帮忙。"

"我当啥事呢？这件事交给我办，小菜一碟，放心吧。在兰州这个地面上，你们什么事都由兄弟我出面。对了，戏院定了没有？"

"我们正在接洽租兰州的抗建堂。"

"一切的事都交给我，抗建堂也是属兰州市政府的。我出面把蔡孟坚市长找来，请他当演出顾问，或者叫演出主办，另外再临时搞个演出委员会，把他下面几个和剧团打交道的社会局、财政局、警察局的局长都邀请在内，另外再加上新闻界的几个报馆社长、商会会长，还有我也列上名单，这些人都由我来替你们邀约，这样一来保管什么事都没有，各方面还不得不帮忙。"

"同意！同意！"戴涯弯着腰，连连点头。

第二天，余仲篪带戴涯去了市政府拜会蔡孟坚市长，并请他出面维持一下。蔡市长满口答应，通知社会局批准演出，抗建堂可长期租用。

真想不到事情竟又如此顺利，一切都迎刃而解。

兰州市中心兰园，在 20 世纪 20 年代末，冯玉祥国民军刘郁芬部进入兰州后，开辟为市场。1942 年 7 月，一百多架日本飞机空袭兰州，将城里一处青瓦宫殿和一处金光闪闪的唐代大佛寺炸毁，夷为平地。兰州市长蔡孟坚将这里改建为市民活动场所，取名兰园，并在兰园中央，利用断瓦残砖建造了可容纳 500 人的抗建堂。

抗日战争的中、后期，很多外省人从四面八方来到这抗战的大后方，使得南方的、北方的，以及东南沿海西化的文化，与西北的传统文化与淳朴民风，来了个东西南北大融合。表现在戏剧方面，共同被人们接受的地域性的剧种不多，能引起共鸣的只有话剧。比如兰州女中，和社会上一样，话剧活动在学校也开展得轰轰烈烈。起头的是初三的一个班排演的独幕剧《一门飞将》。由于第一次演出成功，以后每年学校都要举办话剧汇演，话剧爱好者很多，初二以上人数多一点的班级几乎都参加。嫌独幕剧不过瘾，就演多幕剧。高一年级演出的是《重庆二十四小时》，高二年级演的《金玉满堂》。还演过吴祖光的《少年游》。都是专业剧团上演的剧目。一个班女生不过三十来人，没几个人不上场。

这项活动几乎都是同学自己筹划组织的，一切工作包括布景、道具、服装等等，都是这些人自己忙活。布景、道具自然简陋，但服装还差强人意。大家都积极主动回家里找，《金玉满堂》里那老太爷穿的缎子团花马褂就是同学回家里去倒腾出来的。

话剧在兰州有市场，喜爱话剧的粉丝就多，话剧的影响就越广大。这里是一片肥沃的土地。

抗建堂的剧场不大，很适合演话剧。"中剧"在这里闪亮登场。就在"中剧"演出开炮戏的当晚，突然，滚滚惊雷般的锣鼓声喧天而起，大街小巷都在放鞭炮庆祝，市民都不约而同拥上街头。这是个啥情况？原来，就在 8 月 10 日这一天下午，日本投降的喜讯传来了，大家都兴奋得互相拥抱，又哭又笑，都沉浸在狂欢的巨大喜悦之中。

首场演出是《清宫外史》第一部《光绪亲政记》，基本上是在广元演出时的原班人马。紧接着上演了《李秀成之死》。戴涯扮演的忠王李秀成最后拔剑自刎前，满怀激情地用三杯酒来祭奠太平天国的领袖和将士，第一杯酒，高举酒杯高呼"天王东王……"用了戏曲中的"叫头"；第二杯酒，平端酒杯于胸前，用了相声中的"贯口"，戴涯一口气诉出了"十四年来在一切大大小小的战斗中英勇牺牲了的一百万以上的兄弟姐妹，请你们的英灵来飨用我第二杯"，四十四个字一气呵成；接着用低沉的口气说出"敬酒"；到第三杯时，他手擎着酒杯看着窗外太平军自焚的熊熊火光，狂奔到窗前，高声长啸"第——三——杯……"看到这里，全场报以雷鸣般的掌声，观众们热泪盈眶。

下场之后的戴涯，晕倒在后台，被注射了强心剂才能上台谢幕。

公演后，票房成绩甚佳。兰州的观众还真捧场，营业不错。

接着"中剧"上演了保留剧目《日出》《雷雨》和宋之的的《武则天》。这时我爹与寇家伦等也从西安到了兰州。戴涯大喜说："这下可拉开栓了。"

链接：寇家伦，男中音歌唱家。陕西西安人。1929 年后在宁夏慈幼院剧团、绥远青年剧社、中国戏剧学会、天山剧团从事话剧演出活动。1949 年参加中国人民解放军。在总政治部歌舞团任独唱演员。

《武则天》由戴涯任导演并饰唐高宗、赵秀蓉饰演武则天、石港饰太子哲、丁尼饰徐有功、王者饰薛怀义、范里饰上官仪、聂兰英饰上官婉儿、陈燕桥饰王皇后、李枫饰韩国夫人、寇家伦饰武三思、陶景明饰武承嗣、李恺饰妙玉。

"中剧"在兰州占尽天时地利人和，处在发展时期。首先人员增多了。戴涯写信到西安，邀请我爹到兰州来发展。我爹正摔头找不着硬地儿，这像天上掉下馅饼，戴涯还寄给他一笔钱做路费，于是，我爹带着"两伦"即寇家伦和左伦，从西安坐了十天的汽车，终于到了兰州。

这时的"中剧"，好比梁山泊大聚义，我爹、寇家伦、左伦归来，加上原有"中剧"的十来个人；业余人剧团商广仁、陈燕桥夫妇加盟"中剧"；演剧八队田野、李恺、顾玉柱（顾谦）也参加"中剧"，由友人张仪介绍的七七剧团的石港、陶景明、邱豫芳、聂兰英到"中剧"；又招收了李枫和梁虹两个女演员。

在兰州，"中剧"一共演出了十来个大戏。

戴涯导演了吴祖光新剧《林冲夜奔》。戴涯饰林冲、丁尼饰鲁智深、石港饰高衙内、商广仁饰高俅、王者饰陆虞候、李枫饰林娘子、梁虹饰丫鬟锦儿、寇家伦饰董超、陶景明饰薛霸、范里饰卖酒老汉。

"中剧"还排了周彦编剧的《桃花扇》，丁尼导演，李白朗饰李香君、范里饰侯朝宗、李恺饰卞玉京、寇家伦饰杨文聪、石港饰吴次尾、王者饰柳敬亭、丁尼饰阮大铖、戴涯饰马士英。

"中剧"又排了李健吾的《以身作则》。该剧是三幕喜剧。前清遗老徐举人，以倒背四书、家教森严自得，整日以"男女有别"为大防，把一双儿女禁锢家中。女儿偶然偷出家门即被一无赖营长看中，营长买通下人以看病为名进入徐宅与徐女相会，败露被逐。结果这个营长正是他为女儿指腹为婚多年音讯杳然的未婚夫。他自己虽高唱"男女有别……无别无义，禽兽之道也"，却为女仆倾倒，不能自持，闹了许多笑话，道貌尽失。这部喜剧不仅讽刺了徐举人，对当时官场军队串通一气、抢男霸女、贩毒肥私等丑恶现象也进行了辛辣的揭露。

这时，剧作家杨村彬《清宫外史》第二部《光绪变政记》也出版了，"中剧"便排演了这个剧，演员阵容以第一部的原班人马为主，在第二部中丁尼饰演谭嗣同、田野饰演康有为、商广仁饰演王商、陶景明饰演袁世凯、沙阿饰演德龄公主，只有珍妃和李姐儿这两位是外请演员饰演的。

最后，"中剧"上演了曹禺编剧巴金的《家》，导演戴涯、洪正伦，范里舞美设计。这个戏演员多，特别是女演员，于是

话剧《家》工作照，后排右四丁尼、右五赵秀蓉，左二为梁虹、左三戴帽者为王者

联合演剧八队参加演出，还动员了兰州的业余演员参加演出。演员阵容强大：戴涯饰高老太爷、丁尼饰克明、商广仁饰克安、王者饰克定、胡马与寇家伦饰觉新、陶景明与郝卓然饰觉民、石港与李柏林饰觉慧、赵秀蓉饰瑞珏、李恺饰梅表姐、陈燕桥饰钱大姨妈、梁虹饰婉儿、戴涯的女儿戴淑君饰淑贞、范里饰冯乐山、顾玉柱饰袁周、志生饰苏福、聂兰英饰沈氏。周氏和王氏请演剧八队演员饰演的，鸣凤是外请演员饰演的，业余演员宋树屏饰老更夫。

"中剧"在兰州连续上演了十个大戏，演出水平在西北地区绝对上乘，一时间轰动了兰州城。宣传力度也很大，口碑载

话剧《家》演职人员合影，右一赵秀蓉、前排扎辫者为梁虹、中间戴帽者为王者

道，观众人满为患，这样良性循环，营业情况好，大家都有了收入。戴涯决定给每人做一套兰州产的呢子制服，男演员是学生装样式，女演员是长旗袍，穿上新衣服的"中剧"人，一个个像彩纸扎的社火一样，神气透了。这在当时民营剧团中是蝎子的尾巴——毒（独）一份。

1946年春，"中剧"演职员达到30余人。那时，张治中任国民党政府西北行营主任兼新疆省主席，他的弟弟张文心和戴涯、丁尼夫妇等住在一个旅馆中，张文心常来看戏，一心想邀约"中剧"到迪化（乌鲁木齐旧称）去演出。抗战八年，演员们离家八年，有的和家里很少联系，加上"中剧"是在南京成立的，大多数为江苏人，南归心切。于是婉拒了张文心的邀请，决定南归。1946年离开兰州前，由警察局、商会给"中剧"派了一次票，财政局又减少了捐税，这样在经济上非但没有亏累，还积蓄了点钱，这是"中剧"在各地演出，情况最好的一次。

临行时，洪正伦、王者和戴涯再次分开了，兰州西北日报社长郭行书邀请洪正伦去报馆当经理，王者则被新成立的九十一军天山剧团请去当团长兼导演。

戴涯等准备离开兰州时，天水警备部派人来邀请他们路过天水时，留下来替一个小学演出募捐，"中剧"在天水大概演了三个戏，时间不久即乘车到宝鸡，转车重返西安。

"霹雳火" 王证挖墙脚

王者档案： 王证，男，1938年出延安做过反动派军医、运输队长、酒泉花纱布办事处主任。

我爹怎样去天山剧团的呢？1946年春，"中剧"在兰州正红火的时候，九十一军的王证来找我爹。

王证祖籍安徽，是个霹雳火脾气，快人快语，好和人争强斗狠，但为人讲义气，和我爹对脾气。此人从小就爱打架斗殴。每次出去和人打斗，只要是打输了哭着回家向父母告状，他爸便狠狠地骂道："你活该，哪像我的儿子？我丢不起这个人！"接着一脚把他踹出门外，还不许吃饭。如果打赢了，哪怕头破血流，回家告诉他爹："几个小子打我一个，到底让我干趴下了！"他爹听后夸奖道："好样的！有种，像我，下次他们打你，就照死干他们，打死他们吃肉！"之后，他老子跳了出去，把那几个孩子臭揍一顿，替儿子出气。于是王证明明在外面打架吃了亏，回家还充英雄："爸，你别看我鼻子让人打淌血了，那家伙被揍得更惨，眼都叫我快揍瞎了！"他爸哼了一声："熊样，还吹呢，真假谁知道！"接着拉着儿子就去找人家。如果正如他儿子所说的，就带人家去瞧大夫，完事后请儿子下馆子；如果真是吹牛，当着人面，他就一顿胖揍。正是在他爸这种弱肉强食的教育下，王证充满了战斗精神，打架非常出名，从小学打到中学。就在临毕业前夕，老师一再强调：马上毕业了，谁要再打架，就拿不到毕业证。偏偏一出校门，王证就被几个同学围住了，被人按在地上猛揍，直打得他磕头求饶。等那几个小子松开后，他发疯一样抢起书包，几个小子被书包里的板砖打得鼻青脸肿，哭着喊着，跑到学校里找校长告状。结果，王证就被学校开除了。

1937 年 7 月，卢沟桥的枪声响了，日本人借口是中国军队开的枪，开始进攻卢沟桥和宛平城，抗战爆发了。作为爱打架的青年，王证从北平逃了出来，千里迢迢，奔赴延安，参加了鲁艺。当时鲁艺与抗大和其他机关都差不多，生活相当艰苦，伙食标准每人每天一斤半小米、一钱油、二钱盐，主食基本是小米饭，顿顿盐水煮土豆、白菜汤或者南瓜汤。吃饭时，炊事员抬来一个圆木桶，将近半米高，里面有几把勺子，让大家盛汤。每个月一两次馒头或面条。有一次，在排队拿馒头时，炊事员有意找茬，硬说王证多拿了一个馒头。王证也不解释，抄起打汤的铁勺，一勺热南瓜汤就泼到炊事员脸上，炊事员疼得哇哇大叫。他是从农村来的年轻人，绰号"犟驴"。谁怕谁啊，于是两人滚打在一处，尘土飞扬。王证凭借打小就练就的打架功，将炊事员人头打成了猪头。学员大队调查情况后，各打五十大板，要求各自做批评和自我批评。王证不吃那一套，于是校部要处分他，一怒之下，王政撂下一句：在哪儿不能抗日？趁晚上看守给他送饭之际，打翻看守并捆了起来，用破袜子塞进他嘴里，然后，揣上俩馒头，离开了革命大熔炉。很快山梁上出现一队队火把，他用棉袄包着头，滚下沟里，逃过追兵，走了八百多里，来到西安。很快在街头看了"中剧"演剧队的小节目，于是就参加了"中剧"救亡演剧队。后来，"中剧"不景气，人员都快走光了。王证一看不是戏，于是到国民党一个部队当了军医。没过几个月，便和一位受伤的军官发生矛盾，抓起剪刀差点戳瞎军官的眼睛。只能三十六计走为上策。西安不能待了，爬上卡车一路向西，最后到了酒泉兵站的花纱办事处，从职员一直干到主任的位置。1943 年，运输任务很紧张，于是王证亲自赶着骆驼队，穿着老羊皮袄，给一个部队送物资。路上他正在赶着骆驼队，驼铃"叮当""叮当"，不慌不忙地走着，后面来了一辆大卡车，一个劲儿地按喇叭，让他让路。本来路况就不好，坑坑洼洼的，加上后面不停地鸣笛，王证烦了，干脆骑在骆驼背上，取出来装酒的葫芦，仰着脖子，"咕嘟""咕嘟"地喝起来，任凭司机怎么按喇叭就是不让路。

运输物资的骆驼队

卡车司机也是霸道惯了，忍无可忍，从车上跳下来，破口大骂。王证从骆驼背上跳下来，借着酒劲，又犯起浑来，抢起手中的鞭子，结结实实将司机暴打一顿。

司机告到九十一军军部，人事科要用军纪严惩王证。军长王晋是刚调来的，听政治部汇报了王证的情况，王晋说："把这个人叫来，我要和他谈谈。"

王证和王晋谈了他的经历，王军长说："你去政治部政工处当科长吧。"

这样，王晋慧眼识珠，王证就在军部政治部负责政工队的宣传工作。

一天王证请我爹在兰园的小酒馆里喝酒，还叫了一桌子菜。

我爹奇怪："不晌不夜，不年不节，让你破费咋好意思？"

王证说："亲弟儿俩不兴在一起吃顿饭，聊聊天？来吧！"

于是，两人推杯换盏，一会儿伸出胳膊来划拳猜枚："哥俩好呀，八匹马呀，五魁首呀，三星照啊……"

都是好样的，喝着喝着一瓶酒下肚，王证又开了一瓶，说：

"酒后吐真言，哥哥，我怎么看戴老板对你一般般啊。"

这正是我爹的软肋，原来，他总认为自己没啥文化，无法和丁尼、范里相比，加上自己又是戴涯领进门的，没有戴涯就无法混，自知戴涯对丁尼、范里好一些，也是应该的。经王证一说，也有些愤愤不平。

我爹说："你咋看出来了？"

"我看啊，戴老板对你和对丁尼不一样，你认为没啥，这叫旁观者清。"

"说说看咋不一样！"

"你说你也来半年多了，住在哪儿呢？"

"抗建堂呀！"

"是抗建堂的后台！你看人家丁尼、赵秀蓉还有范里，他们住哪儿？旅馆！和戴老板一样，都和你不一样，在旅馆包早餐，就连外请的临时演员都能住旅馆；你也是'中剧'三大台柱之一，凭什么人家住旅馆你住后台？不是做饭就是上街自己买烧饼，吃碗拉面就是改善生活了。"

我爹在拉客观："老戴是镇江人，吃不惯面食。"

"范里、丁尼和赵秀蓉可不是南方人，他们咋和老戴一起吃？"

我爹一仰脖子，将杯中酒喝了个底朝天："嗨，看人下菜碟，有啥办法呀！咱不是端人家的饭碗嘛，叫吃啥吃啥！"

王证说："我这人就好打抱不平，哥哥，凭你这一身本事，为啥要端人家的碗？为啥不领一帮人出来自己干，自己当老

307

板？"

我爹说："我哪有这种本事。"

王证说："你没干咋知道？眼下就有一个机会。九十一军要成立剧团，我推荐你去当导演，再拉一些演员过去，给你中校待遇，其他的演员给少校、上尉、中尉不等的待遇，你看咋样？"

"真的假的？别拿哥哥打镲！"

"你看看你兄弟是这样的人吗？"

我爹想了想："那中啊，剧团的事我都干过，从装置到化妆、演员、导演，全活儿，兰州干戏的朋友多，我在八队还有几个朋友，尤其和队长高岩关系不错。他手下一帮人都能给咱帮忙。"

"好！那就这么办。"

"嗯，这事别着急，等演完最后几场戏，老戴他们要回南京。我家又不是那儿的，在哪儿都一样，我看兰州就不错，营业也比其他地方强，如果在部队里，有固定的薪水更好搞。"

王证兴奋地说："德国那个叫希特勒的家伙有个啤酒馆阴谋，发动了政变，上了台，咱这是白酒馆阴谋，等着看吧。"

第二天，王证就回张掖九十一军军部去谈具体运作方案，我爹开始私下找人谈话，准备拆老戴的台。

经过我爹秘密串联，做了一番工作，有左伦、李士宽、周堃、施治中、马钧、刘建中、李白朗、聂兰英、靳玉真、梁虹等十一位演员愿意跟我爹走。这时，"中剧"也准备去南方了，

《林冲夜奔》工作照

导演在征求去留的意见，王证快人快马从张掖回来，和军部都谈妥了，让我爹随时去西北行辕找阎科长接洽，此人曾在九十一军政治部当过科长，会按人头先借给路费。

万事俱备，只欠最后一哆嗦了。

于是，我爹鼓足勇气去和戴涯摊牌。戴涯说："你这几天忙得很啊，私下找人谈话想干什么？拆我的台吗？"

"老戴，不是这个说法，我们几个家不在南方，想留下来……正好有个机会，九十一军要成立天山剧团，不过，我们也没有最后定下来，还是想听听您的意见！"

戴涯突然翻脸了："你这是蓄谋已久！就是在搞阴谋！好啊！你这个没良心的东西，翅膀硬了，竟敢来拆我的台！当年你是怎么进'中剧'的？怎么入行的？怎么和我表忠心的？你和罗慧谈恋爱，是谁保你出禁闭室的？谁通知你们回西安的？不是我，你早完蛋了，你不会忘了吧？这是江湖，江湖有江湖的规矩！不守规矩，好，滚，立即带着你的虾兵蟹将滚蛋！"

好家伙，连贯口都使上了，一顿狗血淋头，骂得我爹还不上价钱。开始我爹还恭恭敬敬地听着，最后也急了，和戴涯拍了桌子："拆台就拆台，你瞪眼看着我带人走！明天就走！"

说完我爹转身走了，带着他的人一起搬出了兰园剧场的后台，住进了公寓；又去西北行辕找阎科长接洽，一群"良禽"要择木而栖了。

八年友谊的小船说翻就翻了。

"地壮星"梁虹耍性

王者档案: 梁虹,女,王者现在的爱人,中国戏剧学会、天山剧团演员,1947年曾随某师剧团(国民党)到过延安。

1945年秋,天高云淡,棉絮一般的白云,在长风的吹拂下,让抗战胜利后的兰州城显得那样安宁。大街上的老韩家拉面馆吃家不少,一张桌上,坐着四位客人,一位四十多岁的年长者和三个20岁左右的姑娘,四川姑娘叽叽喳喳,说个不停,吃个不停。

梁老汉的碗已经空了,他放下筷子:"可以了,龙门阵回头再摆,吃了饭早点回旅馆休息,走了半个月,也不嫌累。"

其中一个岁数最小的姑娘说:"我们不累,要去抗建堂看话剧《家》嘛。"

"看啥子家嘛？明天就去装车，歇个两天就回去！"

梁老爸走了，三个姑娘就去了兰园，买了晚 7 点的票，之后就在附近闲逛。突然，剧场门前贴的一张广告吸引了小姑娘的目光，那是一张招生广告，上面写着"中国戏剧学会招考演员启事：本剧团急需招女演员两名，有意参加者请在一周之内前来面试。地点：兰园抗建堂"。

这时，她的两个姐姐就在催："小虹，看啥子嘛，马上要开锣了。"

"来了！"

三个人检完票就进了剧场。座位在前排边边上，好位置早就卖光了。

开演刚一会儿，小虹就被台上演员的表演吸引住了，那个高老太爷很像自己的爷爷，那个演老大克明的沉稳，又有事业心，比起老二克安和老五克定要强得多，尤其克定的无赖样子，活脱脱就是自己的大哥。随着剧情的发展，鸣凤悲惨的命运，又让小虹哭得稀里哗啦，手里的手绢都擦湿了，她向左右的两个姐姐索要手绢，两个姐姐早已睡成死狗一般。

第二天早晨，姊妹三人在旅馆餐厅吃早餐时，小虹一眼就认出来，邻桌的几位客人，正是昨晚演高老太爷、克明、瑞珏的，还有那个演坏蛋冯乐山的，他们边吃边说，只听见"高老太爷"问："老丁，招生的情况如何？"

"克明"回答："男演员差不多了，还差一个能演小孩的女演员。"

小虹听后，暗想等吃过饭，就去报名试一下。

两个姐姐吃完了，催促小虹快吃，一会儿上街去耍。小虹说："昨晚睡不着，失眠了，上午要补个回笼觉，你们去耍吧。"

等演戏的那桌人走了，姐姐们也走了。小虹上楼，回到自己的房间，对着镜子捯饬一晌，就去了兰园。

招考的主考官正是"克明"的扮演者丁尼。他打量了一下面前的小姑娘，问："你姓名、年龄、籍贯、文化程度。"

小虹不怯场，大大方方报了："我叫梁虹，16岁，四川内江人，初中肄业。"

主考官："你是四川人？普通话还凑合，跟谁学的？"

"我在我们学校演过文明戏，我们老师教的。"

"你身高多少？"

"咋啦，一米四五，个子矮不能演戏？你们剧团没得演小孩的？"

丁尼笑了，当场拍板："你被录取了。明天来排戏。"

罗家闺女梁家人

小虹高兴极了，蹦蹦跳跳回了旅馆，在房间收拾自己的东西。两个姐姐回来了，忙问："你干啥子嘛？爸爸说后天再走。"

小虹得意地说："我不跟你们回去了，我有工作了。"

姐姐大惊："咋个起的？你硬是去不得。我们咋向你父母亲交代？"

"我没得父母亲！交代啥子？"

"那也不得行。"

"事情汤水很了……"

这个叫小虹的就是我母亲梁虹，从她和姐姐的对话中，可知原来不是一窝的老鼠，这究竟是咋回事呢？

我的妈妈真名叫罗象兰，家在四川内江奉天镇双河乡。四川人把赶集叫赶场。乡下人习惯叫奉天场。

罗世文

奉天场的人都姓罗，是客家人。明末清初，张献忠的大西军在四川杀人如麻，千里无鸡鸣，白骨露于野。清初，湖广填四川，从江西泰和迁往湖南邵阳，后又陆续迁往四川。姓罗的族人大约在清康熙二十九年迁往四川各州县。一个叫罗永会的来到内江，一个叫罗永桐的来到威远，于是姓罗的人口在自贡蓬蓬勃勃地发展起来。威远的那支最有名的罗姓人物要数四川省委书记罗世文。我外公这一罗姓没有敲得响的人物。

罗氏宗族家谱辈分：迁同祖子，应仕思宗，永廷文才，仁义礼智，天运宏开，万象载炽，世德昭祥……

我外公是万字辈，我妈是象字辈。我妈这一辈，在罗家属于辈分高的。四川有句话叫"幺房出老辈"，河南人说萝卜虽小，背（辈）大。都是一个意思。

近二百年的老屋已破败不堪，早已无人居住，但也要不回来，土改时分给了贫下中农

檐下的牛腿，又叫梁托

应怜屐齿印苍苔

我外公叫罗万涵，字勋涛，以字行，是奉天场的龙头大爷。他有学问，家境又好，专门在茶馆里吃讲茶、抽烟、摆龙门阵。

我连外公的照片也没有见过，猜他老人家大概是清水袍哥吧。罗家有三个儿子，三个女儿。我妈生于1928年阴历八月底，应该是公历10月上旬，是女儿中的老大，上面有两个哥哥，下面还有两个妹妹一个弟弟。我妈生下来不到一个月，当地天花肆虐，天花是病毒引起的一种烈性传染病。我妈患上天花，是她的奶妈传染的。

抚摸外婆家的房门，心生无限感慨

当时的天花是极凶险的病，我外婆眼看这女娃娃就快不行了，点灯时分，就让下人把她扔到柴房里，等到第二天去埋了。第二天，二嬢嬢来了，问我外婆：娃娃呢？

外婆说："死喽。"

"埋在哪里？"

"还在柴房里……"

二嬢嬢赶忙去柴房，用手摸摸孩子胸口还有点体温，嘴里念叨："罪过罪过！"于是将孩子抱回自己家，硬是在怀里暖了一个多月，终于救了过来，孩子脸上的疱疹最后结痂、脱痂后遗留痘疤，就是麻子。稍大一些，一次，偷听到家里人说起被扔进柴房这件事，性情大变，脾气倔强，从此与家人不睦。

她经常提及的是我外公，说他待人宽厚，又有学问。我妈说，每年大年三十，外公给每个孩子一人大洋 5 块，不少吧。大年初一，外公就召集全家人在一起搓麻将，不到天黑上灯，小孩们面前的钱就哪里来又回哪里去了。我妈每次提起，还直摇头，说无冤不成夫妻，无债不成父子。

我外婆是一个极端自私的人。最大的爱好是赶场，逢场必赶，早去晚回，提回来两只

一个"龙头大爷"的家

大猪蹄子，放在火上，慢慢烤燎，等猪毛烧净，再放进瓦罐里去炖，满屋子都飘着香气，惹得娃儿们为了吃一口猪蹄子，都坐着硬等，一个个瞌睡得掉头，最后都趴在饭桌上睡着了。等天明睡醒了，眼一睁，瓦罐里只剩下汤了。

外婆认为让女娃娃读书无用，舍不得花钱，我外公明白事理，也有一分内疚，对我妈也是百依百顺。5 岁起，就送她在

双桥读小学，由于班上同学嘲笑她脸上有麻子，就经常和同学吵嘴、打架。外公就让手下背起枪，跟着我妈去上学。这样一来，校长、老师也害怕，从此没人再敢欺负我妈。

我妈的二孃孃，是个非常漂亮的女人，嫁到山区寨子里的大地主家，丈夫得病娶她过门冲喜，新婚之夜，男人一命呜呼，如花的年龄，如花的容颜，成了寡妇没得娃儿，每到天黑长夜难熬，就罐子里抓出一百个制钱（铜钱）"哗啦"，从床上抛撒在黑暗中，然后趴在地上去一个一个地摸，等找齐了，东方也发白了。后来我外公给她抱养了一个男娃娃，以传宗接代。娃娃7岁那年，被土匪绑票，二孃孃带着赎金派人送给绑匪，凶残的绑匪接了钱，说：娃娃在稻田边上等你。等找到一看，娃娃全身被石灰包裹，早已死去。从此，二孃孃有些疯癫，就喜欢娃娃。她把奄奄一息的我妈从柴房里抱回来，抱到她家，我妈小时候一直以为二孃孃是她亲娘，等5岁时我妈被二孃孃送回家，去双桥念书。她上学起就和自己一窝不亲。

在我妈受教育的问题上，外公外婆和大舅之间，发生过一场战斗，外公是辩论的正方，外婆、大舅是对立的一方。外公认为不管男娃娃、女娃娃，罗家的娃娃都要念书，是好事；大舅认为：这个妹妹出过天花，有麻子，出门丢人现眼，不得让她上学；外婆则说：女娃娃是赔钱货，早早晚晚像丫雀雀要飞，不如关在屋里头，省下的钱天天可以赶场买猪脚。最后，正方胜。

我外公让乡丁背着枪送我妈上学，也是为了娃娃的安全。

等我妈小学毕业后，便闹着去内江城里读中学，外婆坚决反对，一是还要花钱，二是交通不便，从乡下到内江要走60里山路，出入全靠滑竿抬着走。外婆的钱都在裤腰带上，谁也要不下。我妈天天在家哭闹，外公抽着水烟袋就是不发话。后来实在不得安生，外公去了成都石经寺求上一签，签文的意思是：背井离乡之命，很难待在原籍发展。外公回来后，就同意我妈去内江城里文英街的内江中学读书。

在一个月亮还挂在树梢的清晨，天刚麻麻亮，我妈就要去城里了，那年她刚刚10岁，个子又小，居然丝毫不怕。我姨妈清晰地记得，她趴在窗棂上看见爸爸抽着水烟袋，妈妈在擦眼泪，两个抬滑竿的，抬着我妈，滑竿上还有箱子之类，滑竿嘎吱嘎吱地走了，只是看见滑竿上伸出一只小手挥挥，头也没回地就走了。

我妈住在内江文英街的一个亲戚家里，每天都去内江中学上学。

文英街上有个喻家漏棚，是辛亥广州起义的黄花岗七十二烈士之一喻培伦的家，民国建立后孙中山先生追赠他为"喻大将军"。我妈曾告诉我，她天天都从喻大将军的门口过。

我妈是坐滑竿走出家门的

我妈刚上了一学期，突然，有一天，学校让全体师生集合在操场上，下半旗，戴孝花，箍黑纱，贴标语。有人喊"开始"，全校师生哇哇地号陶，我妈是"戏精"，有表演天分，打着滚哭到不行，校长也劝不住。

干啥子嘛？

原来是为四川省主席、川军总司令刘湘开追悼会。1938 年 1 月下旬，刘湘在汉口病逝。我妈告诉我，当时就有"枪毙韩复榘，吓死刘湘"的传言。等刘湘的灵柩运回四川，已是 2 月下旬。

之后，学校组织师生举着花花绿绿的小旗上街游行，要求坚决抗日，打倒小日本，欢送川军出川，没想到在沿河路上，迎面碰上前来学校看我妈的大舅。我妈离家时，他正在成都中央军校成都分校训练，毕业后做见习官，准备回家光宗耀祖。外公写信告诉他路过内江时去看看妹妹。

当他在沱江边上，看见自己的妹妹，抹了个花脸，唱啥子《花木兰》，顿时火冒三丈。我妈原想她的高腔能得到大哥的鼓掌，不料，大哥发火了，骂她败坏门风。"一个女娃娃家抛头露面，也不看看你那副长相，你不怕丢人现眼，我还得要脸，走！跟我走！"他上去一把拉住我妈的胳膊，要强行拉她回家。我妈认为这太丢人了，在大街上就被自己的亲哥骂成这个样子，以后怎么在老师和同学面前抬得起头？这时，有带队老师出来干涉大哥的行为，指责他不讲道理，军阀作风，现如今讲究男女平等，不得要横。于是大哥和老师又吵了起来。我妈趁其不备，甩开大哥的手就跑，大哥顾不上和老师理论，拔腿就追。我妈眼看逃不掉，情急之下，"扑通"一声跃进了湍急的

沱江内江段

沱江，很快就随着翻滚江水不见了踪影。她大哥也是跺着脚后悔不已。活该他倒霉，摊上这么一个麻辣的妹子！

常言道：爹娘亲，娘舅亲，打断骨头连着筋。我妈整个十三不靠。

在滔滔江水中，孤立无援的我妈拼命挣扎着，眼看就没命了，却被一个在江边往驳船上搬运汽油桶的人发现了。他纵身一跳，挥动双臂，将我妈从江水中救上来。不知道她的家在哪里，姓甚名谁，于是带回家中。这个救她的恩公姓梁，家有两个女儿，都比我妈大，于是我妈就磕头认爹，跟着改姓梁，取名梁虹，从此再没有罗象兰这个人，叫人家为"老爸子"，和梁家两个姐姐成为姊妹。

后来，这个梁家老爸子知道了我妈的情况，带着我妈和两个女儿专程去了奉天场找我外公，请他接我妈回家。我妈死活不干，还要跳河，就是不认罗家人，谁也弄不住。再说她和两个姐姐也处出感情，于是，外公拱拱手，对梁家爸爸说："这个女娃娃就是你家的啰！"

"要得！"我妈没让外公的话掉在地上。

这个梁老爸子，是做长途运输的老板，家里有几部卡车，专门去兰州空军基地走私美孚汽油，运到内江，再转卖他人，家里日子巴适得很。

两年以后，我妈中学肄业了，就和两个姐姐，经常坐在老爸子卡车的驾驶室里，跟着去兰州耍。

兰州到内地的物资输送

人算不如天算，恰巧就是这次，她看了"中剧"的演出，就决定报名当演员。正好同住在一个旅馆的丁尼是主考官，阴差阳错，就考上了演员。

当两个姐姐回来见她收拾东西，我妈淡定地说："我不回内江了。"

"你还没得耍够？下次我们再来耍。"

"我在兰州找到工作了，不走啰。"

"啥子？"

当时就把两位姐姐唬得魂飞魄散，怎么劝也不行。等老爸子回来，如此一说，梁老爸也是好言相劝，乖乖宝宝，叫啥都没用，不让留在这里，就跳车，一头撞死。

在这种情况下，梁老爸带着小虹找到丁尼的房间，丁尼隆重地介绍了中国戏剧学会是个正规的职业团体，给梁爸爸看了兰州市政府批给的营业执照，说："这孩子有灵气，先让她干着，如果她想回家，我们就和家长联系，你们再把她接回去也行。"

梁老爸看着都是规规矩矩的人，于是，请丁尼和夫人赵秀蓉多多关照他这个女儿。他们一家人回转内江，去奉天场给龙头大爷一说，罗万涵连连拱手："多谢多谢，地壮星终于走了。"两下不找钱，扯平。

后来，我外公去世，大舅写信让小妹回去奔丧，我妈就像《列宁在1918》电影里列宁说的那样："我们不理睬他！"后来，她亲娘我外婆去世，外甥打灯笼——照舅（旧）。

打人不打脸。那个打我妈脸的大舅，就为一巴掌，被我妈记了一辈子，从那以后没有任何来往，连信都没写过。上世纪70年代，河南西华县黄泛区劳改农场三队突然来了一封信，原来是我大舅寄来的。他给南京前线话剧团写信，询问我爹的下落。前线革委会将此信转到开封民政局，但就是不知道罗象兰是何方神圣，投递员几次去家属院送信，无人知道罗象兰是谁。终于有一天，我妈对邮递员说："我就是罗象兰！"邮递员说："好几封信了，想着都成死信了，终于有了下落。"

我妈拆开信，一看是她大哥写的，内容就是诉苦要钱，看在一母同胞的分上，请接济为盼。我家也不富裕，我妈硬给他凑了 20 斤河南粮票，让我给回的信，只说给你 20 斤粮票，以后别再来信了。署名梁虹。从此再无信息。70 年代末的一天，西华农场来了一封信，说大舅死了。那一天，我看见我妈擦泪了。

上世纪 90 年代，我爹去世后，我姨妈、姨父从四川来看望我妈，几十年的亲姐妹应该有说不完的话。谁知第二天，两个老太太就用四川话吵翻天了。原因是我姨妈说："都几十年了，你还是认祖归宗，别叫啥子梁虹了，还叫罗象兰吧！"

我妈当即翻脸："梁虹叫了几十年，为啥子要叫罗象兰？我姓梁不姓罗！"于是又是一场战斗。最后还是我妈赢了，把姨妈气走了。

我妈一米四几的小矮个，何以能称"母夜叉"？俺弟说过，别看她个子小，核能量。我爹一米八多，还有我们哥仨，都被她拾掇得有来有去。我家曾经在大方巷挹华里住过，我妈一嗓子"跪下！"，我们兄弟三人都立马跪倒，邻居家燕燕也吓得跟着跪下，连外面的小孩也"嗷"的一声都吓窜了。

西出阳关无故人

第九十一军军部驻扎在甘肃的张掖，和甘肃武威的骑三军军部，同属于河西警备总司令部。军长王晋，字东垣，中将，安徽合肥人，先后毕业于保定军校第九期、陆军大学。原为第九军第五十四师团长，1937 年 5 月升少将，后升旅长、师长、九十一军军长。该部的主要任务是驻守在酒泉、玉门关以及河西走廊一带要隘，那里是通往新疆的要道，对于国防有重大意义。但那里条件艰苦，尤其部队，长年驻扎在荒漠苦寒之区，不毛之地，营养不良。偶尔看一次电影，平时就看政工队表演一些小节目，没有其他的娱乐活动，更不要说看大戏了。

我爹去了以后，在天山剧团任中校导演，演员有左伦、李士宽、周堃、马钧、施治中、郝卓然、聂兰英、李白朗、靳玉

CHINA. 1939-41
1: Captain, 14th Artillery Regt; Honan, Jan 1940
2: Major, 183rd Div, 60th Corps; Changsha, Sept 1939
3: Regimental standard-bearer, 12th Div, 3rd Corps;
- Shansi province, May 1941

第九十一军

真、梁虹、刘建中，加上九十一军政工队的王证、王放明、叶
茂林等人，共有十五六个人，对比戴涯带走的 12 个人，更是
一个加强版"中剧"。

　　我爹在九十一军天山剧团排演的第一个戏是《北京人》，
第二个戏是《桃花扇》。演出之后，部队官兵大开眼界，反应
热烈；也受到军部和政治部的好评，军长王晋，副军长叶成、
杨显都表示，咱们的天山剧团在大西北就是部队的宝贝疙瘩，
就像天山雪莲。

　　演出成功，军部和政治部专门宴请剧团全体人员吃饭，军
长王晋特地把我爹请到身边，我爹肯定又是受宠若惊，举杯表
态："上级如此高看咱一眼，我们一定齐心协力，把咱剧团搞

好，我们还要把牌子闯出去，除了在部队巡演，还要到外面进行公演。"

军长的回答，用当下流行的一句话说："我看好你哟！"

天山剧团风生水起，上下都很兴奋。我爹为了在九十一军站住脚跟，再往上爬，每逢周六，只要军部举行舞会，就带着剧团全体参加，一心一意要和上面搞好关系。

1946年夏天，天山剧团真的走出张掖，去酒泉进行公演，一下子带去了四个大戏：《日出》《北京人》《桃花扇》《狂欢之夜》。到酒泉之后，王证特意领着我爹，去拜会河西警备司令部总司令官李铁军中将。

链接：李铁军（1901—2002），原名培元，字虞午，广东梅县人，国民革命军陆军中将、黄埔军校第一期步科、陆军大学将官班第一期及德国柏林陆军大学毕业。抗战爆发后，历任国民革命军第一军第一师师长、国民革命军第一军军长、国民革命军第76军军长兼河西警

李铁军

备司令、第三集团军总司令、河西警备总部总司令。

李铁军对剧团到来十分欢迎，在警备总司令部设宴，招待剧团全体人员吃饭。我爹连连给李总司令敬酒，觉得自己能和真正的抗日名将在一起吃饭，是莫大的荣幸。席间，李铁军问我爹："过去在什么地方工作？"我爹立正答道："报告司令官，我是民国二十七年在西安战干四团当过教官。"李铁军说："坐

下坐下，报告什么，我们是拉拉家常，战干团是培养部队政工干部的摇篮，是委座和胡长官领导的。我和胡长官很熟，都是黄埔一期，我是四队，他是第六队的。"

有了总司令李铁军的接待，下面的原西安绥靖公署副参谋长、时任新编第四师师长薛敏泉也亲自登门，请我爹和剧团吃饭，我爹顿时觉得太有面了。

在酒泉的第一场演出的是《桃花扇》，是专门招待总司令部和机关的，演完之后，从李铁军到下面的师长、各机关头头脑脑都给天山剧团送了花篮和锦旗，还有地方的专员也送了锦旗。我爹开始飘飘然，觉得自己干出了这么多事情，比戴涯强多了。一年以后，李铁军调任第五兵团司令官。在豫西伏牛山区，率领第五兵团7个旅与他的黄埔军校同期的陈赓鏖战，陈赓的五六千人将李铁军这条三万人的"大牛"牵着鼻子西行，结果肥的拖瘦，瘦的拖死。丢盔卸甲的李铁军最后去了台湾。

这一年秋天，我爹带着天山剧团又去了玉门，那里是九十一军第一九一师的防地，担任河西走廊的守备任务。师长陈希平，湖北云梦人，黄埔军校三期生。抗战时曾在南口与日军血战，后调河西走廊。

陈希平告诉我爹："驻军压力很大，伊犁的东突要进攻迪化，西北行辕主任张治中去迪化谈判，搞不好要打仗啊。"

他带着我爹去了阳关，就是唐代大诗人王维的著名诗句"劝君更尽一杯酒，西出阳关无故人"的那个绝情的江湖。它位于河西走廊敦煌西南七十公里的"古董滩"上，因坐落在玉门关之南而取名阳关，是汉代通往西域的门户，又是丝绸之路南道的重要关隘，历来都是兵家必争的战略要地。陈师长指着沿途高大的柳树说："这就是左公柳，是左宗棠进军新疆时，士兵怕找不到回家的路，在沿途种下的，太不容易了。"他随口而出："大将筹边尚未还，湖湘子弟满天山。新栽杨柳三千里，引得春风度玉关。"我爹茫然不知其典故，王证急忙解释："这是左宗棠部下杨昌浚途经甘肃新疆时，看到湘军所植道旁柳树，连绵不断一直到新疆，写下的诗句，这是先人的伟业。"

陈希平还带我爹和剧团同仁去了玉门油田和玉门关，看着这个曾经春风不度的地方，是那样的荒凉与苍茫，心中油然而生一种悲凉。

1937年，国民政府资源委员会设置"甘肃油矿筹备处"。12月，河南人孙建初等前往勘查玉门油田的地质状况。仅用半年时间，便查明了老君庙、石油河、干油泉、石油沟、三獭湾、夹边沟等地区的生油层、储油层和地质状况，写了《甘肃玉门油田地质报告》。孙建初以老君庙为中心，立即施工钻探，亲自主持了玉门油田第一口油井的钻探工作，钻探130米即见油，日产量达20桶，从此揭开了开发玉门油田的序幕。接着又向其他油区扩大钻探，结果井井见油，充分证实了孙建初"玉门是一个具有工业价值的良好油田"的科学论断。不久，国民政府正式成立"甘肃油矿局"，孙建初被任命为该局地质室主任，负责西北石油地质研究和玉门油田建设。

原来在战干团的老人不约而同高唱《玉门出塞歌》，那还

玉门油田

当年玉门关如此苍凉

是韩悠韩教给他们唱的：

左公柳拂玉门晓，塞上春光好。

天山融雪灌田畴，大漠飞沙旋落照，

沙中水草堆，好似仙人岛，

过瓜田碧玉丛丛，望马群白浪滔滔，

想乘槎张骞，定远班超，

汉唐先烈经营早，

当年是匈奴右臂，将来更是欧亚孔道，

经营趁早，经营趁早，

莫让碧眼儿射西域盘雕。

在酒泉，天山剧团给当地驻军演出了《狂欢之夜》和《桃花扇》。

我小时候就听我爹唱过：阿拉木汗什么样？身段不肥也不瘦。她的眉毛像弯月，她的腰身像绵柳，她的小嘴很多情，眼睛能使你发抖。阿拉"模范"在哪里？吐鲁番西三百六……还有带着你的嫁妆带着你的妹妹赶着那马车来。

敦煌莫高窟

20 世纪 50 年代前线话剧团有惯例，每逢年底大联欢，类似戏班的封箱戏，演员们各演一出拿手戏，而最后一出则是最为精彩的、最值得期待的反串合演。

我爹出场，身穿新疆长袍，戴着花帽，敲着脸盆当手鼓，单膝跪着，和穿着色彩艳丽连衣裙的汤先荣阿姨边唱边跳"阿拉模范"，汤阿姨腰如水桶，扭得很欢实，等我爹唱到"身段不肥也不瘦"，引得全团哄堂大笑。

我大了才知道是"阿拉木汗"，这些歌曲是甘肃河西走廊前往新疆一带赶车人的小曲，原来我爹真的到过这些地方，就是在河西走廊、酒泉一带学的。上世纪 80 年代经由王洛宾先生改编，《阿拉木汗》就传唱流行了。

在酒泉期间，我爹他们还游览了敦煌莫高窟。与常年在那里绘画的常书鸿也是朋友。常书鸿太专注那些窟里精美的飞天了，以至于他的太太耐不住寂寞，和他弟弟又结合了。这些人的事我妈门儿清。

还有大画家张大千，也带着学生在莫高窟临摹，等画完一窟，就有意把里面的绘画毁了，他画的就是唯一绝版本了。这都是当年听人说的，不知真假，但放在今天就不会允许这样干了，张大千之所以有名，也与敦煌有很大关系。静下心来想想，在那个类似龙门客栈一样的地方，能专心致志心无旁骛地作画，实在是常人做不到的，别去苛责前人，这就是那个时代吧。

2021 年 4 月，几个发小在秦淮河畔聚会。原伟庆跟我说：

张大千（右三）与常书鸿（右二）

"晓华哥哥，还记得'文革'时你给我讲张大千和敦煌的故事吗？我第一次从你那里听到了张大千的名字和他的故事。"

原伟庆退休前坐的是江苏演出集团舞台美术第一把交椅，是前线话剧团的舞台美术专家、全军有名的舞美大师原文兵叔叔的儿子。"文革"时跟着他爸学画漫画，在军人俱乐部门前，穿了个抹幔颜色的大褂，像个小老头一般，眯缝眼，背着手，还攥着几根油画笔，爬在架子上画"黑帮保护伞"。克绍箕裘，青出于蓝，原伟庆成为国家一级舞台美术设计师、中国舞台美术学会会员、理事，江苏省舞台美术学会副会长、副秘书长，江苏省艺术系列高级职称评审委员会舞台技术学科组组长；长期从事舞美设计并多次获文化部、省文化厅颁发的舞美设计奖。

伟庆说他 10 岁时，从我这儿听到张大千的名字，那年我才 16 岁，又不学画画，怎么会知晓这些？有些狐疑，是不是他记错了。猛然想起，是有这么回事，我爹被造反派迫害后，我问他为什么他们斗你打你？他告诉我，他去过莫高窟，与张大千、常书鸿都认识。呵呵，原来这些名人轶事都是从我爹那儿批发来的，我是二道贩子，又告诉了原伟庆，他现在还记得。

张大千在临摹敦煌壁画

"孙二娘" 手刃情敌

    我爹去天山剧团任团长和导演，这里有个只有王证知道的秘密。王证曾去向军长王晋请示去兰州公演之事。王晋很痛快地答应了，他突然问道："这个王导演多大岁数？结婚了吗？"

    王证说："三十出头，还没有结婚。"

    王晋点点头："怎么现在还没成个家？"

    王证说："王导演干事业的人，不是有'匈奴未灭，何以家为'这一说嘛。"

    王晋说："推辞话！男人结婚必须事业有成，要有地位，才可以谈婚论嫁，对不对？难道连对象都没有？"

    王证说："先前谈过恋爱，是王曲剧社的演员，听说让葛武棨给撬走了。"

王晋微微一笑："葛武榮在抗战前是甘肃省教育厅长，我认识他，花花事多呢，一个少校的情敌是中将，想什么呢。"他又说："我有个表妹妹，二十大几了，是知识女性，兰州大学的，你给操个心，有机会给他俩介绍介绍。"

王证说："好说，包在我身上，等我们去兰州公演时，我联系令妹来看戏，我给牵个线，介绍介绍，看缘分吧！"

王证出来，和我爹说：去兰州没问题，由九十一军办事处给安排……

我爹说："痛快一点，直说！"

王证说："军长想和你亲上加亲，把他妹子介绍给你……"

我爹不置可否："等见了面再说吧！"

原来，王晋扶植王者是有自己的打算的，即让王者娶他的妹妹而一举两得，老子《道德经》中有"将欲歙之，必固张之；将欲弱之，必固强之；将欲废之，必固兴之；将欲取之，必固与之"。这在三十六计中就叫欲擒故纵。

我爹也有自己的想法，借鸡生蛋，也不失为弱者对付强者的一种办法。和王晋的关系就是一种互相需要、互相利用的关系。

天山剧团在兰州和演剧八队住在一起，都是部队的营房。这个演剧八队不是原来的演剧八队。1940年后，演剧队重新整编，统一改为"戏剧艺术宣传队"，分配到各战区主管，第八战区的就是剧宣第八队，在陕、甘、宁、青等地进行抗日宣传活动。八队副队长高岩，队员有田野、李恺、顾玉柱（顾谦）

等十几个人。

天山剧团经常和八队互通有无，相互帮忙，彼此都很熟。

我妈性格泼辣、胆大与混不吝，骨子里有着袍哥基因。而且有主见，不受他人左右。十六岁参加"中剧"，总想一人在外，不被别人欺负。她是"中剧"招进来的女演员，照理应该和戴涯、丁尼走；她却看上高大帅气的我爹，动了一番心机。当我爹大挖"中剧"的墙脚时，她坚决跟我爹走，而且还去做别人的工作，因此让我爹好感动。梁虹属于人小鬼大的那种，近水楼台，借着让我爹说戏，犯起花痴，她早已把我爹当成自己的私房菜，哪许他人觊觎？

一天，她从外回来，在门外，见八队的副队长高岩领着一位人高马大、穿着毛皮大衣的胖小姐过来。迎面看见我妈（当时还不是），高岩就说："这位小姐找王导演，你带她去排演场吧。"

我妈带着她边走边问："你找王导演干啥？他正排戏呢。"

"没关系，我和王证也熟，先上他那儿也行。"

我妈一听就警惕了，问："你哥哥是不是王军长？"

"对呀！哎，你怎么知道的？"

"我猜的，你是来和王导演相亲的吧？"

"没到那一步，只是认识认识。"

"你是到不了那一步。"

"好得味呀，你知道的不少嘛。"

"我是他对象，我当然知道！"

王小姐打量一下我妈："你？配吗？"

我妈挡住去路："配不配不该你说，我们蛤蟆看绿豆，对眼！"

"让开！让我过去！"王小姐一拨拉，我妈一个趔趄，差点没趴下。她顿时急了："你是不是'王老虎'来抢亲啊，使出那么大的蛮力干啥子嘛！"

王军长的妹妹，也不是好包的粽子。她知道她哥抬举王者，醉翁之意不在酒，办剧团的真正目的就是筑巢引凤，为她找个如意郎君。王证答应过军长，帮他妹子撮合此事。正因为有她哥哥撑腰，王小姐也是仗势欺人："好狗不挡路！再敢阻拦试试。"

于是针尖对麦芒，你一句我一句就操练起来。王证听到吵架声，立即出来，劝解王小姐："二位不要吵，王导演看上谁，要他自己来决定。王导演晚上有演出，下午要排戏，紧张得很。这样，王小姐你先回，我替你约一下，后天下午3点就在这里见行吗？"

王小姐哼了一声，悻悻而回。

王证夹在中间，好生为难，等我爹排戏出来，把这个事跟他一说，我爹也光剩挠头了，两手甩着："这咋弄啊？王晋咱得罪不起，梁虹又死缠烂打，你说咋弄？"

"那总不能躲着不见吧？你究竟选谁，得有个态度。"

"嗨！这是把我放到火上烤啊！"

第三天下午，我妈知道王小姐要来，早早地就去了王证那

338

里，他正在道具间，手里拿着笔和尺子在画图。于是，我妈对王证打起悲情牌："王大哥，你要帮到我，我孤身一人在这里，军长的妹子蛮不讲理，还要打人，你无论如何要主持公道！"之后，便梨花一枝春带雨。

这时，王小姐大马金刀地推门进来，毫不客气："又是你！也不撒泡尿照照！死皮赖脸的，还装哭，好像谁欺负你了。"

我妈说："你讲不讲道理？我正和王大哥说话，又没有惹你，干吗见面就伤人？"

"伤你怎么啦，你这种不要脸的，我还要打你呢。"说完，就真的扬起手。

说时迟那时快，我妈一把抓过桌上的裁纸刀，照着王小姐的胖肚子"扑哧"一下，只听见"哎哟喂，不得了啦，杀人啦！"

王证一看，也吓呆了，王小姐的毛皮大衣都戳破了，血咕嘟咕嘟冒出来，赶忙让王小姐解开大衣扣，用毛巾堵住伤口。我妈也傻掉了，浑身发抖。这时，我爹也来了，见此情景，对我妈吼道："还不打电话叫救护车！"

"行者"高岩援手

王者档案：高岩，男，演剧八队演员、副队长。

　　高岩相貌堂堂，个子在一米八以上。八队其他演员都不穿军装，只有他成天穿了一身国民党的老虎皮，挎着手枪，威风凛凛的样子。国民党剧宣队属于各个战区，受战区管理，有编制，有经费。队长军阶为上校，副队长为中校，穿军装。高

高岩

岩习惯性穿军装，其实他穿这身老虎皮的目的，是在刻意隐瞒自己的真实身份。他有一段不平凡的身世，他原名高仕杰，他的父母与共产党有密切的关系。为了逃避国民党的迫害，隐姓埋名，混在演剧队中。1937年8月25日，兰州八路军办事处在南滩街一座普通的旧式四合院挂牌。主任谢觉哉乘欧亚航空公司的班机抵达兰州。他受中央委托，急需寻找被马家军打散的流落在甘肃各地的西路军干部。

链接：西路军是1936年11月在徐向前为总指挥、陈昌浩为总政委的率领下，渡过黄河，进入甘肃，准备经过河西走廊进入新疆，打通国际路线的。在与马家军的数次战斗中，损失惨重，高台一役，军长董振堂和三千将士大部牺牲，军长董振堂、政治部主任杨克明二人的头颅，被敌人砍下邀功。许多干部和战士流落到张掖、酒泉一带，在张掖县境内被马家军旅长韩启功杀害的红军，达3240人之多。

高金城　　　　　　　　牟玉光

八路军办事处处长彭加伦、秘书长朱良才在五泉山蝴蝶亭与高金城秘密会面，研究了去张掖营救西路军的具体办法；谢觉哉向国民党甘肃省政府主席贺耀组要求：任命高金城为甘凉肃抗敌后援会主任，去张掖向马家军的旅长韩启功要回了被占用的福音医院，收治红军伤病员。并以缺少护理人员为由，向韩启功要回了女战士王定国、徐世淑等，送回兰州。张掖福音医院仅有 20 张床位，住满了红军伤员，高金城将他们治愈后，一批又一批送到兰州八路军办事处，再转送延安。

王定国留在八办工作，给谢觉哉做秘书，和牟玉光结交成为好友。她也同样做寻找红军战士的工作。她的产科技术十分了得，在兰州非常有名气，结识了不少上层人物的官太太，只要打听到兰州秘密关押红军战士的地点和人数，就立即通知王

王定国与谢觉哉

定国；再由谢觉哉等出面，与甘肃省政府主席贺耀组进行交涉，最终使这些人获释。

1938年春节前夕，高金城又收容了十几名红军伤员住院治疗。正月初四凌晨，韩启功派中校副官马兆祥，谎称"韩师长得了急症，请高院长出诊"，将他骗到100师司令部。韩启功逼迫他承认是共产党员，要他交出共产党员名单，并交代放走了多少共党分子。高金城拒不承认，韩启功恼羞成怒，命令断其四肢，将其活埋在张掖大衙门后花园里。

高金城遇害以后，牟玉光遭到特务的监视。王定国为了不再给她添麻烦，就去了延安。高金城曾经结过婚，妻子病故，留下两个孩子。1934年，高金城与牟玉光结合，夫妻去了兰州，开设福音医院。他的前妻留下的女儿、儿子从北平逃出，一路向西。大儿子高仕杰终于回到兰州，后报名参加了抗敌演剧队，改名叫高岩，以此作掩护，参加抗日活动。

以李朴园为队长、高岩为副队长的戏剧宣传队第八队（简称剧宣八队）在陕、甘、宁、青等地进行抗日宣传活动，成绩颇著。这个宣传队排演的大型话剧有《雷雨》《日出》《野玫瑰》《雾重庆》等，小戏有《三江好》《放下你的鞭子》《打回老家去》等，抗日歌曲有《保家乡》《大刀进行曲》《抗日游击队歌》《流亡三部曲》和《黄河大合唱》等，也有相声、快板等小节目。他们曾在西宁进行演出，对青海抗日宣传工作起了很大的推动作用。剧宣八队在西宁住了20多天，在青海省府大礼堂公演两场，在山陕会馆公演两场。大戏只演出《日

张治中

出》一剧，主要演出小节目。其中《三江好》《放下你的鞭子》，演出效果很好，每次都是轰动全场。《保家乡》《流亡三部曲》这几支歌很快在西宁流行起来。

1946年，高岩的大姐夫刘亚哲在张治中主管的新疆警备司令部任交通处长。张治中交给他一个重要任务，即把盛世才统治新疆期间，在迪化抓捕的一百多名共产党员释放，并负责把他们送回延安。在他们路过兰州时住在东校场营房内，牟玉光得知这一消息后，心情非常激动，她一定要去看望这些同志，因为其中有些人是当年路经兰州去新疆工作的，牟玉光认识他们。于是她化了装，戴了墨镜，来到了东校场，见到了张文秋等人！她们紧紧地握着手，热泪盈眶，相互问候。牟玉光对张文秋说："请你转告同志们，这次你们是真正回到'家'了，护送你们的刘亚哲是我的女婿，一路上他会照顾你们的。"后来在刘亚哲等帮助下，这些共产党员摆脱了胡宗南的控制，终于回到了延安。

这就是高岩一家人与共产党人的关系，行侠仗义是高家的传统。

高岩和我父亲关系好的原因：他是河南襄城人，离许昌很近。我爹青年打流时，曾在许昌烟草局当职员，去过襄城。高岩的父亲高金城，家里很穷，十来岁入福音堂做勤杂工。襄城的福音堂是清光绪年间英国传教士戴德生创立的。这个人在襄城、漯河、开封等地设堂布道。而襄城在民国初年属开封道管辖，高金城在开封南关福音医院勤工俭学。

开封南关福音医院

有一年，我爷爷有病，曾在南关福音医院找高金城大夫瞧过病，关系处得不错。这是后来在一起时谈到的，原来还有这一层关系。1922年，高金城受冯玉祥之请，到开封任伤兵医院院长，不久，冯玉祥部开拔去了北京南苑，高金城就去了甘肃河西一带建立福音医院。1926年，冯玉祥五原誓师，高金城再次受冯玉祥之邀，来到开封，担任国民革命军第二集团军后方医院院长。1930年中原大战失败后，高金城离开西北军，到北京协和医院工作。在这里，认识了他后来的太太牟玉光。牟玉光是山东德州人，由于家境贫寒，曾勤工俭学读医学，在协和医院学习、工作时，与著名的产科大夫林巧稚是同学、同事。

天山剧团和八队住在一起，互相帮忙，我爹经常和高岩一起喝酒，这时他就不喊王导演了，一口一个王者哥哥。有一次，我爹喝高了，在兰州的一个裁缝店里和老板发生矛盾，打在一处，店里伙计多，他双手难敌众拳。幸亏高岩听说"王者哥哥被打了"，带人赶来，由于他身配上校军衔，掏出枪对天连开三枪，才把对方震慑住。否则，我爹就惨了。因而他们受了各自上级部门的通报和批评。

　　再说我妈拿刀捅人后，哆哆嗦嗦地跑到八队队部去打电话，高岩问是怎么啦，我妈告诉他后，他一把夺过电话："你还嫌事闹得不够大，想让大院里人都知道？门口有黄包车，叫什么救护车。"

　　他赶过去，和王证一起，将王小姐搀扶出去，送上黄包车，直接拉到他妈牟玉光的福音医院进行抢救。我爹、高岩和王证回到驻地，紧急研究怎样善后。高岩说："无论如何让梁虹离开兰州，避一避。"

　　王证说："不行就先送回四川老家再说！"

　　我妈一听就急了："我不走！一人做事一人当，我杀的人，上法庭我去！让我逃走，不得行！"

　　我爹知道她的脾气，只好哄着："你听话，等事过了，我亲自去接你行吗？"

　　"不行，我一走，就便宜她了。"

　　高岩说："我也觉得回四川不合适，路上不好走不说，得一个多月，万一她再出点事咋办？"

我爹来回走了两圈："不行的话，先回西安。"

我妈明知故问："上西安？人生地不熟，我找谁去？"

王证拍一下我妈的头："傻呀！找你婆婆呀，老太太在西安！"

我妈求之不得："这还差不多！"

高岩说："明早八队有车去西安，那边有军事行动，梁虹就跟车走！"

"好好好！小虹你赶快收拾一下。"我爹说，"坐蜡的事交给我了。"

高岩说："你到西安帮我给演剧一队的徐明队长带封信。"

我妈问："他们住哪儿？"

高岩说："这我真不知道，不过他们一队在西安演出，街上肯定有海报，活人还能叫尿憋死？"

就这样，一切安排妥当，第二天一清早，在高岩的安排下，我妈跟着八队的车就去了西安。

幸亏，王小姐肚子上肉厚，伤势不是很严重，要缝几针，为防感染，要住院观察几日。我爹、王证正发愁无法给王军长交代之时，天无绝人之路，王晋听说妹妹无大碍，也就不打算就此事撕破脸。再加上我爹、王证和崔超努力工作，也就算了，天山剧团也很给力，也没再做计较。没多长时间，王晋接到命令：调往新疆警备司令部任副司令、整编二十三师师长一职。王晋与胡宗南不一伙，赌气不去新疆，后来又调到汉中担任了警备司令。

一念之差去延安

　　我妈在去西安的路上，果然，公路上尘土飞扬，军车、大车和部队络绎不绝，都在往东急行军。抗战胜利之后，还没有这么大的军事行动，出什么大事了呢？

　　原来，1947年3月13日，胡宗南坐镇西安，以第一战区司令长官的名义，向参加作战的各个部队正式下达了攻占延安的攻击令。经过激战，3月下旬，胡宗南部攻克延安。我妈跟着国防部组织的慰问团也到了延安，参观了杨家岭，去了毛泽东住过的窑洞，她还特意在那里留了影。

　　我妈也真不让人省心，她把军长妹妹肚皮上整出一个窟窿还嫌事不大，换来我爹让她回西安见老太太。祸福相倚，我妈真是喜出望外。这说明我爹已认可和我妈的关系了。这才收拾行囊，打道去西安府。

春风得意马蹄疾。她一路唱着川剧高腔《双蝴蝶》即《梁山伯与祝英台》到了西安。演剧一队的演出海报也张贴在南大街和西北剧场前，于是她怀着喜悦的心情去了剧场后台，找到了徐明，把高岩托她带的信交了，寒暄几句转身就走，要回家去拜见婆婆。只听得徐明在身后大叫一声："天助我也！"我妈不知道他在说啥，他叫住了我妈，问了我妈在西安的地址后，我妈就一阵风跑了。

婆媳第一次见面，我奶奶拿我妈和罗慧一比，肯定从模样上就说不过去，但由不得她，我妈一句："你儿子愿意！"说完去里屋给自己铺床，把老太太差点噎了个跟头，冇一点招儿。只有叨叨着："欢喜冤家啊！"

第二天一早，徐明和副队长陈忠直接找上门来，说国防部组织了慰问团去延安慰劳将士，死乞白赖地，非得要我妈帮他们完成政治任务——去延安慰问演出。他们临时攒了个本子，大人角色都不缺，只是缺少一个演中学生的演员。我妈当年才19岁，个子依然很矮，不到一米五，四川人嘛。而我爹、我三叔的个子都很高，尤其是三叔。正所谓男矬矬一个，女矬矬一窝，我们弟兄仁的个都没有赶上我爹和我三叔。

我妈根本不是一个关心政治的人，只不过懂一个职业道德：救场如救火。于是毫不犹豫就答应了。我奶奶不干了："刚来就审？不准去！"

"你说不去就不去啦？你儿子说了都不算！"

"啥媳妇啊！"

我奶奶当然拗不过我妈。就这样，在到西安的第三天，我妈就跟着徐明去了延安。她不知道，就是一次爽快的答应，毁了她后来的事业乃至影响到一生的命运。

我爹在抗战时，三番五次都没有去成的革命圣地、红色灯塔，我妈不过脑子就完成了，我估计让她考虑 3 分钟和考虑 3 个月都一样，她也不知道上辈子欠了徐明什么，那么爽快地就应下了。答应在活报剧里演一个中学生，剧中一家子有爸爸妈妈爷爷奶奶加一名女中学生，为了支持政府攻打延安而积极说服家里人捐款，终于拿下延安的故事。剧本是为了赶形势，在来延安的路上临时瞎凑的，五个演员坐在卡车上，一边讨论剧情一边背词，半个钟头的小戏总共也没有几句词。

终于见到宝塔山、延河水了，剧宣一队搭台唱戏，演出满打满算，总共也没演七场，局势就不稳定了。当时，负责延安城防的就是胡宗南的主力整编二十七师，师长王应遵。就连他也坐不住马鞍桥了。延安城外响起了游击队的枪声，夜晚到处传来手榴弹的爆炸声，人心惶惶，草木皆兵。我妈更是吓得不轻，她是替人打酱油的，万一死在这里岂不冤枉？还没结婚呢。于是她临时起意，想回西安。来的时候，我奶奶交代过：在延安不行了就去找你三弟，他在专员公署。

我三叔王伯华，先前在咸阳空军总站当上士采买，后在陕西军管区当过缮写书记。抗战胜利后在军官总队受过训，1947年，国民党军拿下延安后，在延安专员公署任上尉秘书。有头有脸，很拉风。延安城不大，属于第二行政督察区，下辖延安县、甘泉县、鄜（富）县、延长县、安塞县、保安县。行政公署驻延安县，是最高的行政机构。我妈很快地找到那里，门前戒备森严，四个当兵的把着门不准进，往里通报后，半晌，我三叔出现在门前。

当时的三叔，三十出头，一米八多的高个子，大檐帽，一身美式军装，腰里斜挎着皮带，还挂着美军陆战队员专用的左轮枪，脚上是半截的牛皮鞋，还抽着雪茄，显得高大上，神气透了。三叔根本没把这个穿着国军少尉军装的小女兵放在眼里。但小女兵的气势肯定压他一头。

"谁找我？"

"你二嫂！"

"二嫂，哪来的二嫂？"

"我就是你二嫂，你二哥的媳妇！给吧！"我妈递上我爹的信。

三叔看后把信折起来，放进上衣口袋。

"哦，还真是二嫂，得罪得罪！"他用两个手指划了个弧线到额前，敬了个潇洒的军礼。

"找我啥事？说！"

"老三，帮我搞张机票回西安！"口气绝对是命令式的。

"飞回西安？老天爷，开玩笑吧？现在补给困难，军粮断顿了，我们专员急着要去西安绥署见胡长官还搞不着机票呢，我给你想法搭个便车回去妥了。"

"妥你个头！路上啥样你又不是不知道，到处有游击队、埋地雷、打冷枪，说不定啥时候就翘辫子啰……"

"我也有法啊，二嫂，第一次见面你就为难你兄弟。"

"八百年不找你一回。连张机票都搞不到！算了，我自己想办法！"我妈转身要走。

"别急别急！先进屋坐一会儿。"

三叔爱面子，好朋友，是场面人物，一说让他栽面的事比杀他还难受。立刻抓过电话机的小柄开始摇着，四下求朋友。得到的答复都一样，没门！

我妈腾地站起来。三叔又把她按到椅子上。

"机场吗？我谁？连王老三的声音都听不出来？……今天还有 C-46 回西安吗？俺嫂……小低个，不占地，无论如何挤出个舱位……不行？那咱不是弟儿们！……那还差不多，够朋友！改天咱还喝个醉打山门！"

我妈的照片

当晚，三叔请我妈在饭厅吃顿饭，然后亲自开着美式吉普车送我妈去了机场，跑道上还真有一架美式运输机引擎轰鸣，马上就要起飞，我三叔在朋友的帮助下，硬把我妈塞进了行李舱。

得劲吧？混家，不服不中。

我妈也就因为去过延安，尽管在那个革命圣地里待了不到一周，她参加解放军后，在生活会上眉飞色舞地告诉同志们，她去过延安，还在杨家岭大礼堂、毛泽东住的窑洞里参观过，赢得在场的阶级兄弟姐妹羡慕的眼神，以为她是延安来的老八路，闹出笑话，后来才闹清楚，是中共中央撤出，他们跟着胡宗南进去的，一下子成为被批斗的对象。

天山雪莲

　　1946 年秋天，我爹率团回到了张掖，和王证一起去军里和政治部汇报了演出的成绩，并拿出各方的锦旗，军长和政治部给予嘉奖。他们在张掖公演了《日出》和《狂欢之夜》，不但没要军部一分钱，反而还赚了不少钱。我爹信心满满，和王证商量，下一步如何在兰州公演，扩大影响展示一下天山剧团的水平。当时，我爹和王证向军部王晋军长和政治部汇报成绩，我爹在反省材料中写道："后来军长请我和剧团吃饭，觉得自己身价比以前高了，请客的时候，在桌上认识了警察局长、小学校长，后来就和他们交往，喝酒打牌，自己当时得意忘形，觉得爬上去了，剧团搞得好，是我领导得好。"

　　我爹打算带领天山剧团打进兰州这个大西北文化中心，借

剧照

助其他剧团和朋友的帮助，把自己做大做强，强到脱离九十一军还能生存。于是就和王证商量，把崔超夫妇找来，加强天山剧团的力量，争取早日冲出张掖，立足兰州。于是就在1946年秋天，给崔超、齐婷夫妇寄路费，请他们到天山剧团来共事，准备到兰州撸袖子大干一场。

崔超和我爹是1937年12月份在前往西安的路上认识的。当时他和姐姐崔梦湘、妹妹崔小萍一起，加入"中剧"抗敌救亡演剧队。到西安不久，分道扬镳。

第二年，戴涯成立中国戏剧协会，崔超回归，后来"中剧"不景气，崔超三兄妹便又离开中国戏剧协会，去了西安明天剧社；等戴涯借到了钱，开始排《黄花岗》时，他们崔氏三兄妹又回"中剧"。不久，"中剧"拉下亏空，他们再次离开。

当时的兰州是大西北抗战中心，作家萧军、塞克和美术家朱星南、作曲家王洛宾和罗珊在兰州进行各种宣传抗日的活动，电影艺术家赵丹、王为一、徐韬、朱今明、田烈都在兰州进行抗日宣传的演出活动。著名作家老舍也来兰州，作了《两年来抗战中的文艺运动》的讲演。崔超等人联合一些志同道合者，组成"西北抗战剧团"，后来在兰州搞戏剧宣传活动，除了演出街头剧《放下你的鞭子》，还演出一些大型话剧，如《岳飞》《钗头凤》《洪宣娇》等。1945年抗战胜利前夕，崔超率领西北抗战剧团到西宁公演，原计划演《岳飞》《钗头凤》两出戏，结果青海马步芳对这些戏不感兴趣，只批准他们演了《钗头凤》四场，规定招待戏为两场、卖票两场。由于入不敷出，也因阻挠太多，"西北抗战剧团"演完《钗头凤》后便离开西宁返回兰州。1944年中国舞台艺术协会在宝鸡演出时，崔超、齐婷参加了该剧团。后来戴涯邀请我爹去兰州加盟"中剧"，崔超对戴涯有意见，为什么叫王者不叫我们？我爹在分别时对崔超说："我将来在兰州混好了，绝不会忘记你们！"

我爹主持天山剧团，当了团长兼导演，友情为重，自然而然想到了崔超，过去的承诺不是一句空话，知道崔超还在宝鸡，上赶着写信、寄路费，盼星星盼月亮，迟迟不见崔超夫妇来张掖。于是，我爹又写信诚邀，崔超回信说有种种理由不能来，主要还是条件没谈妥。我爹和王证商量后，答应许给他和夫人齐婷均为少校待遇，聘为艺术指导、副团长等。

1947 年 1 月，我爹诚心诚意又寄去一次路费，看样子，真不是忽悠人的，崔超夫妇这才姗姗而来，并且来后就奉为上宾，进入核心圈，做了副团长、艺术总监。

1955 年，山西人民话剧团的崔超在调查材料中交代：

> 我们从徐州逃难到西安，至开封途中范凡塞与王者随车同至西安，并自此即在中剧工作。范、王参加中剧，记得是当时和我们在一起工作的姜瑔介绍的（现在总政合唱团任教员）……

后来，崔超的姐姐崔梦湘走了，妹妹崔小萍去了重庆国立艺专就读，第六届毕业，其后到处参演舞台剧。1948 年随刘厚生领导的"上海观众演出公司"赴台湾演出话剧，后因当时政局状态而在台湾落脚。不久加入铁路工会话剧队为特约演员，先后于中山堂、协助社会剧团、大专院校话剧社团演出。在电视公司未成立之前，和光启社、日本 NHK 合作编导电视剧。

我和金士杰做《客从何处来》节目时，聊天谈到崔小萍。说，早年此人和我爹都是在中国戏剧协会演话剧，后来她去了台湾。

金士杰说："是的，当年台湾几乎没有话剧，她属于开山人物，台湾话剧界、导演界、广播界的大姐大，我们当年投身话剧事业，什么都不懂，家里也不支持，受了她的影响和指导，我才走到今天……"

"后来听说她被捕下狱是怎么回事？"

"有人蓄意要整她，陷害她。"

"大概是怎么回事呢？"

"民国五十三年（1964 年），有一架民航机在台中坠机，有人密报崔小萍在机上放置炸弹，'警总'逮捕崔小萍，调查很久没有证据，于是就有人举报她在大陆时曾与共党分子一起演过戏，就以'匪谍'的罪名判刑，一审判无期徒刑，二审判 14 年。民国六十四年因老'总统'过世获减刑，两年后出狱。"

崔小萍回忆，早年她在四川上学时，因为演戏的关系，得罪了几位国民党的职业学生，他们就在她的名字旁边写了"奸党"二字。没想到因为孩子间的不愉快，竟然荒谬变成她是共产党的证据。出狱后的她仍坚持站上舞台，继续她所深爱的表演艺术。2000 年崔小萍获得广播金钟奖终身成就奖，同年她也洗刷了冤情，获得了台湾当局的赔偿。

崔超继续交代他与我爹的关系："我自 1947 年年初到九十一军天山剧团工作，到后即排《重庆二十四小时》，演出后即离开该军驻地张掖，在武威演出《桃花扇》《日出》《重庆二十四小时》和《狂欢之夜》后，即在兰州公演。这以前他与该军长干什么不清楚。我们在兰州演出《筑》

崔小萍

（作者注：《筑》即《高渐离》，1942年郭沫若发表在桂林《戏剧春秋》上）。"

1947年，春天来了，西北的春天虽然晚，但还是春光明媚。天山剧团在兰州迎来了公演时刻。为了这个公演，我爹和崔超、王证到处跑关系，到九十一军办事处，到市政府交涉剧场，到西北行辕文艺处接洽演出，到报社拉记者请他们写文章吹捧。九十一军政治部主任方成德受军长王晋委托出面招待新闻记者吃饭，请多多写文章介绍演员、剧情和剧团。我爹觉得女演员不够靓丽，戏也瓤，为了保证在兰州第一炮打响，提出外请女演员。崔超和王惠中都推荐了冯慧，他们过去在宝鸡一起演过戏。冯慧一是人很漂亮，二是戏也好，家是北京的，抗战后离开家，与何恐一起演戏，后来结合。王惠中和冯慧、崔超一起在宝鸡一个剧团演过戏。我爹与冯慧的先生何恐还是好朋友。何恐是特务，他曾亲口告诉我爹，我爹还说他：你参加这玩意儿干啥？何恐说：我也后悔，千万别告诉冯慧，她不知道。

我爹让王惠中去天水接冯慧到兰州天山剧团帮忙演出。王惠中还真把冯慧接来了。冯慧果然有沉鱼落雁之姿，化好妆在台上熠熠生辉，我爹大喜，决定让冯慧在《北京人》中扮演愫方，在《钗头凤》中扮演唐婉。果然，她特有观众缘，开炮戏打响了。很多粉丝慕名而来，票房极好。这两出戏演完后，我爹说话算话，又让王惠中将冯慧送回天水。

1947年夏，是天山剧团最辉煌的日子。当年天山剧团在

《兰州日报》上刊登海报，演出剧目《秋海棠》。演出者：王晋、方成德（现在应该叫出品人。这二位便是原九十一军军长和政治部主任；1947年改为整编第二十三师，师长王晋、政治部主任方成德）。编剧秦瘦鸥；导演王者、崔超；平剧指导柴佩如；音乐指导邢铸经；舞台监督左伦；舞台设计崔超。那么整编二十三师是怎么回事呢？因为抗战胜利，国军要进行整编，但换汤不换药，军改成整编师，师改成整编旅。

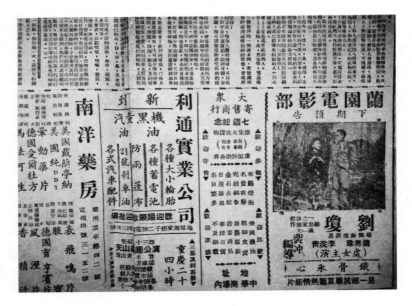

老报纸资料

广告语：整编二十三师天山剧团公演，抗战的回忆录，剧人的实生活，三幕讽刺喜剧《重庆二十四小时》，今日上演加星期日场。晚八点半开幕，十一点半闭幕。

到 8 月 18 日至 21 日的临别公演，改戏码《秋海棠》，有悠扬的音乐行奏，有名票的上乘演唱，是平剧与话剧的总汇，是兰州空前的演出。

天山剧团长达 22 天的演出，连演《北京人》《钗头凤》《筑》《秦始皇》《日出》《狂欢之夜》《野玫瑰》《秋》数场大戏，星期日还加日场，真让我爹他们过足了戏瘾。这里专门要提一下音乐指导邢铸经，他原来是西安临时大学即西北联大化学系学生，毕业后在耀州中学当教导主任，是兰州女中的化学老师。此人又对音乐有很深的造诣，被我爹聘请为音乐指导。他的桃李遍布兰州，有老师的参与，学生看话剧的热情更高涨。

当年的演出广告

兰州公演过后，天山剧团回酒泉汇报演出。这时九十一军军长王晋调新疆任警备副司令，整编二十七师副师长黄祖勋调任九十一军军长。军部从张掖迁至酒泉。我爹去军部报告演出情况及经费困难，想要些经费。黄祖勋是个很厉害的人，他和葛武棨同是黄埔军校第二期，又是浙江浦江小同乡。也不知道葛武棨跟他说了些什么，他对我爹的态度很不好，一见面先来了个下马威，训斥："我不像你王军长那样宠着你们，想怎么办就怎么办，那样风光就不会有了，到我这里，剧团还按政工队编制，只给你们十三人的编制，中校一人、少校一人，其余为中尉、少尉，多的没有，以后在兰州九十一军办事处领饷，就别来烦我了。"

西北望东南

　　1948 年春，天山剧团二次到兰州上演《桃花扇》《北京人》《貂蝉》《岳飞》《小人物狂想曲》《秋》等。这时，天山剧团在兰州演出已大半成为自给自足性质。只有演出才能吃上饭，不演就没饭吃。由于演员少，又没有新戏可演，没有新戏演，就意味着没有观众看戏，接下来日子应该咋办呢？

　　当时没有新剧本，演员又少，为了维持剧团，我爹就和崔超回兰州，去西北行辕文艺处找关系，请他们帮忙，去青海机关和部队进行慰问演出。西北行辕写了介绍信，派了卡车送他们去西宁，一切生活和招待、演出费，由青海省政府负责。他们在西宁演出了《钗头凤》和《日出》两场戏。省政府秘书长以省主席马步芳的名义请剧团吃饭，马步芳的儿子马继援出席

363

招待会。青海省政府还请天山剧团去离西宁 50 里外的湟中县的塔尔寺参观了一整天。塔尔寺创建于明洪武十二年，得名于大金瓦寺内为纪念黄教创始人宗喀巴而建的大银塔。在阳光下，金光闪闪，甚为壮观。他们参观了唐卡、酥油花。当时在塔尔寺里的青海灵童官保慈丹只有十岁，正在等候南京政府批准，以便在塔尔寺坐床，正式成为第十世班禅额尔德尼呼毕勒罕。在络绎不绝的人群中，我妈也挤在里面，排队参加小活佛摸顶赐福。开心得不得了。

九世班禅转世灵童
宫保慈丹

裴冲

临行时，青海省政府给每人送了 20 块大洋和一身藏青呢衣料，给团长王者和副团长崔超，各送了一张八英寸的马步芳大照片。还专门送给我爹一袭毛皮大衣，因为没有送其他人，这成为日后"倒王"的导火索。

1948 年秋，天山剧团在兰州演出《秋》时，裴东黎的哥哥裴冲，时任上海大风影片公司导演，为拍摄电影《情天劫》，带着演员项堃和张帆等人到兰州拍摄外景。

王者档案： 裴冲，他是裴东黎的哥哥。电影导演、演员。

裴冲 1936 年进入电影界，加入联华影业公司，处女作是《孤城烈女》。抗战全面爆发后，曾参演香港大地影业公司《孤岛天堂》、上海民华公司《孔夫子》等影片。后来先后在上海华成、中联、华影等影片公司任演员，拍摄了《天外笙歌》等影片。抗战胜利后，在上海实验电影工场编导影片《铁骨冰心》《浮生六记》。后在中电一厂出演《舐犊情深》等影片，并执导上海大风影片公司《情天劫》、新时代影片公司《夜来风雨声》等影片。解放初期任上海电影制片厂演员，出演《翠岗红旗》等影片。

《情天劫》影片讲述女主人公李敏为了男友的前程忍痛离开的故事。我爹与裴冲是在张治中招待西北文艺界时，几个人坐在一个桌上认识的。之后，我爹为今后发展打算，就请裴

项堃

张帆

张帆

冲、项堃和张帆吃饭，同他们拉关系，想将来到上海电影界发展，多一个朋友好说话。席间，我爹无意谈起刘仲秋的夏声剧校，才知道裴冲是裴东黎的哥哥，关系自然又近了许多。半年后，我爹去上海，刚开始就住在裴冲家里。

1958 年，我在南京上海路小学上一年级，那时下午放学，一般我爹都会去学校门口接我。那天，我等到天快黑了，也不见我爹，只得自己回去。还没进门，房里传来一阵爽朗的笑声，我一看原来是《南征北战》中的张军长。我爹说："快叫人，这是你项叔叔……"

我说："张军长，看在党国的分儿上拉兄弟一把！"顿时，我爹、我妈和项堃哈哈大笑。

链接：项堃，原籍山东德州，出生于河北省沧州市吴桥县，中国内地演员，山东济南师范学校毕业，参加唐槐秋、戴涯的中国旅行剧团。从拉大幕、搬道具学起，后来逐渐演主要人物。抗战爆发后，随"中旅"到武汉，参加抗日宣传活动。1942 年，出演个人首部电影《青年中国》。1947 年，主演战争电影《白山黑水血溅红》。1948 年出演电影《情天劫》。1951 年，在电影《上饶集中营》中饰演国民党军官张超；1952 年在《南征北战》中饰演张军长。

张帆

张帆阿姨和她老公徐一亢叔叔和我家的关系不一般。她和我爹在 1948 年秋就认识，没想到 1949 年参军以后，又都在一个单位，更巧的是我们两家同住在五条巷6号门楼下，门对门，她家在东屋，我家在西屋。大人们在一起工作，小孩们在一起玩耍。她家小五一直管我爹我妈叫干爹干妈，亲得不得了。

徐一亢、张帆

1958年，张帆和徐一亢调入八一电影制片厂工作，不知为什么，一个那么有名的电影演员，只能演一些配角。

我们两家大人之间一直有通信往来。后来，老爷子去八一电影制片厂拍《东进序曲》《风雨下钟山》，住在八一厂招待所，没事就去徐一亢家，聊天喝酒，不亦乐乎。两家的友谊直到老一辈人都去世。

八一电影厂演员张帆

晚年的张帆阿姨好静，常常把自己一个人关在房中看看书，写写字。徐一亢叔叔特闹腾，七十多岁的人，爱穿牛仔裤、大红衬衫，爱听流行音乐，家中大放音响，什么邓丽君、小虎队之类，听得一个半劲。尤其爱骑自行车到处串胡同。他女儿静之告诉我："我爸骑车骑到八十多岁，警察看到他都头疼！"

张帆和徐一亢都是上海人。1935 年，年仅 13 岁的张帆凭着一副好嗓子考入了由黎锦晖主办的"明月歌舞团"，后来"明月歌舞团"易名"大中华歌舞团"；张帆成为民国时期上海四大歌手之一，蜚声中外。1939 年，她又得白虹的介绍进入了新华影片公司演员训练班。半年后，她成为新华正式的演员，并出演了影片《四姐妹》，在影片中饰演三姐，而其他姐妹分别由龚秋霞、陈琦、陈娟娟出演。之后，又出演《哭声泪痕》《子夜歌》等多部影片。

1945 年，她与徐一亢结婚，有了一个儿子、四个女儿。1949 年他们一起参军进入部队文工团，后来调入八一电影制片厂演员剧团，之后她又参演了多部影片，如《江山多娇》《秘密图纸》《永不消逝的电波》等。

我爹与裴冲、项堃和张帆等人见面以后，裴冲说："别在这大西北待着了，去上海发展吧！我在那儿等你！"

我爹萌生退意，有了去上海发展的想法。在西北待了十来年也确实待烦了。演员的戏瘾过足了，导演也当了，团长也当了，还能怎么样？更何况，九十一军军长王晋也调走了，没有后台，也不好干了。

"立地太岁"崔超上位

王者档案：崔超，男，中国戏剧学会、天山剧团演员，在国民党第三预备师工作过。（注：第三预备师，师长陈鞠旅，中央军嫡系胡宗南之部队）

崔超是个能人，会演戏，而且有自己的小圈子，头脑也灵活，从根本上是看不起我爹的，他认为我爹没文化，各方面不如自己，怎可屈居我爹之下？我爹成为天山剧团导演兼团长，中校军衔，而他是我爹推荐的艺术指导员，少校军衔，总想有一天把我爹挤对走，自己来做导演兼团长。他是奔着这个目的来天山剧团的。

我爹在他眼里，是这样的："从认识王者起，给我的印象是有些江湖作风，嗜酒，常在酒后耍酒疯。在天山剧团时曾酒醉和一个他原先认识的裁缝店老板打了一场很厉害的架，从屋里打到马路上，因为店里学徒都出来一堆，也都参加了那次打斗。"

崔超交代："至于军长（指王晋）器重王者的原因，在我了解，仅是要他们办剧团，在兰州演出，挂上九十一军的招牌，他们可以借此在官场上吹嘘，以达到他们升官发财的目的。在1947年到1948年10月前，王者离开兰州去南京前的天山剧团阶段，我们是每月必须演出，不演出就没有钱或吃不上饭。当时在筹演出费方面是最困难的。所以当时和市长、和西北长官公署政务处长上官业佑、西北文化建设协会王次青总干事是借钱关系……至于他和什么反动人物接近，记不清楚。"

链接：上官业佑，别号启我，1909年4月22日出生于湖南省石门县白云桥乡。长沙市一中、中央政治学校行政系第一期、中央训练团党政高级班第二期、"国防研究院"第三期、"革命实践研究院"第17期结业。

上官业佑

1948年，上官业佑任西北军政长官公署政务处处长、民事处处长、政工处（后改新闻处）处长。1949年春，上官业佑任西北长官公署政治部中将主任。同年10月，上官业佑经广州、海南至台湾。蒋介石召上官业佑至草山官邸，详细询问西北失守及张治中积极和谈的相关情况。后任"总统府"国策顾问。

链接：王次青初在兰州任兰州《和平日报》社社长兼西北文化建设协会总干事。该协会是张治中先生于 1948 年以社会文化团体形式发起筹建的，总机构设在兰州，新疆是工作重点，迪化（乌鲁木齐旧称）、南京、上海设有分支机构，聘请国内文化界一些知名人士为理监事，召开过全体理监事会议。西北文协实际负责人是总干事王次青，副总干事有谈维煦、傅云衢等。后调任《新疆日报》社社长，仍兼任文协领导工作。解放后在北京出版总署编审局工作。

天山剧团江河日下，大不如前。崔超想取代我爹当天山剧团团长和导演，和我爹发生了激烈的冲突。脓包还是从王惠中那里破的。

王惠中剧照

王者档案：王惠中，男，曾在国民党部队政工队当队员，在来天山剧团之前，在宝鸡青年会剧团演过戏，天山剧团同事，后来到总政话剧团，"三反"时整出个特务身份。后来得到平反。

这个人是崔超的同事，是崔超推荐进入天山剧团的。用句不太恰当的话形容，就像麻包里的洋钉，从里到外戳。

崔超交代材料："至（1947 年）秋末在兰州演完了《秋海棠》，天山剧团被（军部）勒令回酒泉（因为此时九十一军已换了军长，前为王晋，后为黄祖勋，该军军部由张掖调往酒泉），向政工处长罗俊贤汇报剧团工作，原处长方成德调走了。新来的军长缩编剧团编制，只给了十三人的中尉、少尉，少校一人待遇（按其编制），在酒泉停留不及一月即又返兰州。因为剧团人员太少，当时王者即赴天水、西安、宝鸡找演员。"

我爹在西安找到了原陕西舞台艺术协会和中国戏剧学会的演员寇家伦，还有八队的演员田野，发给他们路费，让他们先回兰州；但没找到女演员，在宝鸡找到王德华、金淑英，就是没有理想的女演员。不得已就去天水找女演员冯慧。因为王惠中下了个火药捻，何恐的脸色很难看。原来，天山剧团第一次借了演员冯慧后，我爹让王惠中将冯慧送回天水。王惠中在何恐面前说："团长硬要把你老婆留下，要不是我，差点就回不来。"这话听着没事，杀伤力特别强。王惠中说：等下次……何恐气得说，一锤子买卖，下次休想！

这次，为了说服何恐，再接冯慧去兰州演出，我爹就赖在何家，任凭他使毒气，还觍着脸请何恐夫妇吃饭，陪着他打麻将，有意放冲输钱，让他高兴。住了好几天，何恐见我爹够朋友，于是说了王惠中那一板儿。于是冰释前嫌，允许冯慧与我爹一起去兰州。

1951年以后，冯慧在开封铁路局做工会工作，何恐在省话剧团当导演，突然有一天，正在排戏时，右腿出了状况，就不能动了，送到医院后没治过来，就成为残疾。20世纪70年代，我爹妈回开封了，大家又聚在一起，常来常往，还是好朋友。

"及时雨"拒绝"戡乱"

花开两朵，各表一枝。戴涯领着中国戏剧学会，从兰州到达西安，已是1946年旧历端午节后。还得演戏换路费，才能回到江南。但西安还是胡宗南的天下，不拜这个码头是过不去的。一行人安顿后，戴涯首先拜会了原战干团政治部主任汪震。汪震老江湖了，说："你们回西安演出，当然不成问题，一定要照顾的。我现在是陕西省训团的负责人，可以解决演出场地问题，陕西省三青团礼堂怎么样？舞台最大，我去说一说，租金减免一半如何？"接着话题一转："你们在兰州混得怎么样？不错吧？"

戴涯说："我们在兰州公演情况很好，经济上还不需要帮助。"

汪震说："既回西安倒不一定非去见胡长官，但一定要报告胡长官，他是最高长官，表示一下尊重。再说，你们去各地，也必须和官厅发生关系的。"

"是的，我们一定向胡长官承认错误！……"

汪震哈哈一笑："免你们职之事，葛武棨事前并没有报告胡长官，他擅自开除战干剧团，受到胡的责备，现在已去南京任国民党农工总部副部长了。现在你们自己维持了三年，在各地演出很好，何妨表示客气呢？"

于是，戴涯就给胡宗南上个报告，叙述这三年在各地的演出情况，民营剧团维持不易。胡宗南回了信，夸奖了几句，最后说："你们编写几个戡乱剧本，为我党效力。"撂下个大枕头，接还是不接？戴涯只得先应下来，后来七分校政治部主任王超凡来催问，戴涯说："现正忙于演出，写剧本没有时间，我又是负责人又是导演又当主角，精力不够啊。"

在汪震帮忙下，租定三青团礼堂后，确未遇到什么困难，于是戴涯长长地舒了一口气。

戴涯在西安关系很熟悉，手上又有几个卖座的戏，连续演了一个多月，成绩都不错。看来演出很顺利，却有了一个更大的困难。胡宗南的话不是玩笑话，不久，王超凡第二次登门，提出了诱人的条件："当初，你们被免职的事情胡长官不知道，不必介意。现在希望你们还是回来，战干团没有了，你们可以隶属长官部，剧团的经费不成问题，你们何必操这么大的心。只是你答应胡长官写戡乱戏的事务必抓紧。"

戴涯一听就知道症结所在。在人家的地盘上，不听招呼会有什么下场可想而知。于是说："我离家十年，演员多是南方人，等我们去南京公演了，大家回一趟家，再来效力。至于写戏的问题，你们政治教官有教材，何不让他们先写，写好了我从戏剧技术上帮助一下，这样比较切实，也快些。您看呢？"

王超凡知道戴涯是推托之词，说可以找几个政治教官先谈谈，但你也必须抓紧了。这明显是一种威胁。

王超凡走后，戴涯对丁尼说："现在虽然是推延敷衍，可是在西安待的时间长了，还会出问题。这一期演出完毕，你先把剧团带走，去徐州等我，我把善后事处理毕就去与你们会合，只要剧团离开西安，他们就无可奈何了。"

"动员戡乱时期"和"动员戡乱时期临时条款"，是国民党统治集团为挽救它在内战中的败局，将中国共产党列为"叛乱团体"和"戡乱"的对象。戡乱戏就是反共戏，被戴涯拒绝了。

戴涯后来说：我不肯替他们编写剧本，倒不是由于政治觉悟有多高，坦白说，我还不可能想到这么远。我坚决推辞拒绝的原因，一是由于我一向自认为是超政治的中间派，我对共产党无接触，更没有丝毫仇恨，那么我为什么凭空来骂共产党呢？何况那些家伙宣传共产党杀人放火，我又没有亲眼看见，怎么能违背良心、伤天害理地胡言乱语呢？……我从事戏剧工作多年，起码知道在文艺戏剧圈子里，起领导作用的还是共产党的左翼。我如果写了戡乱剧本，那将来还怎么见这些老朋友呢？戏剧界必然要攻击我，这种蠢事我决不做的。这就是我拒绝替他们写剧本的真实思想。

"小李广"石港脱险

　　戴涯和"中剧"又回到他们1937年的出发地徐州。原打算在徐州演出几场挣俩路费去南京，没想到逐鹿中原，徐州已成为国共两党对峙的前线，人心惶惶，再加上这个地方对话剧还是水土不服，一群人只好住在范里家里，一天三顿街上买着吃。这样下去也不是办法。他们一商量，回头又奔开封古城。那里有厚重的文化底蕴和积淀。

　　1946年年底，中国戏剧学会到达开封。果然，开封人民对话剧还有深刻的印象，从上到下都很欢迎他们的到来，开封警备司令部政治部将东大街的一所空楼安排给剧团的演员们住。经戴涯多方联系，他们顺利地租借了相国寺旁的醒豫剧场作为演出场地。第一个戏上演了《清宫外史》第一部。赵秀蓉是开封女师毕业生，她向母校商借学生做群众演员。开封人不乏中原大汉的豪爽，都很"人物"，讲义气。一呼百应，一下子来了一群。还有很多业余爱好者，一分钱不要，白尽义务。

河南省会开封在国民党统治下，并非演艺界的一方乐土。当时发生了两件事，虽非惊心动魄，却也令人刻骨铭心。

一次，是在人民剧场演出《日出》之前，一个国民党空军少校领着两个少女，推开检票员闯进剧场，大模大样地在前排中间坐下。这时，几名拿着票的观众要对号入座，那个军官不但不让座，还出口伤人："老子抗战八年，看你场烂戏，还得让座？"

"你讲理不讲理？谁家规定抗战八年就得霸座？"

"老子就霸了，咋着？不识字你也摸摸招牌！"

双方发生争执。临时在前排服务的演员顾玉柱过来，客气地说："先生，人家是花钱买的票，请您让一下，旁边有荣誉专座。"

链接：顾玉柱，又叫顾谦、顾千，宁夏银川人。20 岁从艺，原兰州演剧八队演员。1945 年在兰州参加中国戏剧学会。1949 年在苏州参军。1950 年就读北京电影学校，毕业后先入北影演员剧团，1955 年调长影演员剧团，是个扮演了一辈子小角色的老演员。

顾玉柱

"老子就要坐这儿，不让老子看，谁他妈的都别看！"那军官蛮不讲理，抓起面前的茶壶就向顾玉柱头上砸下来，"哗啦"一声，茶壶碎了，顾玉柱的脑袋开了瓢，血流满面。戴涯正在后台化装，一听前面出事了，立即来到前台，那个飞行员还在挥舞着手臂大发脾气，戴涯等连忙安排人送顾玉柱去医院。开演时间已到。

这一来全乱了套。后台赶紧临时更换角色：戴涯扮演的李石清由丁尼出演，丁尼演的潘月亭由田野来顶，田野演的黑三由陶景明上。另外，安排了三个人提词，两头幕边上各一个，大沙发后面还"猫"着一个。

开锣前，石港上台向观众讲明推迟开幕的原因，并解释不得已更换演员的理由。他特别声明："这场戏肯定演不好，如不愿意看，可以退票。如能给我们捧场，我们表示感谢并请诸位原谅。"

开封在战国时代是魏国的都城，百姓多有信陵君遗风，孬孙时很"气蛋"，好的时候也很"人物"。

1934年7月，梅兰芳梅老板在开封演出。由于事先没有拜码头、会票友，开封的票友照样在台下喝倒彩。但这次看演员受人欺负，古道热肠便显示出来，纷纷高喊："俺都看见啦！没事儿，你们只管演啦！"

演员们都十分感动，虽然靠提词，戏也嫌生硬，不太默契，但有的戏也很出彩。

《清宫外史》这出戏，是著名剧作家、国立剧专教授杨村彬的力作。在开封公演后，尤其叫座，大受公教人员、大中学生的欢迎。这个特殊的社会群体，对当时的腐败政治以及国民党发动的内战深恶痛绝，不断地爆发反内战、反饥饿的游行斗争。而《清宫外史》正是讴歌光绪皇帝采纳变法维新的国策，实行改革改制；而以慈禧太后为代表的腐朽顽固势力，反对变法和任何改革，这种不可调和的矛盾和冲突，构成了这出戏的主要内容。剧中的光绪皇帝与年轻的珍妃心心相印，

《河南民报》登载的梅兰芳在汴演出的海报

两人刻骨铭心的爱情，更让大中学生们感动得眼圈发红。接下来，"中剧"又演出了第二部《光绪变政记》和第三部《光绪归政记》。在中国话剧史上，能将《清宫外史》一二三部全演完的，也只有戴涯的中国戏剧学会了。之后，他们又演出了《李秀成之死》《武则天》《日出》、夏衍的《心狱》和洪谟的《裙带风》等戏。"中剧"一下子待了几个月，挣钱不挣钱，混个肚子圆，大有乐不思蜀的感觉。

演员石港当年风华正茂，只有20多岁，毕业于四川江安国立剧专，是戏剧大师余上沅的学生，是个很有才华的演员。他在《清宫外史》中扮演光绪皇帝，人物形象光彩照人。剧中的

光绪皇帝与珍妃心心相印，却被慈禧太后活生生地拆散。光绪帝乔装小太监入冷宫探望珍妃，二人难舍难分、生死不渝的爱情，更令多少痴男怨女泪眼蒙眬、长吁短叹。

郭玲饰珍妃

《清宫外史》剧照

一时间石港成为开封女观众心目中的偶像，粉丝极多。

每次演出后，便有许多女中学生追石港追得神魂颠倒。还有女教师、女护士，总之是一群年轻漂亮的女人，写信或想方设法托人找关系，搞得乌烟瘴气。

每当华灯初上，月上柳梢之时，便有一辆黑色的美国别克小轿车开到剧场门前的广场上，车门前的踏板上跳下两名带枪的卫兵，他们恭恭敬敬地拉开车门，一位中学生打扮的大家小姐便轻盈地出来，在前呼后拥下进了剧场，在前排固定的池座前就座。

开封有这种高级汽车的人家很少，这位小姐又是天天来看戏，自然成为小报记者和狗仔队跟踪的目标。究竟是谁家的千金呢？原来这位阔小姐就是第四绥靖区总司令刘汝明的女公子刘婉珠，其时正在开封女高就读。

刘汝明

刘汝明，字子亮，是冯玉祥西北军著名的"十三太保"之一。在民国元年便投北洋军，冯玉祥是他的营长。他作战勇敢，从什长（班长）、排长、连长、营长、旅长，升为师长。1926年在著名的南口战役中，以一个师防守张学良、张宗昌、吴佩孚10余万大军的连番猛攻，天下闻名。

北伐战争时刘汝明任第二集团军总司令冯玉祥手下的军长。蒋介石统一南北后，部队编遣，刘汝明任师长。在中原大战中，刘汝明为反蒋军第五路总指挥，战败后归顺蒋介石，任师长。抗战时期刘汝明任第二集团军总司令、第五战区副司令长官。

抗战胜利后，刘汝明替蒋介石坐镇中原，任郑州绥靖公署副主任兼第四绥靖区司令官，总司令部设在开封，是个一跺脚就会在开封引起地震的人物。他有两个儿子，最小的是个千金，视为掌上明珠，就是刘婉珠。

这位刘小姐被石港这个英俊的"小皇帝"迷得死去活来。

她辗转通过关系，认识了饰演珍妃的女演员胡世淼；请胡世淼做她的私人舞蹈教师，乘机约"小皇帝"石港做男伴。刘家有部美国产（VICTOR 胜利牌）的进口留声机，刘小姐先命勤务兵乘吉普车将留声机送给胡小姐，摆在剧团住的屋顶的平台上，然后，刘小姐与几个同学骑自行车来玩。

在"光绪"眼中，这位刘小姐年方二八，身穿一色阴丹士林布的长袖旗袍，着过耳的学生短发，朴素文静，骑着自行车，像微风拂柳一样，轻轻飘来。

就这样，石港与刘婉珠相识了，成为舞伴，也成为恋人。开封的禹王台、铁塔、龙亭、潘杨湖畔，处处留下他们的身影。几个星期过去了，两人都处在一种朦胧而幸福的情感之中。石港原来在西安有个女友，突然来信让其去西安一趟。刘小姐得知后，亲自开着小轿车送石港去南关火车站。由于驾驶技术欠佳，加上心不在焉，差点撞上南关纪念塔，猛打方向盘，径直冲上马路台，将路边一个烤烧饼的炉子撞翻，幸亏坐在一旁的驾驶兵帮她使劲拉住手刹，才没有轧到人，下车后赔点钱了事。

事也凑巧，石港的西安之行并不愉快，其女友父亲因石港家庭困难坚决反对，两人的恋爱关系告终。他带着少年维特之烦恼，回到开封后，向刘小姐倾诉，并请刘小姐替他抄写几首抒发失恋之情的小诗。

刘小姐善解人意，字体娟秀，并选用了精美的信纸，抄写后又洒上法国香水，用绣花手绢包好送来。

梁园虽好，不是久恋之家。"中剧"要回南京去了，"小皇帝"也要"起驾"了。刘小姐含情脉脉地送给"光绪"一条金项链，坠着一个心形的盒子，打开里面嵌着她的头像，头披黑色纱巾，略显浓黑的眉毛下，一双沉思的眼睛凝视着远方。

中国戏剧学会到了南京以后，在夫子庙大都会舞厅，继续上演《清宫外史》。刘小姐千里迢迢追到南京，专程来看"小皇帝"。为了这双秋水般明亮的眼睛，石港离开秦淮河，又回到古城开封。台上《清宫外史》的光绪和珍妃在瀛台幽会，台下的石港和刘婉珠，躲在北书店街一家"大地书店"后面的咖啡座里，喝着苦涩的咖啡，互表心迹。刘家势力显赫，门第森严，刘汝明决不允许女儿在外自由恋爱。但两颗年轻的心，紧紧贴在一起，感情如同决堤的海，于是他们只能偷偷摸摸地恋爱。

"大地书店"的老板叫韩毅，是抗战时期演剧一队的演员。抗战胜利后离开演剧队，到开封与一个叫王克的组织"黄河剧社"，缺乏经济基础，演出了《桃花扇》之后剧社就垮台了。再后，便在北书店街开办了"大地书店"。这里离开封女高较近，女高的学生常来书店看书，刘婉珠就是其中的一个；而韩毅与石港又是演戏的朋友，自然为朋友打掩护，"大地书店"就成了刘婉珠与石港幽会的地点。

刘婉珠的二哥刘铁军，时在其父手下任团长，是个骄横跋扈的家伙。他风闻妹妹经常去"大地书店"与一个"戏子"来往，于是亲自到书店，厉声斥责韩老板："往后不许婉珠到书店来！"

韩毅说："书店是营业的场所，是为读者服务的，我无法拒绝顾客的光临。"刘铁军骂骂咧咧地悻悻而去。

在一个阴风惨烈、沙尘弥漫的下午，眼看日近黄昏，行人稀少，石港在书店后的小屋里焦急地等待着。突然后门传来一阵急促的脚步声，刘小姐猛地闯进来："快走！我二哥要来抓你了！"

"你怎么知道的？"

"我躲在屏风后，听我爸对我二哥说，是个什么坏小子吃了熊心豹子胆，敢勾引你妹妹，把他给我抓来崩了再说！我不等他们说完就赶紧溜出来，告诉你，你怎么办？"

"你快回去吧，别让他们发现了，我自有办法！"

两人含泪而别。石港望着刘小姐的倩影消失后，慌慌张张，直奔大南门，在南关找到"中剧"的一个老人商广仁。

商广仁在兰州参加了中国戏剧学会，在《清宫外史》中演过王商。脱离"中剧"，回到开封后，经营了一家小面粉厂。他通过伤兵医院的关系，让石港穿上一套军装，跟着几个押运兵坐卡车去郑州接货。石港晕车，加上害怕，在车上吐得昏天黑地。在过关卡时，有哨兵攀上车栏检查，见此情景，嫌恶心，也没有多问，就放他们过去了。就这样，石港演了一出"伍子胥过昭关"，捡得一条小命。

石港逃走后，这出《秋海棠》还没完。果然有凶神恶煞的侦缉队搜查了"大地书店"，没搜到人，便将经理韩毅逮捕，书店被查封，罪名是售卖"违禁"书籍。这件事闹得沸沸扬扬，有人传说石港已经被刘铁军逮住秘密枪毙了。

一段难忘的小夜曲戛然而止，琴弦好像已经绷断，颤颤的余音仍然袅袅不绝。石港逃到郑州，那里还是刘汝明的地盘，刘要杀他，就像捻死个臭虫一样容易，于是石港破帽遮颜，不敢公开露面。大约在第二年的春天，一位姓孙的小姐约石港去她家。当石港上了孙家的二楼，从屋内出来了一位含笑不语的女郎，身穿花呢短大衣，一头长发披在肩头。她就是刘婉珠，一下子扑到石港的怀里……

刘婉珠后来在上海蒲石路震旦女子理工学院读书。1949 年 5 月，在国民党弃守上海之前，石港与刘婉珠这对恋人在上海的法国公园最后一次见面，"相对无言，唯有泪双行"，从此天各一方。

在那个军阀横行的年代，一个话剧演员，就像话剧《秋海棠》中的那个玉振班名旦秋海棠，生命是无保障的，哪还有什么爱情呢？

石港与胡世淼

胡世淼是中国戏剧学会演员。中国戏剧学会从兰州南归时，胡世淼是在开封参加进来的年轻女演员。

胡世淼

抗战时期，20 岁的胡世淼背井离乡，辗转流亡到湖北恩施，那里是国民党第六战区长官司令部所在地。她参加了政工大队演剧队，演出了曹禺的话剧《原野》等。抗战胜利后到了徐州，后加入"中剧"。在《清宫外史》中演珍妃，在《武则天》中演妙玉，在《日出》中演陈白露，在《原野》中演金子等。她的到来，是给"中剧"进行最后的输血。她在与戴涯等一流演员一起演对手戏的过程中，演技不断精进。

原先，刘婉珠是通过胡世淼认识了石港的。刘婉珠与石港分手后，胡世淼由替补转正式，与石港结婚。

1949 年 12 月，她与石港去了浙江省话剧团。演出不多，外界对他们并不熟知。

胡世淼（左）、女儿、石港（右）

1957 年，夫妻双双均被错划为"右派"。石港被送去劳教，胡世淼则因为要照顾孩子，留在浙江省话剧团，成为一名勤杂工，不能登台演出，日子的艰难，是不言而喻的。"文化大革命"时，胡世淼与石港又变成"牛鬼蛇神"，横遭批斗。有一年的大年三十晚上，石港不能回家与妻儿团圆，胡世淼带着四个儿女，住在一间破旧的平房里。耳听得对面楼里，传来阵阵欢笑声和"叮叮咚咚"的剁肉切菜的声音，最小的孩子问：

"妈妈，爸爸为什么不回来？我们家为什么没有肉吃？"胡世淼的眼泪唰地流了下来。孩子吓坏了，哭着说："妈妈，我不要肉吃了。"胡世淼一面掉泪，一面将一斤黄豆放在铁锅里炒，就这样她和孩子们在凄凉的寒月和泪水中，嚼着黄豆，度过了一个刻骨铭心的除夕。日子虽然艰难，胡世淼仍旧酷爱话剧艺术，只要外地的剧团到杭州演出，她宁可不吃饭，也要买票去进行观摩、学习。

在杭州，这个素有人间天堂的湖光山色之城，石港、胡世淼一家却过着炼狱般的生活。

直到十一届三中全会以后，胡世淼和石港的问题才得以改正，夫妻团聚。他们重返日思夜想的话剧舞台。

1980年浙江省话剧团到上海演出《日出》，胡世淼演妓女翠喜一角儿。多年来苦难生活的经历，使她对翠喜这个生活在社会下层、被人欺凌的形象有了更深的体验，这个人物一出场，无论是台词和形体，让人一看，就是活脱脱的翠喜。当时，在首场演出，曹禺大师就在台下看他们的演出。谢幕时，曹禺走上台亲切地与演员们握手，胡世淼知趣地站到后面。曹禺大声问："那个演翠喜的呢？"当别人把胡世淼推到曹禺面前时，曹禺激动地说："谢谢你！你把一个压在地狱里痛苦的灵魂摆到大人先生们的面前，呻吟了一声。祝贺你成功，金山说你代表了浙江话剧艺术的水平。"当曹禺得知胡世淼曾是中国戏剧学会的演员时，曹禺说："我是中国戏剧学会的创始人之一，那是个很优秀的职业剧团，尤其是戴涯，可惜啦！"

胡世森的演技震惊了上海滩。当时电影导演凌子正筹拍曹禺的《原野》，主要演员仇虎由上影厂著名男演员杨在葆扮演，女演员是北影厂的刘晓庆，但焦大妈这一角色，挑选了几个演焦大妈这个凶狠的老太婆的形象，都不满意。凌子的助手闻风飞来上海，一见胡世森那双饱阅人世爱憎

胡世森

满蕴辣气的深邃的眼睛，惊呼："这就是焦母，阎王的老婆！"这样，胡世森立即北上吉林，去剧组报到。胡世森和刘晓庆结识在《原野》剧组，刘晓庆饰金子，她饰焦母——金子的恶婆婆。胡世森年轻时也演过金子，她将饰演金子角色的经验都言传身教给刘晓庆，两人也成了忘年交。

这个傲慢得目空一切的电影明星，遇到胡世森后发生的故事，最好听听刘晓庆自己说：

我没有进过电影学院，也没有上过戏剧学院，我从音乐附中毕业，在学了六年的音乐之后，半路开始演电影。

十几年来，我在实践中摸索着学习表演，一部又一部的作品在丰满我的羽毛。我没有老师，当然，也可以并且应该说，我有很多老师。胡世森——电影《原野》中瞎子焦大妈的扮演者，就是我最难以忘记的一位老师……

十年前，我们在一起拍摄《原野》。当时，我新婚不久，我的丈夫不同意我拍这部电影，为此我吃尽了苦头。

后来，我开始离婚，各种压力几乎使我崩溃了，是您，像我的妈妈一样，理解我，照顾我，和我一起做饭，陪我一起散步，甚至替我洗衣服，关心料理我的一切。当我痛不欲生的时刻，您把我抱在怀里，安慰我，哄我入睡，使我伤痕累累的心得到些微短暂的平静。

胡老师，我怎么能够忘记？您在年轻时代演过话剧《原野》的花金子，您把您的一切经验都告诉我，甚至演给我看。没有您的帮助，胡老师，我怎么会将金子这个角色演好？

《原野》拍摄完了，但影片在当时没有立即上映。尽管我们相差许多年纪，尽管在艺术上我们是两辈人，我们还是成了最好的朋友。您关心我的一切，不停地给我写信谈您的看法。后来，我挣了钱，当我挣第一笔钱时就为您安了一个电话，目的是为了让我们两人能更方便地联系。后来，只要我一有空，就会将您接到北京。在我心目中，您就是我的妈妈。我们之间无话不谈，我向您汇报我的一切。还记得吗？那次您来北京，当我们亲热地抱在一起时，我养的小狗拼命地叫着扑向我们，显得是那样嫉妒。我的事业和生活一直大幅度地起落，在围绕着我鼓掌欢呼的喧闹中找不到您，而在我遇到困难、遭到挫折、心力交瘁的时候，您一定会出现在我的身边。这些年，我经历了那么多变故，承受了一次又一次风风雨雨。当我对一切开始丧失信心的时候，我就会想起您。胡老师，您对我多么重要……有您这么一个肝胆相照的朋友，人生在世，得您这么一个知己真是我的福气。

《原野》在沉寂 8 年之后，终于在全国公映了，我首先为您高兴，因为在影片中您演得那样好，很多人都在赞誉您，许多人从内心佩服您的表演，您塑造的焦母形象已经立在中国电影史上一系列精彩银幕形象之中，您是当之无愧的表演艺术家。

（摘自刘晓庆《我这八年》）

《原野》电影拍完后，石港与胡世淼专门来开封，在我家住了几天。谈起了《原野》这部"中剧"演了无数场的看家戏，依然是激动不已。可以说，没有曹禺就没有"中剧"，没有"中剧"就没有《原野》。

当电影《原野》在意大利威尼斯电影节、法国、日本等地放映后，胡世淼名闻遐迩。在北京试放期间，曹禺对导演和演员们意味深长地说："感谢你们救活了我的一个儿子。"

然而，在"百花奖"和"金鸡奖"公布时，《原野》获得最佳故事片奖，刘晓庆获最佳女演员奖，胡世淼却一无所获。势利眼们竟然连颁奖仪式也未邀请胡世淼参加。刘晓庆认为对胡世淼不公平："我不觉得我获得最佳女演员奖有什么光荣，因为您没有得奖，您塑造了这么杰出的艺术形象却没有获得应该有的荣誉，这使我深深疑惑起自己所获得这一电影奖的水平和分量了。"刘晓庆很仗义地将胡世淼请到深圳参加"百花"

"金鸡"的领奖大会，她特意为胡世淼买了一套衣服，拉着胡世淼一起上台，捧起奖杯，共同分享迟到八年的掌声和光荣。刘晓庆由衷地说："胡老师，没有您，就没有我花金子！"

就在胡世淼还未充分让演艺界认识她精湛的演技时，1990年10月，著名电影大导演张艺谋筹拍《大红灯笼高高挂》，在选"宋妈"演员时，几个人试镜都不满意。他不禁叹道："要是'焦母'在就好了。"扮演"陈老爷"的马精武说："她就在浙江省话剧团！"张艺谋眼前一亮："就找她！"

剧务主任打电话相邀，被胡世淼的孩子拒绝了。马精武以"学生"的身份打来电话，又被石港挡驾；于是张艺谋亲自打来电话，十分诚恳地要求："胡老师，您是老演员，应该懂救场如救火的老理儿吧？您无论如何要救这燃眉之急。至于报酬，一切均好商量。"

张艺谋误会了，以为是钱的问题。原来，胡世淼因年老多病，已经"收山"，几年都不接片了。而且是年，她第三次住进医院，并动了大手术，一住就是4个月，刚回家休养。

面对这么好的本子、这么好的导演和水准一流的演员，千载难逢，胡世淼心里翻江倒海。如不参加，会抱憾终身；因此，她对家人说："我的中年，正是干戏最好的时候，赶上运动，一耽误就是二十几年，现在老了，再不创造几个人物形象，就没有机会了。"嗜戏如命的胡世淼于是决定"出山"。

临行前，女儿掩饰不住心中强烈的感情，爱与恨交织，说了一句："妈妈，你去了，等我们来收尸吧！"

一语成谶。没想到，此去竟是易水之别，常使家人终天抱恨。

10 月上旬，胡世淼赶到山西太原剧组拍片。她给家里打电话说："一切顺利，已经拍了不少镜头。这又是一个很好的剧组，从导演到演员。"

突然一天，太原打来电话，剧务主任说胡世淼病了。要石港带子女速来太原。石港的心猛地哆嗦起来，窗外的秋风，使西湖的美景骤然失色。

1990 年 10 月 20 日凌晨，胡世淼倒在山西太原物贸大厦八楼的一间客房里，那是电影《大红灯笼高高挂》剧组的包房。

胡世淼

胡世淼走了，这样匆忙，没留下任何遗言。据宾馆服务员讲，她们上午 9 点多去清扫房间时，发现胡世淼倒在床边，手上还捏着一支用惯的圆珠笔，头下压着一本划得满是杠杠的剧本。

1990 年 10 月 26 日，张艺谋带着《大红灯笼高高挂》剧组全体人员为胡世淼这位没有"百花"和"金鸡"奖的优秀老演员送行。马精武恭恭敬敬献上了亲自撰写的挽联：

拼搏一生为艺术增添光彩，

悲苦一世给后人留下甘甜。

这一群穿上红舞鞋连命都不要的"疯子"。

戏如人生，人生如戏。

返景入深林

　　1947 年 11 月，戴涯回到了南京。找不到落脚之处，只好带着"中剧"十几张口，回到镇江老宅。大家挤在一起吃，挤在一起住。这是他萌发发展话剧事业、成立职业话剧团念头的地方，从那时起，整整 15 年了，他像只大苍蝇一样，"嗡嗡"地飞了一大圈，又落到原地。不要说是实现自己的理想，就连温饱问题也无法解决。但他毕竟是"戴老板"，还有一大群人指望他吃喝。没奈何，他只有强打精神，厚着脸皮去南京，托熟人，套近乎。终于摸到国民党中央宣传部长张道藩的门下，赔笑脸说好话。张道藩，天津南开中学毕业，赴英国、法国留学。喜欢文艺，30 年代组织公余联欢社话剧团。1935 年创办园立戏剧专科学校，与戴涯是老熟人。张道藩也给面子，一个电话，便为"中剧"租到香铺营的"文化会堂"作为演出的场地。

戴涯欣喜万分，立即打电报让丁尼将"中剧"从开封拉来南京，一面紧张地排戏，一面印制广告、说明书，大做宣传。第一个准备公演的戏是《武则天》。万事俱备，就等开锣大吉。就在这时，突然出了幺蛾子。文化会堂声称：接到命令，会堂另有演出任务，终止租赁合同。原来，张道藩在"中剧"演出前夕，派人找戴涯，要他为国民党中宣部演出"戡乱"戏。这一要求被戴涯拒绝了。戴涯说："我是自由人，做自由职业，又没有吃你们的饭、做你们的官，这种违背艺术良心的东西谁愿意干谁干。"于是就在"中剧"公演前，海报贴出去、票子卖出去的当口，文化会堂终止合约。

戏演不成了，还要给观众退票，租场费一个子儿都不能退，这样戴涯反而又欠了一屁股债。大家不得已自寻出路。戴涯仰天长叹："在中国想办职业剧团为何就这样艰难！"

戴涯仍在咬牙坚持，四处奔走，求爷爷告奶奶，经过几个月的努力，终于在1948年5月，租到秦淮河边夫子庙大都会舞厅。这里原本是个舞厅，因为时局不好，没有人有心情跳舞，舞厅的生意萧条。戴涯和大都会经理商谈多次，决定利用舞厅原有的一个小舞台，有四百多个座位，将其改造成小剧场。"中剧"终于有了属于自己的演出场所。问题又来了。自己的演员星散，就到处请人帮忙。当时有"中国万岁剧团"的演员蒋超、张逸生、金淑芝、李海华、肖宗环，原"演剧七队"的彭湃、李拜，"演剧十四队"的姚亚影、朱东方、赵洁，国立剧专的教授蔡松龄等，还有暂时在南京停留的李影、邵力、白鸥等都是友情出演，不要任何报酬。

这些话剧舞台上的名角儿、大腕儿纷纷加盟中国戏剧学会。

开炮戏上演的是《清宫外史》。赵秀蓉饰演慈禧、石港饰演光绪帝、郭玲饰演珍妃、戴涯饰演李连英、丁尼饰演翁同龢、蔡松龄饰演李鸿章、胡世淼饰演瑾妃、李海华饰演李姐、陈珏饰演皇后、李柏林饰演寇连材、李拜饰演王商。

《清宫外史》剧照

光绪帝(石港)、赵秀蓉(慈禧)、珍妃(郭玲)

蒋超饰袁世凯

张逸生

接着演出了《光绪变政记》《日出》《原野》《大团圆》《棠棣之花》。

也就在这时，丁尼给远在兰州的我爹写信，希望他们能来南京发展。

中国戏剧学会有了起色，还有不少观众看戏。他们都记得当年戴老板在南京的风光，创立了话剧界有名的"戴派老生"。一批戴粉争相一睹风采。这个势头到8月20日以后就日落西山，气息奄奄了。8月19日，国民政府宣布币制改革，发行金圆券；颁布《财政经济紧急处理办法》，物价限制在8月19日以前的标准，一律不准涨价，这就叫"八一九"防线。中央银行限期收兑发行的法币和人们手中有的黄金白银，以及外汇，市面上只能流通金圆券。到了10月份就支撑不下去了，不涨价就买不到商品，包括生活必需品。11月10日，南京政府不得不宣布取消"限制物价"政策，接着宣布可以无限制地发行金圆券。

一根油条开始卖两千元，很快就涨到五千，再后来涨到一万元，一盒火柴也要一万元。物价一日数变，装三麻袋金圆券，才能换到一袋大米。

公教人员的薪水要用自行车来驮，买一个大饼要几百万，许多奸商囤积居奇，老百姓活不下去，铤而走险，国民党政权已到山穷水尽的地步。这时，谁还有闲情雅兴去欣赏话剧艺术呢？

附：彭湃

彭湃这个人，是一位艺术造诣很深的人，家住开封北道门附近的花井街一个小三合院之中，北面有三间上房，东西有厢房，在开封也算殷实之家。他上过中学，在校期间，喜爱上话剧，经常去广智院和人民会场看话剧演出。他的父母给他说了一门亲事，女方不识字，家境不好，又是小脚。因此他不满意这桩父母之命、媒妁之言的婚姻。1937年抗战爆发后，当时他太太已经怀孕，可他离家出走，从郑州南下武汉，参加了友联剧社。1938年，以友联剧社为主，成立了由第三厅组织的抗日救亡演剧队第七队。1948年在南京，中国戏剧学会在夫子庙大都会剧场演出，都是干戏的朋友，彭湃给予帮助。那时他和我爹不认识，但彼此都知道。等我爹妈到达南京时，彭湃已经去了上海。

我爹和彭湃

1950年，华东文工二团和一些来自解放区的文艺工作者及上海戏剧电影界人士，组成上海人民艺术剧院。首任院长夏衍，副院长黄佐临、吕复。1954年华东话剧团并入该剧院，彭湃是上海人艺的演员。他爱上了一位年轻漂亮的女演员，两人为了爱情和艺术结合，并有了一个男孩。1957年，在大鸣大放中，彭湃因言获罪，成为"右派"，太太与之离婚，他被流放北大荒进行劳改。当时有一批文化名人如女作家丁玲、诗人艾青等，都去了北大荒。1968年，在知识青年到农村去的口号的感召下，一大批北京知青下放到黑龙江生产建设兵团，包括徐一亢和张帆的女儿徐静之。后来兵团成立了一个宣传队，也演话剧，彭湃从兵团部派下来，给各师宣传队排戏。

大约是1974年，彭湃也到了退休的年龄。建设兵团开具介绍信，先让他回上海，看看上海能否给安置一下。等他回到上海，物是人非，上海人艺早已忘了还有这一个人，原来的太太早已与之离婚，早就建立了新的家庭，虽有个孩子，但岁数还小，没参加工作，不可能接纳他。上海虽大，却无彭湃容身之地。

这时，他想起了老家开封，不知家里情况咋样，于是抱着试试看的想法，回到开封。他从上海坐了二十个小时的火车，到了开封，在南关火车站下车，坐三轮从南到北，回到花井街，老街老门牌老房，还是老样子，回想离开家时的情景，恍若一梦。推院门进去，走过厢房，见开着门，一个二十多岁的大小伙子在里面，完全不认识，疑疑惑惑地问："这里是彭家吗？"

那个小伙子态度很生硬，一指北面："去上房问。"

这时，上房旁边的厨屋内，一个老年妇女正围着灶台在蒸馍，听见外面有人问，两手都是面粉，出来问："谁找姓彭的？"

彭湃放下手里的箱子，见眼前这位小脚老太太，依稀还记得模样，只是离家时的少妇，已经白发苍苍，不敢认了："你是……?"

老太太很淡定："回来啦？还愣着干啥？进屋吧！"她在围裙上拍拍手上面粉。

上房还是那样，一张条几案靠着北墙，前面八仙桌，一边一把太师椅，两旁还有四个方凳。

老太太："走了多少年也不知来个信，这会儿是长住是路过?"

彭湃就像犯了错误的小学生："能住就不走……"

"冇人撵你，这是恁的家、恁的窝。我替恁把妞招呼大，把恁爹送走了，把恁娘也送走了，这个家我替你看了几十年……"

"谢谢，谢谢！"

"外气，两口子不说这……"

"东厢房住的小伙子是谁?"

"东西厢房在运动时都让造反派占了……"

"难怪！我问他，他不耐烦。"

"北头老六家，卖蒸馍的，穷得跟啥一样，老头不在了，占了咱的房还想把主家撵出去！"

"家里都还好吧?"

"还不错，那时爹娘还在，四口人还给留了三间房。对了，还冇喝汤吧？锅上蒸着馍，一会儿我把东屋东西收拾出来，你住东屋，我搬西屋住。"

"女儿呢？"

"结婚了，在市五交化上班，住得不远，一会儿会过来。"

没有想象中的抱头痛哭，也没有期待中的泼妇骂街，甚至没有半句埋怨。一个旧式妇女没有文化，不会讲妇女解放的大道理，更不懂男女平等。只知道嫁鸡随鸡嫁狗随狗，守空房大半辈子，带大了女儿，送走了公婆，等到晚年，丈夫回家了，还是好吃好喝伺候着，这就是北方妇女的凄楚的病态的美德。随着时代的浪潮，如今连一点涟漪也消失了。

彭湃的女儿是先进工作者，共产党员，虽然近四十年没见过父亲，一见面还是亲得不得了。

彭湃还是一副艺术家的气质，成天出门访友，和艺术界名人谈艺术，和我爹，还有北京人艺的导演谈话剧、谈导演手法、谈艺术见解；老太太仍旧北方老太太的打扮，上街买菜做饭、收拾屋子，一切还和过去一样。两人在一起，是那样格格不入。几年后，彭湃患病，癌症，知道时日不多，也不讲究了，蓬头垢面，坐在门口的地上，看人打牌。再后来，彭湃走了，还是老太太送走的。几年后，老太太也不在了。彭湃的儿子从上海来开封，他的姐姐对这个同父异母的弟弟，亲得跟啥似的，见人便说："这是俺弟弟，从上海来的。"啥好吃的都买给弟弟吃，见好东西就要给弟弟买，恨不得要啥给啥。

有句话怎么说来着——一窝老鼠不嫌臊。

明月出天山

　　1948 年的秋天，随着萧瑟的秋风吹过玉门关，天山剧团也是强弩之末了。我爹参加过西北行辕主任张治中的三次招待会。一次是招待西北文艺界，祝贺新疆歌舞团在兰州演出成功。一次是招待当时号称中国歌坛女高音"四大名旦"之一的喻宜萱即管夫人。喻宜萱在兰州举办独唱音乐会。演唱曲目除了《蝴蝶夫人》中著名的咏叹调——《晴朗的一天》，还有中国歌曲《紫竹调》和《凤阳花鼓》。给人留下深刻印象的则是康定情歌：跑马溜溜的山上，一朵溜溜的云哟……

　　再有一次是张治中召集部队话剧团汇演，当天山剧团演出《林冲夜奔》后，张治中亲自上台祝贺演出成功，还送了一面大大的锦旗，上有"话剧王者"四个字，引起全场热烈的掌声。尽管如此，但是我爹去意已决。丁尼有信来，说"中剧"在南京发展得不错，我爹回信表示要回"中剧"。这时，崔超急于当团长，指使王惠中趁机发牌，说我爹和我妈打架（还真叫我奶奶说着了，一对欢喜冤家），在业务上和生活上都使同仁们失望，以此为借口，要我爹辞职；我爹也不想再干了，王证也要辞去队长，都向崔超递交辞职信，请其转交九十一军政干部。没等回信，我爹、我妈就搭坐西北行辕的便车，离开兰州，夫妻俩要分开乘车，因为一辆卡车的司机楼只能坐一位。当时的路况很差，沿途经常能看见出车祸掉入山涧的损毁车辆，有的还在燃烧。而且由于各种原因，车队不可能同时到达休息地，于是不管谁的车先到，就站在路边心焦地等待着，站一两个小时也是常有的事。

我爹我妈

十几天的路程，好不容易抵达重庆，就在朝天门码头的一家小旅馆里住下。我妈一下子病倒了，于是只能住下了。在家千日好，出门一时难，店钱、饭钱、药钱，带的盘缠很快就花完了，我爹连结婚戒指都卖了，看病的钱还是不够，更别说买船票和交旅馆费了。我爹一下子陷入绝境，几天就愁出了白发。而旅店老板不管那些，吹胡子瞪眼讨要店钱。一天，我爹漫无目的地在解放碑转悠，突然，有人叫："王教官、王教官……"我爹一回头，一位不认识的年轻人在喊，就问："你是……"

"您不记得我了？我是战干团的学生。您怎么到这里来了？"

"我是路过重庆，太太病倒在旅馆里，钱也花光了，物价飞涨，不知咋办……"

"您跟我走！"

"去哪儿？"

"走吧！"

他们一起来到位于打铜街14号一座巴洛克式风格的五层大楼前，原来是交通银行重庆分行的办公地。

那个学生说："您稍等一下，我去去就来。"

一会儿他从里面出来，手里拿着一摞红纸包裹着的圆柱形的物件塞进我爹大褂的口袋里："王教官，这些您先拿着，我就在这里上班，叫我小褚就行，不够您再来找我。"

我爹连连道谢，拿着钱急忙而去。

等赶回旅店，把房门关严实，两手把红卷子一撅，50块现大洋滚落出来。我爹先交了店钱，雇车送我妈去医院，注射了美国进口的特效药盘尼西林（即青霉素，一针就要两块大洋），打了五针之后，再买船票，背着我妈上了船，总算离开了重庆。

朝天门码头

　　我爹回忆起这一板儿，最后总是长叹一声："嗨，当时只顾赶紧给你妈看病了，连人家的名字也没问……"

　　当时招商局的轮船分渝汉即重庆到汉口和汉口到南京两段，到了汉口再买到南京的船票。我爹先购买了"江汉"轮到了汉口，排队三天，也买不到南京的江字号船票，只好在黑市上买了野鸡船。一上船就有茶房提醒要注意扒手。我爹很淡定地对我妈说："反正也没钱了，剩俩零花的也买成面包了，想惦记也没有用了。"

　　当晚10点在汉口登船，一路顺风顺水，第二天中午，终于看到了紫金山，也看到了希望。轮船刚一到达南京下关码头，只见到处是逃难的人。当时淮海战役正在进行，黄百韬兵团已被歼灭。人心惶惶，朝不保夕，都预感国民党失败就在眼前。

我爹妈终于觅了一辆黄包车，穿过市中心新街口，赶往夫子庙大都会剧场。他们看到了期待已久的魁星阁，看到了"天下文枢"牌坊和大成殿，看到了灯影浆声的秦淮河，也看到了大都会剧场的大门。大喇叭里传来的是第一夫人宋美龄对美国的广播讲话，称国民政府的形势的确严重万分；任何未来美援，必须迅速与明确，中国如果陷于共产党，你们最后亦将受累……

　　到了剧场门口，正好遇上丁尼，他正指挥里面人往外搬运布景、道具，帮我爹付了车费。

　　后台口坐着戴涯的脸上愁得都能拧出水，痛苦地对我爹我妈说："你们终于来了，我们这里也完了，都散了。"听了他的话，看着满眼凄凉的景象，还有漫天飞舞的枯叶，我爹搂着我妈，浑身哆嗦，心里哇凉哇凉的。

"太阳升起来了，黑暗留在后边"

　　戴涯还是不想让理想破灭，想继续演戏，想振兴话剧艺术，还有"我们的家庭"的初心。他下定了决心，将手里的烟头使劲掐灭，说："不想走的女演员去镇江，都住在我家；男演员都跟我去上海！"

　　瘦死的骆驼比马大，戴涯还是话剧界有影响的人物，东奔西走，八方求助，联络了上海一批很有观众缘的电

兰心戏院

影、话剧两栖演员如孙道临、凌之浩、温锡莹等人，筹演话剧。最主要的是与中国旅行剧团的创建人唐槐秋又聚在一起。这是1936年两人分手，13年后的又一次合作。

1949年2月，戴涯、唐槐秋联络了一批演艺界大腕人物，在上海滩最著名的兰心戏院，以中国戏剧学会的名义，公演了曹禺的《日出》。

导演仍为戴涯，演员阵容豪华：

威莉、束荑、张琳——出演陈白露一角儿；

凌之浩出演方达生；

唐槐秋出演潘月亭；

温锡莹出演黄省三；

孙道临出演张乔治；

戴涯、井淼出演李石清；

宗由、丁尼出演黑三；

王者出演王福升；

许媛出演顾八奶奶；

郭玲、陈虹出演小东西；

章曼萍出演李太太；

程述尧出演胡四；

张立德出演小顺子；

…………

威莉　　　　　　凌之浩　　　　　　孙道临

温锡莹　　　　　　井淼　　　　　　程述尧

戴涯　　　　　　丁尼　　　　　　王者

章曼萍　　　　　　　唐槐秋　　　　　　　张立德

那是在国民党统治的大幕行将拉上的最后一刻，上演的一场最闪光夺目的话剧，而且具有象征意义。曹禺在《日出》中揭露了旧社会的黑暗和罪恶，他自己感慨地说："我也希望我这一生里能看到平地表起一声雷，把盘踞在地面上的魑魅魍魉击个糜烂，哪怕因此大陆便沉为海。"

这时，人民解放军百万雄师陈兵长江边，高昂着黑洞洞的美式榴弹炮，对准对面南京的蒋家王朝。钟山风雨就快要到来，上海已隐隐约约能感觉到地震前大地的微微震颤。

演员们此刻的心情也大有"时日曷丧，予及汝偕亡"之感，对《日出》的体会尤其强烈，在整场演出中，都拿出各自的看家本领，互相飙戏，争奇斗艳，满台生辉。

《日出》最后的一幕，王福升开门，进到陈白露的房间。

陈白露问："你来干什么？"

王福升由身上取出一卷账单："小姐！这是今天要还的那些账条，我搁在这里，你合计合计。"紧接着转身出去。

陈白露从桌上拿了安眠药瓶，一片一片地倒出来，然后吃

《日出》剧照

了安眠药走到窗前，拉开帘幕，她望着外面，低声地说：

"太阳升起来了，黑暗留在后面。但是太阳不是我们的，我们要睡了。"

她忽然关上灯，把窗帘都拉拢，屋里陡然暗下来。只有帘幕缝隙透出一两道阳光颤动着。她睡到沙发上……远处传来小工们唱的夯歌：

日出东来，满天的大红！
要想吃饭，可得做工！

方达生推门进来，拉开窗帘，阳光射满一屋子。他说："真奇怪，为什么不让太阳进来。"

随着背景一下一下的沉重的石碛声，大幕徐徐拉上。台下是疾风暴雨般的掌声。

中国戏剧学会在解散前，由戴涯组织的最后一次演出，就像辉煌灿烂的流星一样，迅速地划过黑暗的夜空，燃烧着消失了。

"赤发鬼"申桐生救急

　　1949 年 2 月，我爹在上海兰心大剧院演出《日出》以后，仅拿到一点生活费。在上海找邓华生，找裴冲，仍然找不到饭碗，而"我们的家庭"支离破碎，家人无人来管了，我爹就同丁尼回到苏州。戴涯住在上海岳父家中。

　　那时我妈在张家港的杨舍镇，给王挽危的第一八二师政工队帮忙。那是国民党第 123 军布置在江阴以下的江防部队。我妈和顾玉柱、朱东方、郭永亮等几个人去杨舍的师政工队混口饭吃。

　　我爹去杨舍接回我妈到苏州，和丁尼等挤住在他大妹家。

　　1949 年春天，是苏州这个人间天堂变地狱的至暗时刻。"中剧"这些人穷愁潦倒，像太湖里被打捞上岸的白鱼，奄奄一息。这些人住在哪里呢？住留园？沧浪亭？这些地方早被南迁的河南大学师生占了先机。1946年6月，华野粟裕兵团突然闪击国民党河南省会开封，拿下龙亭国民党整六十六师李仲辛的司令部，蒋军的轰炸机黑压压临头了，成千上万的炸弹从天而降，仅女中的学生就被炸死好几百。解放军还较人性化，命令四城门大开，把无辜百姓放出城去。河南大学的3200多师生，奉教育部令南迁南京，等他们到达南京，正是淮海战役前夕，乱成一锅粥，教育部根本管不了，没奈何，他们又被迫到了苏州。于是大街小巷流窜者多是河南口音的学生，苏州的名园古建都成了他们的栖息之地。《浮生六记》沈三白与芸娘浪漫爱情的沧浪亭，也成为河南大学流亡学生的课堂，他们在原战干四团政治总教官方镇中的带领下，坚持复课，艰难生存。

在苏州，我爹我娘帮助河南大学黄河剧社演出《日出》，本来请黄宗英的哥哥黄宗江来当导演，由于有事，黄宗江就推荐我爹去当导演。后来有个叫宋词的人写过回忆录《1948年的沧浪亭——我在黄河剧团演出〈北京人〉》，回忆说：时河南大学的黄河剧社排演《北京人》，我在剧中演曾霆，在沧浪亭内排过戏，于1949年元旦在玄妙观内会堂公演。

我爹是1949年2月~3月，在苏州给河南大学黄河剧社当导演，一在前，一在后，并不矛盾。

不久，顾玉柱、郭永亮、朱东方都从杨舍一八二师回到苏州，也来帮忙，都与河大学生挤在一起。

一天，顾玉柱跑来告诉大家一个信息，西花桥巷有一处院子，是有名的凶宅，荒草萋萋，破败不堪，房子的主人和家人都莫名其妙地死去，荒废已久，当地无人敢住。"中剧"这些干戏的，百无禁忌，于是就搬了进去。到了夜晚，因没有电，没钱交电费，也没钱买蜡烛，黑黢黢的，总能听见一个妇人惨兮兮的哭诉，就像评弹一般，老吓人。一天，我妈在后院晾晒衣服，见倒座房（就是与正房相对、坐南朝北的房子，北方人叫南房）门前立着个"黄大仙"，就是黄鼠狼，不但不跑，还对着我妈直作揖，给我妈拜年，可把我妈吓得劲了，反身跑回房里，躲在被子里瑟瑟发抖，后来也没什么。尽管生活过得比沈三白惨多了，还苦中作乐。一次从楼上抱着个白单子下楼，在楼梯拐弯处有一个大镜子，她猛然看见镜子里的影子，吓得一屁股坐下，原来是自己的影子，于是，灵机一动，专等胆子最小的顾玉柱上楼，自己则披着白单子，向前平伸双臂站在楼梯上一动不动。顾玉柱上楼，突然看见一个白色影子，以为自己见到了鬼，"妈吔"，吓得三魂去了二魂，从楼上滚下来，尿了裤子，沥沥拉拉，湿了一地。

这群人有了住的，但吃就更困难了。有时一天只有一个烧饼充饥。真到了没吃没喝、山穷水尽的地步。

就在这时，申桐生出现了，众人仿佛看到了苏州观振兴的招牌面一样，欢声雷动。

申桐生，开封人，是个不折不扣的票友。

"中剧"在西安时，申桐生做着买卖，就多次接济这些人，有时自己掏口袋包场，请人白看戏；有时自己上台客串群众演员，跑个龙套；有时还扛来一袋面粉，去到西北剧场厢房，扔下就走。就是一个急急风，专门救急救场的好汉。这次，申桐生突然出现了，他没有提两把板斧，是空着手来的。

"你啥时候回的开封？家人还在吗？"

申桐生摆摆手："别提了，抗战时我一直待在西安，开封县的房子和田地都让伪保长给占了，老日给他撑腰，家人都叫撵出来了。等老日投降了，我总算回到开封杜良去要房收地，不料那个孬种，为了活命，把俺家的房子、地产送给了接收大员。我多次前去交涉，想要回来自己的财产，那个狗东西就是不搭理。冇法儿，我就在山货店街的估衣店买了一身国军少将军服，又找了俩人，穿上丘八的布衫，借了一把'小八音'（开封话，小手枪），两杆汉阳造，又借人家一匹高头大马骑上，就威风八面地回杜良了。"

"家产要回来了？"

"你听我说呀，大老远就有人去乡里报信了，说俺老申当军官了，带着人来了，估计要出人命！生生把那货吓窜了。"

我爹笑了："你还真有点儿，咋想起这个孬招儿？"

申桐生也笑了："还不是跟你学的？"

"啥？就赖上我？咋叫跟我学的？"

"啥脑儿，叫李士宽砍一刀啥都忘了？当年你们在洛阳车站不是使过这招儿？不是你告诉我的，我咋会使这招儿。"

两人哈哈大笑。

他接着说："人算不如天算，还没有多少天，共产党打来

419

了，乡里人组织起来，要分地分产。就是那个孬货撺掇的，要抓我；又把我吓窜了。来到苏州找空军的弟们儿，一起倒腾汽油。你说巧不巧，其中有个飞行员，一说是丁尼的妹夫，我这才找上门来了。"

太阳落山了，天暗了下来，申桐生见屋里黢黑，问："咋不开灯？"

我爹说："久没人住，电早让人掐了。"

"点洋蜡啊。"

"你说的容易，哪来的钱啊。演一场戏，卖票来的金圆券只能买几块大饼，还洋蜡呢。"

"团里不是有电工吗？活人还能让尿憋死。"

"等着，我回去给你们整两桶汽油过来！"申桐生走了，我爹当他"张大蛋（即瞎吹牛的意思）"呢。

第二天一早，他果然送来了两桶美孚汽油。每桶5加仑。什么概念？那时有一升油一两黄金的说法。就算富豪，有的是"袁大头"，但市面上也买不到汽油。有汽车了不起啊？没汽油它还不如板车，照样救不了命。囤几桶汽油就不一样了，比存黄金还值钱。

申桐生放下两桶油，说："把两桶汽油卖了，就够你们三个月的熬灶面了。"

我爹问："从哪儿弄的？"

申桐生神秘地说："开封被共军占领前，我和空军总站的弟兄从南关机场弄出来的，他们负责偷油，我负责去卖，二一添作五，就这样分账。没想到现在汽油涨到一千倍一万倍，太吓人了。"

有了真正的硬通货，大伙都下馆子吃了个肚圆。

拥抱光明

　　我爹叫电工郭永亮用梯子从巷子里的电线杆上拉了根电线，接到屋里，这样，晚上也有亮了。有了电，漫漫长夜，打个八圈麻将，日子得过且过。

　　偷电的勾当也不是玩的。被逮到按一百倍罚款。这一片经常超负荷，于是电力局经常有人来查夜。我爹他们把房间的门窗都用被单、毯子之类挡得严严实实的。一听见有敲门声，不管有事没事，都把房中电灯泡取下来，再把被单都拽下来摆到床上。来人用电筒四下照照各个房间，那能发现什么？因此，总能有惊无险。

　　有电也差点出人命。一天晚上我妈下楼，端了个脸盆，走到井台上，打了半桶水倒在脸盆里，回来放到电炉上，就听见

"咣当"一声，连人带盆摔出去多远，原来盆底有水，漏电了。打那以后，这些人就更加小心翼翼，风声鹤唳草木皆兵。

好歹在苏州有了申桐生，大伙心里踏实了。我爹在黑市上以物易物，用汽油换回米面，有一顿，吃一顿，勉强度日。

至此，戴涯在旧中国的职业剧团的梦彻底破灭了。这么多年来的努力、奋斗，却得不到国民政府的任何支持，终于无法生存和发展。中国戏剧学会正式瓦解。很快，钟山风雨起苍黄，百万雄师过大江。南京解放了。

正当大家都在当掉最后的稍为值钱的首饰、衣物时，解放军进了苏州城。

第三野战军后勤政治部文工团团长梅滨，听说有一批专业文艺团体的演员流落在苏州，于是千方百计找上门来，商量剧团的人参加第三野战军后勤政治部文工团。

这一晚，他们在凶宅里谈参军之事，忘了把门窗都挡死，电力局查夜的人员终于逮到这一群偷电的人。后经梅团长出面调解，答应只要你们都去部队，由部队出钱补交电费，并解决一些债务问题。

戴涯从上海来了，还是秉持他不介入政治的旧观念，将剧团交给三野后勤政治部文工团，后来去了北京到师大教书，再后来去了北京人艺。

就这样，中国戏剧学会的最后成员，欢天喜地地穿上了中国人民解放军的军装，成了光荣的文艺战士，从此走向新生。

1949年10月1日，是中华人民共和国成立的日子。那天，

王者和梁虹在灵谷寺九层塔

南京文艺界举行盛大的文艺演出。三野后政文工团在南京玄武湖参加了话剧《反动派一团糟》的演出，王者、丁尼、赵秀蓉、梁虹以及黄宗江、朱嘉深、蒋超、陈逑洲、丁惟敏等著名演员参加了演出活动。还有的人在公园扭秧歌、打腰鼓，他们尽情地唱，尽情地跳，从下午到深夜都不知疲倦。还有比这更高兴的事吗?!

中国戏剧学会的同仁们都在全国各省市话剧舞台上饰演了更新更生动的角色。我父亲的朋友圈也就到此结束。

沧海桑田，江湖崩塌，梁山聚义好汉，走越走胡，四处飘零，我爹的朋友圈至此画上一个阿Q瓜子式的圆圈了。

1956年全国第一次话剧观摩汇演期间，原"中剧"部分老人和与"中剧"有关的同仁，在各自省市的剧团里参加了汇演，大家聚集在一起。北京人民艺术剧院的戴涯，前线话剧院的丁尼，山西省话剧团的崔超、齐婷，西安话剧团的田野和王舒华等，济济一堂。"中剧"的大幕谢了，更多的大幕随之拉开，新中国的话剧舞台呈现出灿烂辉煌的春天！

曾经的"中剧"同仁在北京

跋：魂归蓼儿洼

一百年过去了，中国戏剧学会的老戏骨们从候场到谢幕，离开了人生的大舞台，魂归蓼儿洼了。他们的故事已经没人记得了，如果不是因为我爹留下的一摞摞墨泪斑斑的旧档案，还有人会记得他们吗？

我爹的朋友圈，实际上写的是抗日战争时期，大西北的话剧运动史。在中国权威性的话剧史当中，无论是葛一虹主编的《中国话剧通史》，还是田本相主编的《中国话剧》和王卫国、宋宝珍、张耀杰著的《中国话剧史》等，在提及抗日战争这一段时，有上海的话剧、武汉的话剧、延安的话剧，尤其是大西南重庆的话剧、桂林的话剧、孤岛的话剧和沦陷区的话剧，单单没有大西北西安、兰州等地的话剧。难道这些地方就没有话剧，还是资料短缺，连百十字的介绍也没有呢？其实，当时兰州等地话剧非常普及，兰州的一个女中，从初中到高中各班都在自发地排演话剧，甚至连沈浮的三幕话剧《重庆二十四小时》都能全部演出。这简直太了不起了。当年，我爹他们西出阳关，把话剧带到酒泉、玉门和西宁等地，都说明话剧运动在黄沙弥漫的大西北，深受当地观众的喜爱，早已蓬勃地发展。

在那场伟大的全民族的抗战中，国共两党合作，郭沫若、阳翰笙等一批共产党员在国民党第三厅工作，肩上也扛着将校军衔，一起进行抗日话剧运动；抗敌演剧队中带有军衔的军官也很多，队长、副队长也都是上校和中校军衔。解放后，戴涯百思不解，为什么我们在西北的演出就没人提及呢？他带着这个疑惑，见了阳翰笙、马彦祥等人，问：抗战时你们也都是国民党的校官，郭老还是少将，你们为什么就平安无事呢？就能大张旗鼓地宣传呢？

阳翰笙告诉戴涯一个秘密：我们都是受党的指派，在国民党中进行抗日宣传的；你们是民营剧团，标榜不参与政治，后来你们还是去了战干团，在胡宗南下面进行抗日宣传工作，虽然与重庆、成都、桂林甚至延安演的戏也差不太多，却有本质上的区别。戴涯才恍然大悟。原来西北的话剧运动是在国民党、三青团领导下进行的，西北话剧运动史留下空白因此情有可原。如今，国民党抗战已经得到了充分的肯定。胡宗南也是爱国抗日将领，可惜的是留下的资料太少了，造成曾经轰轰烈烈的西北话剧运动至今湮没不彰。如果没有我爹的档案资料、戴涯的自传、丁尼留下的《中国戏剧学会史略》，以及石港等人的回忆文字，我是无法完成填补这一历史空白的任务的。

2016 年夏天，我因为甲状腺结节，在医院住院期间，写了非虚构小说《老杆子》；2021 年夏天，我又因为肺部结节动手术，恢复期间，写下了非虚构作品《老戏骨——从候场到谢幕》，历时两个多月，废寝忘食，多次有虚脱的感觉。我知道再不抓紧，就无人能写这一题材了。好在 8 月的最后一天终于完成了。打算从此刀枪入库马放南山，此后能过上品茗、喝酒、聊天、旅游的生活。就此打住！

最后，我要特别感谢河南文艺出版社的编辑党华小同志，没有她的鼓励与帮助，是不会有《老杆子》和《老戏骨——从候场到谢幕》的。

王晓华

2021 年 8 月 31 日于南京江宁小龙湾